2029

# 2029

류광호 장편소설

몽상가들

인류는 자유와 행복 중 하나를 선택해야만 한다.
대부분의 사람들에게는 행복이 더 나은 선택이다.

- 조지 오웰

# 2029

# 1

3월 말이었지만 날은 여전히 추웠다. 유혁은 자신의 원룸을 향해 빠른 걸음으로 걸었다. 원룸이 있는 골목에 다다랐을 때 갑자기 그의 머리 위로 드론이 날아왔다. 그는 서둘러 코 밑으로 내려온 마스크를 올려 썼다. 드론은 위협적인 프로펠러 소리를 내며 그의 머리 위 상공을 맴돌았다. 유혁은 멈춰서 그 상황이 끝나기를 기다렸다. 앵앵거리는 프로펠러 소리는 몇 초쯤 더 계속됐다. 그러다 드론은 나타났을 때와 마찬가지로 갑자기 사라졌다.

'빌어먹을 드론 감시는 아무리 겪어도 적응이 안 된단 말이야.'

그런 생각을 하며 유혁은 원룸 건물 안으로 들어갔다.

야간에 주택가를 중심으로 방범 드론이 운용되기 시작한 것은 2년 전부터였다. 여성들의 퇴근길 안전을 위해서란 명목으로 시작되었지만 현재는 주로 마스크 미착용 같은 방역정책 위반 단속을 위해 사용되는 중이었다.

엘리베이터를 탄 유혁은 습관적으로 천장에 부착된 CCTV 카메라를 쳐다보았다. 카메라는 그의 시선에 아랑곳 않고 계속해서 조용히 그를 기록했다.

엘리베이터의 문이 열리자 그는 천천히 걸음을 옮겨 402호 앞으로 갔다. 그가 석 달 전 이사 온 집이었다. 문을 열고 안으로 들어서자 환기를 시키지 않아 퀴퀴한 공기가 그를 맞이했다. 며칠째 계속되고 있는 미세먼지 때문에 외출 때마다 창문을 닫아놓은 결과였다. 그는 성큼성큼 걸음을 옮겨 창가로 갔다. 창문을 열자 매캐한 공기가 안으로 밀려들어 왔다. 그는 그렇게 창문을 열어 놓은 채 잠시 그대로 서 있었다.

그는 중간키에 마른, 잘생겼지만 다소 차가운 인상을 주는 얼굴의 남자였다. 나이는 서른다섯이었지만 그보다 어려 보였고 입매가 상당히 고집스러워 보였다. 그의 원룸은 10평 조금 넘는 크기에 딱 있어야 할 것만 있는 공간이었다. 침대, 작은 냉장고와 싱크대 옆에 놓인 정수기, 식탁으로 쓰고 있는 작은 테이블, 구석에 쌓여 있는 책 몇 권과 노트북이 살림살이의 전부였다.

그는 창문을 반쯤 닫은 후 화장실로 가 손을 씻었다. 그런 다음 부엌으로 가 저녁상을 차리기 시작했다. 메뉴는 단출했다. 김치와 삶은 달걀, 밥이 전부였다. 그는 빠른 속도로 밥을 먹은 후 열어 놓은 창문을 닫았다. 후식으로 엊그제 사다 놓은 사과까지 먹자 적당히 배가 불렀다. 설거짓거리를 싱크대에 던져 놓고 휴지로 식탁을 대충 닦은 그는 휴대폰을 꺼내 자신의 스쿠브 채널로 들어갔다. 채널의 이름은 〈진실과 거짓〉이었다. 구독자는 2만 3,154명이었고 올려놓은 영상은 200개쯤 되었다. 그는 영상의 조회수가 얼마나 올랐는지 살펴보았다. 어제저녁 늦게 올린 영상의 조회수가 12,479회로 나쁘지 않았다. 그는 영상에 달린 댓글들을 훑어보았다. 그러다 '그래서 선생님은 앞으로 사태가 어떻게 전개될 거라고 보십니까?'라는 댓글이 눈에 들어왔다. 그는 댓글에 답을 달기 시작했다. 그러나 다섯 줄쯤 썼을 때 그 내용을 댓글로 답하기보다는 영상으로 만들어 올리는 게 더 낫겠다는 생각이 들었다. 그래서 곧바로 영상을 찍었다. 리허설 같은 건 없었다. 카메라를 켠 후 떠오르는 대로 지껄인 영상을 그대로 올리거나 조금 자른 후 올리는 게 그의 방식이었다.

"제가 어제 채널에 올린 영상에 어떤 분이 이런 댓글을 달아 주셨더군요. 그래서 선생님은 앞으로 사태가 어떻게 전개될 거라고 보십니까? 질문에 대한 답을 영상으로 만들어야겠다는 생각이 들어 카메라를 켰습니다. 미래에 대해 제가 어떻게 생각하고 있는지 궁금하십니까? 단도직입적으로 말씀드리자면 저는 미래를 비관적으로 봅니다. 완성을 코앞에 둔 저들의 끔찍한 계획을 뒤엎으려면 대대적인 민중의 저항이 있어야 하는데, 그런 일은 일어나지 않을 것 같기 때문입니다. 대다수의 사람들은 저나 여러분 같은 이들을 이상한 사람으로 생각합니다. 주류 미디어가 하는 말들, 정치인들이 하는 말들, 유명 대학 교수가 하는 말들 따위를 진실이라고 생각하고요. 뭐 그렇게 믿고 싶다면 믿으라고 하십시오. 그런 믿음이 자신과 후손에게 어떤 결과를 끼칠지는 살아가면서 알게 될 테니까. 제가 미래를 비관적으로 보는 또 하나의 이유는, 진실을 알고 있는 우리의 무력함 때문입니다. 우리는 진실을 알고 있지만, 그래서 무엇을 해야 하는지는 알고 있지 못합니다. 우리에게는 충분한 힘이 없습니다. 우리가 알고 있는 것은 더 많은 사람들이 진실을 깨달아야 한다는 것입니다. 그럴 때만 우리가 충분한 힘을 가질 수 있기 때문입니다. 그러나 역사는 그런 일이 일어나지 않는다는 것을 증명하고 있습니다. 결국 우리는 소수자로 남을 것이고, 우리의 저항은 무시될 것입니다. 단순히 무시되기만 하면 다행이죠. 그러나 저들은 우리를 가만히 두지 않을 겁니다. 저들은 자신들에게 철저히 복종하는 노예가 아니면 살려 두지 않을 겁니다. 하지만 그렇더라도 우리는 저항해야 합니다. 그것만이 올바른 편에 서는 유일한 길이기 때문입니다."

두서없는 얘기를 쏟아 낸 그 영상을 채널에 올린 후 그는 생각했다. 이런 일들이 무슨 의미가 있을까? 말했던 것처럼 이런 걸로는 아무것도 바꿀 수가 없는데.

그러나 적어도 한 가지 측면에서 그것은 그에게 의미 있는 일이었다. 수익적인 측면 말이다. 그는 채널을 통해 한 달에 80만 원가량의 수익을 올리고 있었다. 영상에 붙는 광고 수익이 30만 원 전후였고 슈퍼챗과 계좌를 통한 후원이 50만 원쯤 되었다. 큰 액수는 아니었지만, 그 돈은 그의 생활에 적지 않은 도움을 주었다.

물론 그 80만 원이 수입의 전부는 아니었다. 어머니가 돌아가신 후 그는 어머니와 함께 살았던 공덕동 아파트를 월세로 내놓았는데 거기서 나오는 200만 원의 수입도 있었기 때문이다. 그 돈에다 스쿠브 수익을 더하면 그럭저럭 먹고사는 것은 가능했다. (그것 말고도 블로그에서 한 달에 8, 9만 원 정도 수익이 발생했다) 최근 들어 조금 부족한 느낌이 들 때도 있었지만 말이다.

돈이 부족해진 것은 1년 전부터 시행되기 시작한 사회신용점수 때문이었다. 그는 사회신용점수가 5등급이라 대형 마트와 온라인 쇼핑의 이용을 제한당하고 있었다. 마트에서 저렴하게 구매하지 못하고 편의점에서 구매하는 게 계속 쌓이면 꽤 된다. 경우에 따라선 한 달에 30만 원까지도 더 들었다.

여기서 잠깐 사회신용점수에 관해 설명해야 할 필요가 있을 것 같다. 사회신용점수는 모든 시민에게 점수를 부여하고 득점과 실점 정도에 따라 그 사람의 신용등급을 매기는 제도다. 다시 말해 그것은 사람의 '등급'을 결정하는 제도다. 기본적으로 모든 시민은 1,000점을 배정받는다. 그리고 국가는 그들이 어떻게 행동하느냐에 따라서 평가한다. 정부 정책을 잘 따르면 점수를 얻고, 그렇지 않으면 점수를 잃는다. 요구되는 백신 접종을 제때 받고, 기후변화를 막는 재단에 기부하는 것과 같은 행동을 하면 점수를 높일 수 있다. 반대로 세금을 체납하거나 교통법규를 위반하고, 소셜미디어로 가짜 뉴스를 퍼뜨리면 감점당하게 된다. (그는 여러 차례 감점을 당해 6개월 전부터 5등급 저신용 상태에 놓여 있었다) 제도 시행 초기에는 정부가 일방적으로 바람직한 행동과 나쁜 행동의 기준을 정하는 것 아니냐는 비판도 있었지만, 현재는 대부분의 사람들이 조용히 그 제도를 따르고 있었다. 그는 이 제도에 순응하는 사람들을 보며 절망했다. 어쩌면 인류의 대부분은 그럴 수밖에 없도록 만들어진 게 아닐까, 하는 생각까지 했다. 당근과 채찍, 그것으로 조련될 수 있는 존재가 바로 인간인 것이다.

사회신용점수가 900점 이상인 1등급에 해당되면 직장 내에서 승진 시 우대혜택, 자녀의 학교 입학 우선권 제공, 은행 대출 및 소비자 신용 조회 절차의 간소화와 세금 및 대중교통 요금 감면 같은 혜택을 받게 된다. 반대로 등급이 낮을 경우에는 항공권 및 기차 승차권 구매 불가, 특정 업무에 대한 구직활동 불가, 대형마트와 온라인 쇼핑 이용 제한 같은 벌을 받게 된다. 최하위 등급인 9등급에 해당하는 사람들은 수용소에 수감된다는 소문도 있었다. 거기서 교화 과정을 거쳐 다시 사회로 나온다고 했다. 물론 그 소문은 사실이 아닐 것이다. 그러나 그것이 사실이든 아니든 점수를 매겨 개인의 경제활동에 제약을 가하는 방식은 그 자체로 인간을 가축처럼 대하는 것이라 할 수 있다. 그 사실이 그를 분노하게 했다. 아마도 그래서였을 것이다. 온라인상으로 반정부적인 발언을 하면 어려운 상황에 처하게 될 가능성이 높음에도 불구하고 그가 위험한 영상을 만들어 스쿠브에 올리기를 멈추지 않는 것은 말이다. 물론 선을 넘지 않도록 조심하기는 했다. 그는 이제 자신이 온라인상에서 이루어지는 검열에 걸리지 않을 적정 수위의 영상을 제작하는 방법을 파악했다고 믿었다. 그리고 딱 그 정도 수위로 영상을 만들어 올렸다. 그 '적정 수위'를 깨닫기까지 지불한 대가가 하락한 사회신용점수였다.

그는 점점 더 강화되는 디지털 전체주의 통제 사회에서 순응해 살아갈 생각이 없었다. 그런 면에서 그는 부정할 수 없는 반항아였다. 물론 대부분의 사람들은 순응했다. 몰라서 그런 경우도 있었지만 알아도 어쩔 수 없다는 생각에 그렇게 했다. 그러나 소수의 저항하는 사람들은 분명 존재했고 그도 그런 사람 중 하나였다. 그는 자신과 같은 소수는 그럴 수밖에 없도록 만들어진 사람이라고 생각했다. 조금 비장하게 말하자면 굴종 대신 죽음을 택하겠다, 그것이 자신을 포함한 소수자의 정신이라고 그는 믿었다. 그렇다고 해서 그가 엄청난 저항을 하고 있는 것은 아니었지만 말이다.

휴대폰으로 새로 올린 영상에 달리는 댓글들을 읽던 그는 이내 그것도 귀찮아졌는지 자리에서 일어나 창가로 갔다. 바깥은 어두웠고 하얀 가로등 불빛만 기분 나쁘게 빛나고 있었다. 어둠이 깊어지면 언젠가는 빛이 온다. 그렇게 믿고 싶었지만, 그는 그렇게 믿지 못했다. 어둠, 그리고 감시하듯 빛나는 LED 가로등 불빛의 영원한 지속, 그것이 그가 느끼는 인류의 미래였다.

불을 끄고 누운 그는 한동안 잠들지 못했다. 이런저런 생각으로 머릿속이 복잡했기 때문이다. 그는 1시 전에는 잠들 수 있기를 바라며 가볍게 한숨을 내쉬었다. 벽에 걸어 놓은 시계의 초침 소리만 째깍째깍 한없이 이어졌다.

## 2

그는 쫓기고 있었다. 키가 크고 인상이 험악해 보이는 남자 하나와 그의 동료로 보이는 작지만 어깨가 떡 벌어진 레슬링선수처럼 생긴 놈에게. 그들은 경찰이거나 정보기관 소속인 것 같았다. 그는 건널목을 건너 자신에게 다가오는 그들을 본 순간, 그들의 목적이 자신을 체포하는 것임을 깨달았다. 그래서 곧장 달아났는데 놈들은 그런 그를 지치지도 않고 추격했다. 그는 숨이 턱까지 차오른 상태로 어떤 건물 안으로 달려 들어갔다. 비상계단을 통해 3층과 4층 사이까지 올라간 그는 놈들이 쫓아오는 소리가 들리는지 귀를 기울였지만, 아무런 소리도 들리지 않았다. 놈들을 따돌리는 데 성공한 것 같았다. 그는 잠시 더 계단에 선 채 숨

죽이고 기다렸다. 그러나 어떤 소리도 들리지 않았다. 그는 천천히 걸음을 옮겨 문을 열고 복도로 나갔다. 그런데 복도 대신 생물학 실험실 같은 곳이 나타났다. 그곳에는 인큐베이터가 여럿 놓여 있었고 하얀 가운을 입은 여자가 그중 가장 왼쪽에 있는 인큐베이터 옆에 서 있었다. 그는 여자의 주의를 끌지 않고 조용히 그곳을 떠나고 싶었다. 그래서 조심스럽게, 그러나 재빠르게 걸음을 옮겼는데 그러다 문득 인큐베이터 안에 있는 아기를 보고 싶다는 생각이 들어 시선을 그쪽으로 돌렸다. 다음 순간 그는 "으악!" 하고 비명을 지를 뻔했다. 거기에는 그의 머리털을 곤두서게 만드는 생명체가 누워 있었기 때문이다. 사람의 얼굴과 돼지의 얼굴이 섞인 것 같은 그 생명체는 돼지의 몸에 사람의 팔과 비슷한 네 다리를 갖고 있었다. 그곳에 있는 자들이 유전자 조작을 통해 그 괴물을 탄생시킨 것이 분명했다. 그는 공포에 질려 뒷걸음질 쳤는데 그런 그의 행동이 연구실에 있던 사람들의 주목을 끈 것 같았다. 1초라도 빨리 그곳을 빠져나오고 싶었지만, 출구가 어디에 있는지 찾을 수 없었다. 그때 하얀 가운을 입은 간호사 하나가 손에 주사기를 들고 그에게로 다가왔다. 그는 있는 힘을 다해 자신은 절대로 그 주사를 맞지 않을 거라고 소리치며 달아났다. 왜냐하면 바로 그 주사가 인큐베이터 속의 괴물을 탄생시킨 유전자 조작 물질이 분명하다고 느꼈기 때문이다. 그 순간 맞은편에서 눈썹이 없고 고릴라 비슷한 얼굴을 한 또 다른 여자 간호사가 주사기를 들고 그에게로 다가왔다. 그는 그 섬뜩한 모습에 기절할 것만 같았다. 눈썹 없는 그 괴물이 차라리 남자였다면 그만큼 공포스럽진 않았을 것이다. 머리카락이 긴 여자가 그런 얼굴을 하고 있는 건 - 이유는 알 수 없었지만 - 그에게 극한의 공포를 불러일으켰다. 그는 미친 듯이 소리치며 그녀를 밀치고 앞으로 달려 나갔다. 여자는 그를 쫓아왔지만 그는 그녀를 따돌리는 데 성공한 것 같았다. 왜냐하면 그는 어느샌가 상당히 큰 카페 안에 있었기 때문이다. 그곳은 사람들로 북적이는 밝은 공간이었다. 그곳은 안전해 보였다. 어떻게 그곳으로 오게 된 건지는 알 수 없었다. 그러나 그는 그곳에 있었고 그 사실은 그를 안도하게 했다. 하지만 그런 안도감도 잠깐이었다. 곧 다시 두려움이 그를 사로잡았다. 금방이라도 아까 연구실에서 보았던 괴상한 생명체들이 자신을 덮칠 거란 걸 알았기 때문이다. 그는 주위를 둘러보았다. 그러자 자신이 있는 곳은 카페가 아니며 거대한 수용소라는 것을 알 수 있었다. 그렇다. 그는 감금된 것이다! 그 사실을 인지한 순간 잠에서 깼다. 주위는 아직 어두웠다.

그는 천천히 몸을 일으켜 벽에 걸어 놓은 시계를 보았다. 3시 21분이었다. 갈증이 느껴졌다. 일어나 정수기 있는 데로 갔다. 물을 한 컵 가득 마시고 나자 꿈의 잔영보다 현실이 확고하게 느껴졌다. 그는 다시 자리에 누워 자신이 꾼 꿈에 대해 생각했다. 유쾌하지 않은 이미지들 몇 개가 떠올랐지만 이내 그것도 희미해졌다.

이유는 알 수 없었지만, 그는 최근 들어 꿈을 자주 꿨다. 꿈의 내용은 조금 전 꾸었던 것과 완전히 다른 것도 있었고 비슷한 것도 있었다. 어느 쪽이든 그는 거기에 특별한 의미를 부여하지는 않았다. 꿈은 꿈일 뿐이다. 그것이 그의 생각이었다. 그러나 이번처럼 꿈을 꾸다 새벽 한가운데서 깨어나면 여러 가지로 짜증스러웠다. 그럴 때는 꿈은 꿈일 뿐이란 생각도 조금 흔들렸다.

주위는 조용했고 시계 초침의 째깍거리는 소리만 들려왔다. 다시 잠들고 싶었지만, 그런 마음과는 반대로 째깍째깍 소리는 유난히 선명했다. 30분 넘게 잠들지 못하고 뒤척이던 그는 이럴 바엔 그냥 일어나서 뭐라도 할까 고민했다. 그러나 지금처럼 어중간한 시간에 하루를 시작한다면 낮엔 분명 꾸벅꾸벅 졸게 될 테고 그러다 낮잠이라도 자면 저녁에 잠이 오지 않아 고통받는 일을 반복하게 될 터였다. 그러지 않기 위해선 어떻게든 다시 잠드는 게 최선이었다. 다시 잠들었다 3시간쯤 뒤에 일어나는 거다, 그렇게 마음속으로 되뇌었지만 잠은 좀처럼 찾아오지 않았다. 째깍째깍 시계 소리와 자신이 만들어 낸 이불 바스락거리는 소리가 동틀 때까지 계속될 것 같았다.

그러다 갑자기 3년 전 돌아가신 어머니에 대한 기억이 떠올랐다. 그의 어머니는 암으로 돌아가셨는데, 투병 기간 내내 여러 가지 방식으로 치료를 이어가다 마지막에는 신약인 RNA 항암제를 투여했었다. 그는 그 유전자 재조합 물질에 의구심을 느꼈지만 치료에 동의할 수밖에 없었는데, 이유는 그의 어머니가 그것을 원했기 때문이다. 그러나 안타깝게도 그것은 별다른 효과를 나타내지 못했다. 아니, 그는 그것 때문에 어머니의 죽음이 앞당겨졌는지도 모른다고 생각했다. 그는 이전부터 유전자 치료제니 mRNA니 하는 것들에 대해 반감을 갖고 있었지만 그 일을 계기로 그런 물질들에 대한 불신은 한층 커졌다. 그리고 불신은 그것을 넘어 의료시스템 전반에 대한 것으로 발전했다. 제약사에 의해 장악된 현재의 의료시스템은 의도적으로 사람들을 약물에 의존하도록 만드는 게 아닐까, 생각하게 되었다. 언젠가 그는 어느 대학교수가 쓴 현대의학을 고발하는 책을 읽은 적이 있었다. 책에서 교수는 그의 생각과 비슷한 주장을 했다. 병이 발생하는 근본 원인은 놔둔 채 약물을 통한 증상 완화에만 주력하는 현대의학은 환자를 계속해서 환자 상태로 남게 만든다. 점점 더 독하고 비싼 약을 쓰다가 죽음에 이를 때까지 말이다. 그가 이런 의심을 하게 된 데에는 그의 어머니와 거의 동시에 위암 진단을 받고 수술 후 항암치료에 들어갔던 친구의 어머니 사례도 큰 역할을 했다. 친구의 어머니는 항암치료를 한 번 받고는 너무 힘들다며 더 이상 치료 받는 것을 거부했다. 그런데 그런 친구의 어머니는 지금까지도 생존해 있다. 암세포뿐만 아니라 정상세포까지 파괴하는 독한 항암치료 대신 식습관을 바꾸고 운동을 하고 잠을 충분히 잤더니 적극적으로 항암치료를 받았던 그의 어머니보다 훨씬 편하게 지내면서 훨씬 더 긴 삶을 이어가고 있는 것이다. 이 사실은 무엇을 의미하는가? 그는 현대의학이 무언가 잘못되었다는 결론을 내렸다.

어머니에 대한 생각은 그리움으로 이어졌다. 초등학교 시절 아버지를 여윈 뒤 어머니와 둘이서 산 세월이 20년이다. 그는 그리 살가운 아들은 아니었지만 그래도 어머니에게 잘하려고 노력했었다. 돌아보면 후회스러운 순간이 많지만 말이다.

어머니에 대한 생각과 옛 추억을 떠올리다 어느 순간 그는 잠에 빠졌다. 꿈 비슷한 것들이 머릿속을 계속 왔다 갔다 한 잠이었다. 그가 다시 잠에서 깬 것은 8시 반쯤이었다. 중간에 잘린 잠이었기에 적지 않은 시간 누워 있었는데도 피로가 완전히 풀리지는 않았다. 그래도 어쨌든 새로운 하루는 시작되어야 했다. 그는 물을 한 잔 마신 후 화장실로 가 찬물로 세수했다.

아침 식사는 어제 삶아 놓은 달걀과 밥 조금에다 김치로 해결했다. 그리고 사과를 하나 먹었는데 그는 그렇게 매일 아침 하나씩 먹는 사과가 자신의 건강에 큰 도움을 준다고 믿었다. 다행히 근처 상가에 위치한 과일가게는 가게 바깥에 과일을 진열해 놓고 팔고 있어서 백신패스에 구애받지 않고 과일을 구매할 수 있었다. 그가 밖에 진열된 과일을 살펴보면 주인아주머니가 나와서 "어떤 걸로 드릴까요? 사과?"하고 물었다. 그러면 그는 "네, 사과 한 봉지 주세요." 하고 말하고 아주머니는 그 자리에서 돈을 받은 후 사과를 비닐봉지에 담아서 건네는 식으로 구매가 이루어졌다. 그마저 막혔다면 어땠을까? 생각만 해도 아찔했다.

양치를 마친 그는 노트북을 열고 즐겨 찾는 대안 미디어 채널에 새로 올라온 뉴스들을 확인했다. 거기서 획득한 정보를 바탕으로 영상을 제작하기 위해서였다. 30분정도 빠르게 이곳저곳 사이트들을 둘러보았지만, 특별히 눈길을 끄는 소식은 없었다. 어쩌지? 오늘 하루는 그냥 영상을 올리지 말까? 그런 생각을 하고 있는데 막 올라온 속보 뉴스 하나가 그의 눈길을 끌었다. 기사의 제목은 '최기현 전 총리 사망'이었다. 최기현은 그가 아주 싫어하는 인물이었다. 얼마 전까지 총리였던 최기현은 자신의 임기 중 강력한 백신패스 정책을 앞장서 시행했고 비접종자에게 매달 100만원씩 벌금을 부과하자는 방안까지 거론했던 인물이었다. (다행히 벌금 부과 정책은 실행되지 않았다)

'저 놈이 왜 갑자기 죽었지? 아직 60대 중반 정도밖에 안

되었을 텐데?'

그는 관련 기사들을 더 검색해 보았다. 이제 막 기사들이 올라오기 시작한 상황이라 자세한 사망원인은 파악할 수 없었지만, 정황상 자살한 것 같았다. 한두 시간 정도 기다리면 보다 자세한 후속보도가 나오겠지….

그러나 그렇게 오래 기다릴 필요는 없었다. 20분도 지나지 않아 전 총리의 사망원인을 분석한 기사들이 올라왔기 때문이다. 뇌물수수를 폭로하겠다는 협박 때문에 심적 압박감을 느껴 극단적인 선택을 하게 된 것 같다고 추정하고 있었다. 그는 최기현이 돈 몇 푼 받은 거 드러났다고 죽을 사람으론 보이지 않았다.

'그놈은 아마도 살해되었을 거다. 충분히 이용했고, 더 이상 이용 가치가 없는데 너무 많은 것을 알고 있어서.'

물론 그런 추정을 할 만한 구체적인 증거가 있는 것은 아니었다. 그러나 그는 최근 10년간 꽤나 빈번하게 발생했던 정치인들의 자살 중 상당수가 개인의 선택을 넘어선 외부의 힘에 의해 벌어진 일이라고 믿었다. 이용 가치가 없어지면 깨끗이 정리하는 게 저들이 선호하는 방법이니까.

그는 최기현의 죽음에 대한 영상을 만들기로 했다. 대략 어떤 식으로 만들지 5분쯤 생각한 후 곧바로 카메라를 켰다.

# 3

유혁은 마스크를 벗고 걸었다. 저녁이었고 주위에 사람도 없었으며 무엇보다 마스크 없이 자유롭게 숨을 들이쉬고 내쉬며 걷고 싶다는 생각이 갑작스럽게 치솟았기 때문이다. 그런데 그가 마스크를 벗은 지 5분도 되지 않아 어디선가 갑자기 로봇 개가 달려오더니 경고 방송을 하기 시작했다.

"마스크를 착용하십시오! 마스크를 착용하십시오!"

빠른 속도로 그의 앞으로 달려온 네 발 달린 로봇은 위협적으로 그렇게 외쳤다. 그는 서둘러 주머니에서 마스크를 꺼내 썼다. 시커먼 로봇 개는 문자 그대로 위협적이었다. 그 쇳덩어리가 공격해 온다면 그는 당해 낼 수 없을 게 분명했다.

로봇 개는 그에게 신원 확인을 위해 디지털 주민등록증을 스캔하라고 명령했다. 그는 휴대폰을 꺼내 로봇 개의 등 위에 부착된 스캐너에 자신의 디지털 주민등록증을 스캔했다.

"성유혁! 마스크 착용 의무 미준수! 사회신용점수 5점 감점!"

그는 휴대폰을 주머니에 넣은 후 조용히 그곳을 떠났다. 로봇 개는 그가 10미터쯤 걸어갈 때까지 가만히 있더니 이내 느린 걸음으로 어딘가로 갔다. 곳곳에 설치된 CCTV를 통해 마스크를 착용하지 않은 사람을 발견하면 어디서든 나타나 달려드는 로봇 개가 있다는 걸 알면서도 그는 무모하게 마스크를 벗었던 것이다.

호흡기로 감염되는 신종 조류 독감이 유행해 팬데믹이 선포된 지도 13개월이 지났다. 실내, 실외 모두 마스크 착용이 의무화되고 5인 이상 집합 금지가 시행된 지도 8개월이 지났고. 새로운 인체 감염 조류 독감은 전파력뿐만 아니라 치명률도 높았다. (11퍼센트에서 15퍼센트 사이라고 했다) 그래서 초반에는 록다운과 강력한 사회적 거리두기가 반복됐지만, 5개월 전 백신이 출시된 후 더 이상의 락다운은 없었다. 대신 백신을 접종하지 않으면 음식점이나 카페에 출입할 수 없는 백신패스 제도가 시행되었다. 비접종자의 기본권을 심각하게 침해하는 백신패스에 반대하는 이들도 적지 않았지만, 방역 정책에 대해 공개적으로 비판하는 글을 SNS에 올리면 사회신용점수가 감점됨을 알기에 목소리를 내는 사람은 거의 없었다. 집에서 가족들, 지인들과 얘기를 나누며 불만을 표출하는 경우는 있었겠지만 반대 집회나 시위를 하는 경우는 없었다. (혹 있었더라도 언론에 보도되지 않았기에 알 수가 없었다) 물론 이 모든 게 가능했던 것은 기술의 발전 때문이었다. 거의 모든 영역이 디지털화된 사회에서는 대중의 통제가 쉬운 일이다. 안면인식 기능을 갖춘 CCTV, AI를 통한 온라인 활동 검열, 클릭 한 번이면 파악할 수 있는 디지털 화폐 사용 내역 등 이제 하고자한다면 개인이 방문하고 생각하고 구매하는 것 거의 모두를 정부에서 손쉽게 들여다볼 수 있었다. 그리고 정부 정책에 반하는 행동을 하는 사람들에게는 사회신용점수와 연동된 방식으로 손쉽게 제재를 가할 수 있었다. 이토록 '투명하고' 디지털화된 사회에서 개인은 행동을 조심할 수밖에 없었다. 그러지 않으면 너무도 신속하게 자신의 과오가 파악됐고 제재가 가해졌기 때문이다. 아직은 종이돈의 사용이 가능했기에 감시망을 살짝 우회할 수는 있었지만 한계도 분명했다. 종이돈으로 물건이나 서비스를 구매할 수 있는 한도가 99만 원이었기 때문이다. 탈세를 막기 위해서라는 명분을 내걸었지만 실제 목적은 완전한 디지털 화폐체제로의 가속화였다. 그 목표는 이제 달성을 눈앞에 두고 있었다.

그는 계속 걸음을 옮겨 안양천 산책로로 접어들었다. 산책을 하는 사람은 거의 없었다. 어두워진지 오래였고 날씨도 쌀쌀했기 때문이다. 그래도 마스크를 착용한 채 빠른 걸음으로 걷고 있는 중년의 아주머니들 몇이 눈에 들어왔다. 그는 모든 연령대의 남녀를 통틀어 중년 여자들만큼 자신의 건강에 신경 쓰는 사람도 없을 거라는 생각을 하며 계속 걸음을 옮겼다. 마스크를 벗고 싶다는 생각이 들었지만 또 어디서 로봇 개가 나타날지 알 수 없었으므로 참았다. 조금만 늦게, 산책로로 들어온 다음에 벗었더라면 로봇 개가 달려들지 않았을 거란 생각도 들었다. 아무래도 거리보다는 산책로에 CCTV가 더 적을 테니 말이다.

계속 걸음을 옮기는데 저쪽 편에서 하얀 마스크를 쓴 젊은 여자가 그를 향해 걸어왔다. 야구모자를 쓰고 마스크로 절반 넘게 얼굴을 가리고 있었지만 미인인 것 같았다. 그녀는 빠른 걸음으로 그를 스쳐 지나갔다. 그는 잠시 걸음을 멈추고 고개를 돌려 그녀의 뒷모습을 바라보았다.

만약 그가 용기 내어 그녀에게 말을 걸었다 해도, 그리고 그녀가 그런 그의 행동에 호의적으로 반응했다 해도 그는 그녀와 함께 카페나 음식점에 들어갈 수 없었다. 신종 조류 독감 백신을 접종하지 않았기 때문이다. 그가 그 백신을 접종하지 않은 데는 이유가 있었다. 그가 가장 아꼈던 친구 정원이 백신을 접종한 후 사흘 만에 죽었기 때문이다. 정원의 어머니 말에 따르면 정원은 접종 다음 날 왼쪽 팔 부위의 저림 증상을 호소하다 의식을 잃고 쓰러졌다고 한다. 곧바로 병원으로 이송했지만 혼수상태에 빠진 정원은 26시간 뒤 숨졌다. 건강하던 친구의 갑작스러운 죽음은 그에게 엄청난 충격이었다. 그 죽음을 받아들이는 것은 그에게 너무도 힘든 일이었다. 정원처럼 백신을 접종한 후 수일 만에 사망한 사람은 질병관리청의 공식 통계로도 2,800명가량 되었다. 그러나 그럼에도 백신은 계속해서 안전하고 효과적이라고 홍보되었다. 그는 그런 홍보를 믿지 않았고, 그와 같이 백신에 대한 불신으로 접종을 거부한 사람이 수백만이나 되었다. 물론 그보다 훨씬 많은 이들이 접종받는 쪽을 택했지만 말이다.

백신 접종의 결과 신종 조류 독감 발생이 감소했느냐면 그렇지 않았다. 대신 감소한 것은 출산율이었다. 대한민국의 인구는 지난 10년간 200만 명이나 줄어들었다. 출산율은 언젠가부터 이상하리만큼 낮아졌다. 결혼을 하지 않고 혼자 사는 사람들이 늘어난 것도 원인이었지만, 결혼을 해도 아이를 갖지 않거나 가지려고 애를 써도 갖지 못하는 부부가 늘어난 것도 원인이었다. 불가피한 선택으로 정부는 이주민을 대규모로 받아들였다. 그렇지 않았더라면 인구 감소 폭은 더 컸을 것이다.

30분쯤 걸은 후 집으로 돌아온 그는 뜨거운 물로 샤워를 했다. 의자에 앉아 머리를 말리며 기분 좋은 나른함을 느꼈다. 그는 휴대폰으로 스쿠브에 들어가 모차르트의 〈피아노 협주곡 21번〉 2악장 연주 실황 영상을 틀어 놓고 녹차를 탔다. 음악과 따뜻한 차, 그리고 무드등으로 부드러워진 공간의 분위기는 자연스럽게 그를 감상적으로 만들었다. 그는 모차르트를 아주 어렸을 때부터 자주 들었었다. 차이콥스키나 라흐마니노프도 좋아했지만 모차르트는 다른 의미에서 특별했다. 그가 어렸을 때 아버지는 자주 모차르트를 틀어 놓고 쉬곤 했었다. 그는 쉬고 있는 아버지 옆에서 모차르트를 들으며 놀아 달라고 했었고 그러면 아버지는 피곤한 몸을 일으켜 그와 놀아 주곤 했다. 지금의 그라면 절대로 음악과 함께 조용히 쉬고 있는 아버지를 방해하지 않았을 것이다. 그러나 어쨌든 모차르트와 얽힌 어린 시절의 기억은 그의 마음 한구석에 따뜻한 이미지로 남아 있었다. 그는 종종 그 이미지를 떠올리곤 했다. 그렇게 지나간 추억들을 이것저것 생각하며 녹차를 홀짝이고 있는데 누군가 초인종을 눌렀다. 그는 일어나 인터폰 화면을 보았다. 하얀 마스크를 쓴 젊은 여자였다.

"누구시죠?"

그러자 그녀는 옆집에 사는 사람이라고 했다. 이곳으로 이사 온 지 3개월이 넘었지만 오며가며 마주친 이웃들과는 눈인사 정도만 주고받은 게 전부였고 그녀도 처음 보는 얼굴이었다. 그는 현관으로 가서 문을 열었다. 벨을 누른 여자는 체형이나 얼굴 생김새가 조금 전 산책로에서 스쳐 지나갔던 젊은 여자와 아주 비슷했다.

“안녕하세요. 뭐 좀 부탁드려도 될까요?”

그는 무슨 부탁이냐고 물었다.

“저희 집 거실 등이 나가서 갈아 끼우려는데, 잘 안돼서요…. 혹시 좀 봐주실 수 있으세요?”

그는 그녀의 요청을 수락했다. 그리고 그녀를 따라 그녀의 집으로 갔다. 그녀의 집 401호는 그의 집과 동일한 구조로 되어 있었다. 랜턴의 연약한 불빛이 실내를 밝히고 있었는데, 천장에는 원래 달려 있던 등을 뗀 브라켓만 남아 있었고 바닥엔 새로 사 온 등이 놓여 있었다. 살펴보았더니 기존 등의 브라켓과 새로운 등의 브라켓 모양이 달랐다. 그는 그녀에게 드라이버를 달라고 했다. 그녀가 드라이버를 건네주자 그는 그것으로 기존의 브라켓을 떼어낸 후 새로운 브라켓을 달았다. 그리고 거기에 새 LED 등을 연결해 고정하고 누전차단기를 올린 후 불을 켜 보라고 했다. 불은 잘 들어왔다.

작업을 마친 그에게 그녀는 고맙다며 차를 한잔 대접하겠다고 했다. 그는 좋다고 했다.

“이사 오신 지 얼마나 되셨어요?”

그는 3개월 정도 되었다고 대답했다. 그녀는 그동안 한 번도 마주치지 못한 게 신기하다고 했다.

마스크를 벗은 그녀의 얼굴은 아름다웠다. 나이는 이십 대 중반쯤 되어 보였고, 검은 생머리와 검은 눈, 깨끗한 피부가 도자기 인형 같은 느낌을 주었다. 그러나 얼굴에는 지친 기색이 묻어 있었고, 비록 그에게 도움을 청하긴 했지만 그에 대한 경계심도 보이는 듯했다.

"커피 맛이 좋네요."

그의 말에 그녀는 친척이 이탈리아에서 보내 온 커피라고 했다.

"이탈리아에서 보내 온 커피라고요? 아주 귀한 거군요."

2년 전 벌어진 중국과 대만의 전쟁 이후 세계는 이전과는 완전히 다른 곳이 되었다. 미국 중심의 국제질서는 붕괴되었고, 미국을 비롯한 유럽 국가들과 동아시아 국가들 사이의 무역 거래도 위축되어 이런 종류의 커피는 시중에서 거의 볼 수 없었다.

"여기서 사신지는 얼마나 되셨어요?"

그의 물음에 그녀는 2년이 다 되어 간다고 대답했다.

"오래 사셨네요. 다른 곳으로 이사 가고 싶진 않으

세요?"

"더 좋은 곳으로 이사 가고 싶죠. 그러려면 돈이 있어야 하는데 그렇지 않아서요."

"항상 돈이 문제죠." 그는 커피를 한 모금 마신 후 말했다. "뭐 그래도 여기도 살기 좋은 것 같아요. 교통도 편리하고 근처에 공원도 있고."

"그렇긴 하죠."

그런 대화를 몇 마디 더 나눈 후 그는 자리에서 일어났다.

"잘 마셨습니다. 이만 가 볼게요."

"네, 전등 갈아 주셔서 감사해요."

그는 또 도움이 필요한 일이 있으면 언제든 말하라고 했다. 그녀는 알겠다고 했다. 그는 그녀의 집을 나서며 예상치 못했던 일이 자신에게 일어났다고 생각했다. 물론 좋은 방향으로 말이다.

## 4

편의점에서 먹을거리를 사 들고 원룸을 향해 발걸음을 옮기는데 그를 부르는 여자의 목소리가 들려왔다. 뒤돌아보니 401호였다.

"안녕하세요. 오래간만이네요."

유혁이 그녀의 등을 갈아준 건 이틀 전이었다. 그러니 '오래간만'이란 표현은 적절치 못했다. 그러나 그녀는 이틀 만에 다시 만난 것을 오래간만으로 느끼는 것 같았다.

"잘 지내셨어요?"

그는 잘 지냈다고 대답했다. 그녀는 손에 들고 있는 건 뭐냐고 물었다.

"반찬을 좀 샀어요. 제육볶음이랑 닭갈비요."

두 개 모두 200그램 정도 되는 양에 8,900원 밖에 하지 않아 그가 가끔 한 끼 반찬으로 사 먹곤 하던 것들이었다.

"맛있겠네요."

"하나 드릴까요?"

그녀는 웃으며 아니라고 했다.

"퇴근하시는 길인가 봐요?"

그녀는 그렇다고 했다. 그는 그녀가 무슨 일을 하는지 궁금했지만 묻지는 않았다.

원룸이 있는 건물 안에 들어서 엘리베이터 앞에 이르자 그녀가 말했다.

"혹시 이번 주말에 시간 괜찮으세요? 괜찮으시면 우리 점심이라도 같이 먹을래요?"

점심을 같이 먹자고? 뜻밖의 말이었다. 그는 잠시 머뭇거린 후 대답했다.

"시간은 괜찮아요. 근데… 실은 제가 백신을 안 맞았어요. 그래서 음식점에 갈 수가 없을 것 같네요."

그녀는 의외라는 눈으로 왜 백신을 맞지 않았느냐고 물었다.

"맞고 싶지 않아서요."

친구가 백신 접종 후 사망한 일을 구구절절 말하고 싶진 않았다. 그녀는 잠시 생각하더니 말했다.

"그럼 저희 집에서 식사하는 건 어떠세요?"

"집에서요?"

"네. 파스타 좋아하세요?"

그녀는 그에게 관심이 있는 것 같았다. 그녀 같은 미인이 관심을 보이는데 싫어할 남자는 없을 것이다.

"좋아하죠."

"잘 됐네요! 그러면 이번 토요일에 저희 집에서 점심 먹어요. 맛있는 크림파스타 대접해 드릴게요."

엘리베이터에서 내린 그들은 인사를 나눈 후 각자 자신의 집으로 들어갔다. 그는 사 가지고 온 돼지불고기와 냉장고에 있던 김치를 반찬으로 저녁을 먹으며 그녀의 식사 초대에 대해 생각했다. 그는 지나치게 적극적인 여자는 별로 좋아하지 않았다. 그런 여자들은 언제든 또 다른 남자에게 적극성을 보일 수 있기 때문이다. 그러나 401호는 조용하고 소극적일 것 같은 인상을 지니고 있었다. 학급에 한두 명은 있게 마련인 조용하고 청순한 여자아이 같은 느낌 말이다. 그런 분위기의 그녀가 묘하게 적극적으로 나오니 좀

헷갈렸다. 그러나 어쨌든 싫지는 않았다.

어쩌면 2029년이라는 시대가 그녀에게 그런 행동을 하도록 만든 것인지도 모른다는 생각도 들었다. 신종 조류 독감 팬데믹이 시작된 후 강력한 사회적 거리 두기가 지속되면서 많은 청춘들이 자발적으로든 비자발적으로든 만남과 연애를 포기하게 되었는데 그녀도 그런 시간을 1년 넘게 이어 왔을 것이다. 그 1년의 시간이 그녀 안에 잠들어 있던 적극성을 깨운 것인지도 모른다. 그는 충분히 그럴 수 있다고 생각했다.

양치를 마치고 휴대폰으로 새로 올라온 뉴스들을 살펴보고 있는데 그의 관심을 끄는 기사가 하나 눈에 들어왔다. 그것은 다음 달 1일부터 75세 이상 노인을 대상으로 시행되는 '행복한 작별'이란 프로그램을 다룬 기사였다. 기사는 미사여구를 동원해 그 프로그램을 그럴듯하게 포장하고 있었는데 그는 그 글에 역겨움을 느꼈다. '행복한 작별'은 간단히 말해 안락사 프로그램이었다. 75세 이상의 노인이 죽음을 원한다면 국가에서 무료로 그 일을 수행해 주겠다는 거였다. 프로그램에 참여를 신청한 노인은 강릉과 여수, 그리고 거제에 위치한 리조트에서 1주일간 머물며 즐거운 시간을 보낸 후 - 특급 호텔 수준의 식사도 제공된다고 했다 - 도우미의 도움을 받아 편안하게 임종을 맡게 된다고 했다. 관광지 여행이라는 인센티브까지 제공하며 노인인구를 줄이려는 정책에 그는 분노를 느꼈다. 그러나 기사에 달린 댓글들은 품위 있는 죽음을 가능하게 해 줄 정책이라느니, 연금 재정과 건강보험 재정 안정화를 위해 불가피한 선택이라느니 하면서 그것을 옹호했다. 그 프로그램에 책정된 예산은 1,280억이라고 했다. 그와 다른 많은 사람들이 낸 세금이 그런 용도로 사용된다는 것에 화가 났다. 그 프로그램은 자발적으로 참여하기를 원하는 노인을 대상으로 한다고 했지만, 요양병원이나 그와 비슷한 시설에서 치매나 중풍 같은 질병으로 간신히 목숨만 유지하고 있는 노인들에게 비자발적으로 시행될 가능성도 있어 보였다. 어떻게 보더라도 문명의 타락이 끝까지 가지 않고서는 나올 수 없는 제도였다.

그는 '행복한 작별'에 관한 영상을 만들어 스쿠브에 올리기로 마음먹은 후 곧바로 카메라를 켰다. 영상은 그가 항상 하는 방식대로 스크립트 없이 즉흥적으로 떠오르는 생각을 말하고 그걸 그대로 촬영했다. 그렇게 7분짜리 영상이 순식간에 만들어졌다. 그는 영상을 바로 스쿠브와 블로그에 올렸다. 곧 댓글이 달리기 시작했다. 이건 진짜 아니라고 생각합니다, 현대판 고려장이 시작되는군요, 이 정부는 정말 미친 것 같다, 인구감축은 계속됩니다, 예수님께서 빨리 오셔서 이 미친 세상을 속히 끝내 주시길! 같은 댓글들이 계속 이어졌다.

시간은 어느새 11시를 넘어 있었다. 그는 스마트폰의 전원을 끈 후 책상 위에 던져 놓고 잘 준비를 했다. 불을 끄고 침대에 눕자 문득 401호의 얼굴이 떠올랐다. 그녀에 대한 생각은 회색빛 세상에 비치는 한 줄기 빛처럼 그의 마음을 밝게 해 주었다. 그는 다른 생각은 하지 않고 그녀에 대한 생각만 하기로 했다. 그러다 어느 순간 잠들면 그것처럼 좋은 일도 없을 것 같았다.

## 5

아침을 먹으며 스쿠브에 새로 올라온 영상들을 살펴보고 있는데 그가 4년 전부터 구독해 왔던 채널 〈숨겨진 것을 말하는 TV〉의 운영자가 커뮤니케이션 게시판에 올린 글이 눈에 들어왔다.

안녕하십니까. <숨겨진 것을 말하는 TV>의 운영자입니다. 여러분들께 알려 드릴 일이 있어서 글을 씁니다. 다름이 아니라 <숨겨진 것을 말하는 TV> 채널이 오늘부로 채널의 수익 창출이 중단되었습니다. 스쿠브 측에서 특정 동영상을 문제로 지적한 것이 아니라, 제 채널의 영상 전반이 '광고주 친화적이지 못하고, 유해한 콘텐츠'라는 것이 이유였습니다. 개인적으로 채널이 폐쇄되지 않은 것을 다행으로 여기고 있습니다. 그리고 제가 그동안 채널을 통해 얘기했던 것들이 틀리지 않았다는 생각을 했습니다.

저는 2021년 12월 <숨겨진 것을 말하는 TV> 채널을 개설해 지난 7년 4개월 동안 진실을 전달하기 위해 노력해 왔습니다. 그동안 제가 여러분들께 알리고 싶었던 내용은 모두 알려 드린 상태입니다. 스쿠브 이외에 다른 곳에 채널을 개설하는 것은 어떠냐는 분들이 계신데, 다른 플랫폼들은 스쿠브 채널 이상의 파급력이 없는 상태입니다. 장기적으로 채널의 개편이 불가피한 상황이지만 그렇다고 해서 지금까지 해 왔던 방향을 바꾸지는 않을 생각입니다. 항상 <숨겨진 것을 말하는 TV>를 응원해 주시는 애청자 여러분들께 거듭 감사 드립니다.

-<숨겨진 것을 말하는 TV> 운영자 드림

유혁은 충격을 받았다. 〈숨겨진 것을 말하는 TV〉는 구독자가 18만을 넘는, 스쿠브에 몇 개 남지 않은 음모론 채널 중 가장 영향력 있는 채널이었다. 그 채널의 수익 창출이 금지된 것이다. 그가 알기로는 〈숨겨진 것을 말하는 TV〉의 운영자는 40대 후반의 아내와 자녀가 있는 전업 영상제작자였다. 유혁 자신처럼 싱글이 아니라 자녀까지 있는 상황에서 채널의 수익 창출이 중단된다면 생활에 타격이 있을 수밖에 없었다.

'이런 식으로 입을 닫게 만드는군….'

물론 이런 사태가 벌어진 건 이번이 처음은 아니었다. 소리 소문 없이 폭파되어 사라진 음모론 채널은 그가 기억하는 것만해도 10개 정도 되었다. 어떤 면에선 〈숨겨진 것을 말하는 TV〉 운영자의 글처럼 채널이 폭파되지 않은 것만도 다행이라고 해야 했다.

그는 글에 달린 댓글들을 읽어 보았다.

<진실을 알리는 곳은 역시 탄압을 받는군요. 적으나마 계좌후원 하겠습니다!>

<용기 잃지 마십시오. 응원합니다. 힘내세요.>

<작게나마 꾸준히 후원합니다. 꼭 곁에 계시길 희망합니다.>

<진실을 전해주는 채널들이 탄압을 받고 있네요.>

<이 채널 말고 다른 집도 수익창출 중단된 곳이 여럿이 있습니다. 망할 놈들.>

<광고주 친화적이지 못하고 유해한 콘텐츠라?! 대중에게 전파될까 두려워 비겁한 변명을 하는 거겠죠!>

<늘 초심으로 분투해주시길 응원드립니다!>

<도움이 되고자 광고란 광고는 모두 끝까지 시청했는데 진짜 욕 나오네요. 힘내세요!>

<멤버십에서 이체로 돌리겠습니다. 많은 분들에게 유익한 콘 텐츠이니 가능한 날까지 많은 영상 부탁드립니다. 힘내세요!>

<헉… 다른 방법으로 후원하도록 하겠습니다. 진실은 승리합니다!>

<저도 정말 소정의 커피값 정도이지만 후원할게요. 계속 진실을 알려 주세요.>

<저도 갑자기 membership fee 이체가 중단되었다는 스쿠브 이메일 받고 놀랐습니다. 세상에 멤버십도 끊어 버리는군요. 잘하고 계신다는 방증이기도 하니까 힘내세요!>

<점점 오락, 드라마, 먹방 등 쓰레기 같은 채널만 남겠네요.>

<스쿠브 멤버십 결제 시 스쿱측에서 너무 많이 떼어 간다고 들었습니다. 앞으로 소액이지만 계좌로 후원할게요!>

그를 응원하는 댓글들이 100개 넘게 이어졌다. 〈숨겨진 것을 말하는 TV〉의 운영자는 채널 정보에 자신의 은행 계좌번호를 공개해 놓아서 계좌로 후원을 이어가겠다는 댓글이 많았다. 그러나 그런 단발성 후원과 매월 정산되는 광

고 수익이 같을 수는 없었다. 구독자가 18만을 넘었으니 광고 수익으로 매월 400만 원은 벌었을 텐데, 이제 그것이 완전히 사라졌으니 말이다.

그는 만약 자신에게도 비슷한 일이 일어난다면 어떻게 될까 생각해 보았다.

'나는 스쿠브로 버는 돈 말고 월세 수입이 있으니 어떻게든 살아갈 수 있을 것이다. 부양가족도 없으니 말이다.'

그렇지만 스쿠브에서 수익 창출이 완전히 중단되거나 더 나아가 채널 자체가 폭파되어 버린다면 심리적으로 상당히 위축될 것 같았다. 어떻게 보면 그는 지금 스쿠브와 블로그를 통해 대외활동을 하고 있는데, 그 통로가 막혀버리면 너무 답답할 것 같았다.

'영상의 수위를 조절할 필요가 있겠어. 미리 조심해서 나쁠 건 없을 테니까….'

그는 자신의 스쿠브 채널로 들어갔다. 올려놓은 200개 가량의 영상을 훑어보며 문제가 될 만한 게 있는지 파악하기 위해서였다. 스쿠브 측에서 민감하게 반응할 내용은 이미 다 삭제했기에 특별히 문제가 될 영상은 없었다. 하지만 작정하고 꼬투리를 잡으려 한다면 당할 수밖에 없을 거란 생각이 들었다. 이유야 어떻게든 만들어 내면 되는 거니까.

그는 잠시 더 채널의 영상을 살펴보다가 작년 말에 올린 영상 하나를 삭제하기로 했다. 문제가 될 만한 내용은 아니었지만, 예전에 그 영상에서 짧게 언급한 정책에 대해 다루었다 채널이 정지된 기억이 떠올랐기 때문이다.

살얼음판 걷는 기분으로 자기 검열을 계속하지 않으면 스쿠브에서의 발언권은 언제든 박탈될 수 있다는 사실이 짜증스러웠다.

"그래도 그것마저 없는 것보다는 낫잖아?"

그렇게 중얼거리며 그는 다시 휴대폰을 집어 들었다.

# 6

토요일 정오에 그녀는 지난번과 마찬가지로 그의 집 현관 벨을 눌렀다. 식사 준비가 다 되었으니 식기 전에 와서 먹으라고 했다. 그는 미리 사 놓은 과일을 들고 그녀를 따라 그녀의 집으로 갔다. 식탁에는 커다랗고 하얀 접시 두 개와 피클, 와인잔이 놓여 있었고 크림파스타 냄새가 집안 가득했다.

"냄새가 좋네요."

그의 말에 그녀는 "맛있어야 할 텐데 걱정이네요."하고 중얼거렸다. 그녀가 접시에 덜어 준 파스타를 맛본 후 그가 말했다.

"맛있네요. 아주 고소하고 담백한데요."

"그래요? 입에 맞으신다니 다행이네요."

"저는 자극적인 것보다는 담백한 맛을 좋아하는데 딱 제 취향이에요."

그녀는 활짝 웃더니 와인을 마시겠느냐고 물었다. 그는 좋다고 대답했다. 그녀는 그의 잔에 와인을 따라 주었다. 그는 자신이 그녀의 잔에 따라 주겠다고 했다.

가볍게 잔을 부딪친 후 한 모금 마신 와인은 달콤했다. 그는 한 모금 더 마신 후 물었다.

"이것도 이탈리아의 친척분이 보내 주신 건가요?"

그녀는 웃으며 아니라고 했다.

"이건 마트에서 산 거예요."

"그래요? 아주 맛있는데요."

그녀는 그러냐며 잘 산 거 같다고 했다.

"근데 생각해 보니까 아직 이름을 여쭤보지 못했네요. 이름이 어떻게 되세요?"

"주은이요. 강주은. 유혁 씨 맞으시죠? 성유혁."

"어떻게 제 이름을…."

그녀는 웃으며 말했다.

"제 우편함에 유혁 씨 전기요금 고지서를 잘못 넣었더라고요. 그래서 이름을 알게 되었어요."

"아, 그랬군요."

"이름이 기억에 남더라고요. 유혁, 뭔가 부드러우면서도 강한 느낌이랄까."

"비슷하게 보셨네요. 부드러울 유濡 자에 빛날 혁赫 자를 쓰거든요."

"그렇구나. 유혁 씨는 어떤 일 하세요?"

"지금은 전업으로 스쿠브 하고 있어요."

"전업으로요? 대단하시네요. 채널 이름이 뭐에요?"

"〈진실과 거짓〉이라고 구독자 2만 명쯤 되는 작은 채널이에요."

"바로 검색해 볼게요."

그렇게 말하며 그녀는 휴대폰을 집어 들었다.

"와 영상이 200개가 넘네요. 구독자도 2만 3,157명이나 되고."

그녀는 영상의 제목들을 훑어보더니 그중 하나를 재생했다. 그가 올해 초에 만든 2029년을 전망하는 영상이었다. 그는 영상을 보는 그녀에게 말했다.

"제 채널은, 일종의 음모론 채널이라고 할 수 있죠. 음모론이란 단어는 별로 좋아하지 않지만."

"재밌네요. 저도 구독 눌렀어요."

"감사합니다."

그는 그녀가 음모론에 대해 어떻게 생각하는지 궁금해졌다.

"음모론에 대해 어떻게 생각하세요?"

"잘 모르겠어요. 제가 잘 모르는 분야라서…."

그는 알아야 할 필요가 있다고 말하고 싶었다. 그러나 그런 말은 하지 않았다.

"주은 씨는 어떤 일 하세요?"

"저는 병원에서 일하고 있어요."

"병원이면, 간호사?"

"네."

"그럼 야간 근무도 자주 하시겠네요?"

"한 달에 대여섯 번은 하죠."

"그러시구나. 고생이 많으시네요. 수면 사이클 바뀌면 힘드실 텐데."

"그렇죠. 얼마 못 버티고 그만두는 사람도 많아요."

"간호사로 일하신지는 얼마나 됐어요?"

"2년 조금 넘었어요."

그때 식탁 위에 올려놓은 그와 그녀의 휴대폰이 동시에 시끄럽게 울렸다. 재난문자 도착 소리였다. 그는 휴대폰을 들어 문자를 확인했다.

안전안내문자

〔서울특별시청〕 서울 미세먼지 비상저감조치 발령. 내일 공공기관 주차장 폐쇄. 차량 2부제, 실외 활동 자제 바랍니다.

그는 속으로 생각했다. 안전을 명분으로 항상 긴장하고 통제에 잘 따르라는 대중심리 조작은 지긋지긋하게 계속되는군.

그들은 그녀의 일에 관한 얘기를 조금 더 이어갔다.

"파스타 더 드릴까요?"

"네."

"남은 거 다 드릴게요. 얼마 안 돼요."

"같이 나눠 먹죠."

"저는 배불러요. 얼마 안 되니까 드세요."

그녀의 말대로 남은 파스타는 얼마 되지 않았다. 그가

접시를 깨끗이 비우자 그녀가 냉장고에서 조각 케이크를 꺼냈다.

"후식은 케이크예요."

"준비를 많이 하셨네요."

"덕분에 등 잘 사용하고 있는데, 이 정도는 대접해 드려야죠."

케이크까지 먹고 나니 적당히 배가 불렀다.

"가져오신 포도도 좀 씻을게요."

"아니에요, 이젠 저도 배가 부르네요. 포도는 두었다가 다음에 드세요."

그녀는 알겠다고 대답했다. 그가 물었다.

"쉬는 날에는 주로 뭐 하세요?"

그녀는 잠시 생각하더니 잠자고 친구 만나고 집에 다녀오기도 한다고 했다.

"유혁 씨는 쉬는 날 뭐 하세요?"

"저는 쉬는 날이 따로 없어요. 매일이 쉬는 날이죠."

"아, 전업으로 스쿠버 하신다고 하셨죠. 깜빡했네요. 근데 매일이 쉬는 날은 아니죠. 영상 만드는 것도 쉽지 않은 일인데."

그는 웃으며 말했다.

"저는 영상을 아주 쉽게 만들어요. 그냥 카메라 켜 놓고 제가 관심 있는 주제에 대해서 5분 정도 얘기하고 그걸 그대로 올려요. 따로 편집 같은 거 안 하고요. 특별히 준비할 것도 없어요. 머릿속에 있는 걸 그냥 말하면 되니까. 그래서 영상 하나 만드는 데 20분도 안 걸리는 것 같아요. 뚝딱 만드는 거죠."

"그런데도 많이들 보네요." 그녀는 휴대폰으로 그의 스쿠브 채널을 훑어보며 말했다. "조회수 10만 회 넘는 영상도 있고."

"꾸준히 하다 보니까 그렇게 된 것 같아요."

"꾸준히 한다고 다 이렇게 되는 건 아니죠. 재밌으니까 이만큼 본 거겠죠."

"그렇게 얘기해주시니 고맙네요."

"근데…." 그녀는 불쑥 물었다. "유혁 씨는 여자친구 있으세요?"

그는 없다고 대답했다.

"의외네요. 여자들한테 인기 많으실 것 같은데."

"어렸을 땐 조금 있었는데 지금은 그렇지도 않아요. 주은 씨는 남자친구 있으세요?"

"저도 없어요. 작년에 2년 가까이 사귀었던 남자친구랑 헤어졌는데 그 뒤론 새로운 사람 만나는 게 쉽지 않더라고요."

"신종 조류 독감 때문에 사람 만나기 힘든 시대죠."

"그렇죠. 근데 그거 뉴스에서 말하는 것처럼 진짜 그렇게 위험하다고 생각하세요?"

"글쎄요, 저는 아닐 거라고 생각해요. 물론 이건 음모론자의 생각이지만."

그렇게 말하며 그는 웃었다. 그녀도 따라 웃었다.

"의료계에 계시니 저보다 더 잘 아시겠지만, 걸려도 중증으로 넘어가는 경우가 소수잖아요. 노인 아니고 기저질환 없으면 대부분 일주일 정도 푹 쉬면 다 낫고. 미디어에선 엄청나게 공포감 조성하고 있지만요."

"음모론자다운 생각이네요. 그렇게 공포감을 조성해서 얻을 수 있는 게 뭐죠?"

"여러 가지가 있겠지만 딱 하나만 꼽자면 사람들을 통제할 수 있는 힘이죠."

"누가요? 정부가요?"

"정부를 움직일 수 있는 힘을 지닌 사람들이요."

"대통령?"

"5년 있다 바뀌는 사람 말고, 그 사람을 그 자리에 올리고 그를 통해서 자기가 원하는 일들을 추진하는 세력이요."

"그런 세력이 진짜로 존재하나요?"

"그럼요. 그런 세력이 없다고 생각하는 게 순진한 거죠."

그녀는 웃으며 말했다.

"올려놓으신 영상들을 다 보고 나서 더 얘기를 나눠야겠네요."

그들은 30분쯤 더 이야기를 나눴다. 그는 이제 일어날 때가 되었다고 생각했다.

"맛있게 잘 먹었습니다. 다음번엔 제가 한번 대접할게요."

그러자 그녀는 "벌써 가시게요?"하고 말했다.

"오늘 저녁에 스쿠브 라이브 방송을 할 예정이라 준비를 좀 해야 해서요."

"아, 그러셨구나. 빨리 가셔서 준비하셔야겠네요."

그는 다시 한번 잘 먹었다고 인사한 후 자리에서 일어났다. 그녀가 말했다.

"우리 번호 교환하는 거 어때요? 바로 옆집에 살긴 하지만, 급하게 연락해야 할 일이 있을 수도 있잖아요."

그는 좋다고 대답한 후 자신의 번호를 알려 주었다. 그녀는 바로 그에게 전화를 걸었다. 그도 그녀의 번호를 저장한 후 말했다.

"뒷번호가 7273이네요. 숫자에서 뭔가 리듬감이 느껴지는데요."

그녀는 웃더니 저녁에 근무가 있어 오늘 스쿠브 라이브는 볼 수 없을 거 같다며 다음에 만나면 어땠는지 얘기해 달라고 했다. 그는 그러겠다고 했다.

# 7

2주 만에 진행한 실시간 방송은 성공적이었다. 400명 넘는 시청자가 들어왔고 슈퍼챗 후원을 해준 사람도 11명이나 되었으니까. 후원금 총액은 20만 원을 조금 넘었는데 2시간 떠들고 벌어들인 액수로는 나쁘지 않았다.

방송 내내 채팅창에 '당신은 음모론자고 당신의 말은 다 거짓이다'란 글을 계속 올리는 이상한 놈이 하나 있었는데 유혁은 그 사람을 욕하는 다른 글들을 보며 그럴 필요 없다고 했다.

"저런 분들도 자유롭게 자기 생각을 말할 수 있는 공간이 제 채널입니다."

그의 그 발언은 수많은 채팅창 글을 불러일으켰다. 그래도 저런 사람은 제재해야 한다, 저런 사람도 마음대로 떠들 수 있는 공간이 진짜 자유로운 공간이다, 자유라는 이름으로 방종을 허락해서는 안 된다, 그냥 그러거나 말거나 무시하는 게 최선이다 등등.

그러나 어쨌든 그는 끝까지 누구의 발언권도 제한하지 않았다. 방송을 마치며 그는 그 사실에 자부심을 느꼈다.

노트북을 덮고 나니 출출했다. 시간이 많이 늦었지만 뭐라도 좀 먹어야 할 것 같았다. 그는 냉장고를 열어 김치가 들어 있는 반찬통을 꺼냈다. 그리고 전기밥솥에서 밥을 퍼 밥그릇의 절반 정도만 담았다. 다른 반찬은 필요 없었다.

밥을 먹으며 그는 401호에게 답례로 식사를 대접하기로 한 것에 대해 생각했다. 백신패스 때문에 집에서 먹어야 할 텐데 그는 요리를 잘하는 남자는 아니었다. 초밥 같은 걸 배달시켜 먹는 방법도 있었지만 그래도 집에 초대한 건데 직접 요리한 음식을 대접하는 게 좋을 것 같았다.

'뭐가 좋을까? 계란국이라도 끓여야 하나?'

계란국이나 김치찌개를 끓이고 거기에 더해 배달 음식과 후식으로 먹을 과일, 쿠키를 준비하면 되겠다는 결론이 내려졌다. 그런 생각으로 식사를 마친 그는 빈 그릇을 싱크대에 던져 놓고 바로 양치를 했다. 양치 후 설거지까지 마치고 나니 거의 12시가 되어 있었다.

"많은 일이 있었던 하루였군."

그렇게 중얼거리며 그는 휴대폰을 집어 들어 '홈파티 음식'을 검색해 보았다. 수많은 블로그가 검색되었는데 그중 캘리포니아 롤을 배달시켜서 남자친구와 홈파티를 했다는 어느 블로거의 포스팅이 눈에 들어왔다. 사진을 보니 롤과 함께 간장, 락교, 생강 절임, 고추냉이 등이 작은 용기에 담겨 함께 배달되었는데 그런대로 괜찮아 보였다. 가격도 63,000원으로 비싼 편은 아니었다. 고려해 볼 만하군.

그밖에 다른 배달 음식들도 살펴보던 그는 이내 그것도 귀찮아진 듯 휴대폰을 테이블에 내려놓고 창가로 갔다. 가로등 불빛과 건물에서 나오는 불빛이 어둠 속에 반짝이고 있었다. 그 모습을 바라보고 있는데 갑자기 채팅창에 계속 올라왔던 '당신은 음모론자고 당신의 말은 다 거짓이다'라는 글이 떠올랐다. 그는 그 말이 맞았으면 좋겠다는 생각을 했다. 자신은 망상에 빠진 음모론자고, 실제로 이 세상에는 어떤 음모도 존재하지 않으며 무엇도 두려워할 필요 없는 미래가 한없이 펼쳐져 있다면 얼마나 좋을까 생각했다. 그렇게 평화롭고 안전한 세상에서 401호와 데이트를 즐기며 다가올 미래에 대한 장밋빛 전망에 빠질 수 있다면 얼마나 좋을까.

그는 그녀의 집에서 식사하며 나눴던 대화에 대해 생각해 보았다. 정확하게 말하자면 대화 자체보다는 그녀의 표정, 제스처 같은 것들에 대해 생각했다. 그런 생각이 계속되자 자연스럽게 그녀가 보고 싶어졌다.

'지금쯤 병원에서 일하고 있겠지? 밤이니까 특별한 일없이 가끔 병실을 둘러보며 빨리 아침이 오기를 바라고 있을지도….'

아랫집 현관문이 열렸다 닫히는 소리가 들려왔다. 아랫집 남자는 무슨 일을 하는지는 모르겠지만 종종 그렇게 늦게 집에 들어왔다.

'고달픈 인생이로군. 저렇게 일하는데도 이런 조그만 원룸에서 못 벗어나니….'

신종 조류 독감 발생 이후 경제는 엉망이 되었다. 국가 부채는 3,800조원을 넘어섰고 그 와중에 인플레이션으로 돈의 가치는 끔찍할 만큼 낮아졌다. 임금 인상은 당연히 하락한 돈의 가치에 미치지 못했고 그래서 많은 사람들이 대출에 의존해 생활을 이어가는 중이었다. 그는 이 모든 것들이 의도적으로 이루어진 일이라고 생각했다. 1퍼센트의 부자와 기업들에게 99퍼센트의 자산과 소유를 이전시키기 위한, 그래서 99퍼센트를 완전히 장악하고 통제하기 위한 목적으로 말이다.

'그 일은 계속될 것이다. 더 많은 사람들이 더 많은 빚을 져 더 이상은 사회가 지속될 수 없을 때까지.'

그것은 두말할 필요 없이 비관적인 세계관이었다. 철저하게 진실을 파고든다면 비관적인 세계관을 갖게 될 수밖에 없다는 게 그의 생각이었다.

'또 생각이 이 방향으로 흘러 버렸군. 하지만 그런 생각은 이제 그만하자. 총체적인 파국은 아직 오지 않았고, 그게 닥쳐오는 데는 생각보다 훨씬 더 많은 시간이 필요할지도 모르니.'

창밖으로 앰뷸런스의 사이렌 소리가 들려왔다. 그는 몸을 일으켜 창가로 갔다. 창문으로는 앰뷸런스가 보이지 않았다. 그러나 닫아 놓은 창문을 뚫고 사이렌 소리가 들려올 만큼 앰뷸런스는 가까운 곳에 있는 게 분명했다.

'무슨 일일까? 근처에 사는 주민이 갑자기 쓰러지기라도

했나?'

사이렌 소리는 얼마쯤 더 계속되었다. 그러다 시작할 때 그랬던 것처럼 어느 순간 갑자기 사라졌다.

# 8

"초대해 주셔서 감사해요. 이건 식사하고 후식으로 먹어요."

유혁은 주은이 건넨 롤케이크를 받으며 "그냥 오셔도 되는데…."하고 말했다. 그러자 그녀는 웃으며 "제가 먹으려고요."하고 대답했다.

식탁에는 배달시킨 모둠초밥과 배추김치, 계란프라이, 어묵을 넣고 끓인 국이 담긴 냄비가 차려져 있었다.

"와 많이 준비하셨네요."

그는 아니라고 했다.

"국은 조금 싱거울 수도 있는데 드셔 보시고 간을 하세요."

그녀는 그가 국자로 그릇에 떠준 국을 맛보더니 말했다.

"맛있네요. 간도 딱 적당하고."

"그래요? 다행이네요."

"초밥도 맛있네요. 이따 어디서 배달시켰는지 알려 주세요."

"그럴게요."

그들은 식사하며 근황 얘기를 나눴다. 그녀는 그가 어떻게 지냈는지 궁금해했다.

"뭐 평소랑 비슷하게 지냈어요. 스쿠브 영상 만들고 책 읽고 영화 보고 하면서요."

"스쿠브 채널에 올려놓으신 영상들 절반 가까이 본 것 같아요."

"그래요? 많이 보셨네요."

"재밌더라고요. 근데 여자들보다는 남자들이 좋아할 것 같아요."

"음모론에 관심 있는 사람들은 주로 남자죠."

"어렸을 때 다녔던 교회에서 들었던 얘기도 떠올랐어요. 666, 짐승의 표 이런 거요."

"교회 다니셨구나."

"중학교 때 친구 따라 잠깐 다녔어요."

그녀는 물잔을 들어 한 모금 마신 후 말했다.

"근데 진짜로 그렇게 될까요?"

"뭐가요?"

"영상에서 얘기하신 거요. 완전히 감시되고 통제되는 사회. 진짜로 그런 사회가 올까요?"

"오고 있잖아요."

"그런가? 근데 만약 그렇더라도 개인이 그걸 막을 수가 있을까요?"

"개인은 막을 수 없죠. 개인들이 뭉치면 다르겠지만."

그녀는 그 이야기는 더 하고 싶지 않은 듯 화제를 바꿨다.

"근데, 궁금한 게 있는데… 스쿠브 활동으로만 생활비를 버시는 거예요?"

그는 월세 놓은 아파트 얘기는 하고 싶지 않아서 그냥 그렇다고 대답했다.

"대단하시네요. 그러기 쉽지 않을 텐데."

"그냥 저 한 사람 먹고살 수 있을 만큼 벌어요. 그 이상 벌고 싶은 마음도 없고."

"왜 그 이상 벌고 싶은 마음이 없으신 거예요?"

"돈이 많다고 해도 행복할 것 같지 않아서요."

그녀는 고개를 끄덕이더니 그렇게 생각할 수도 있을 것 같다고 했다. 그가 물었다.

"국 조금 더 드릴까요?"

"조금만 더 주세요. 진짜 조금만."

"이 정도면 될까요?"

"네."

그녀는 그가 끓인 국이 아주 맛있다고 했다. 그는 소금이랑 후추만 넣고 간을 했다고 말했다. 그녀는 그러냐며 자기도 다음에 그렇게 끓여 봐야겠다고 했다.

"맛있게 잘 먹었어요."

"그랬다니 다행이네요."

"저기 말이에요."

"네."

"우리, 사귈까요?"

그녀는 장난스러운 어조로 그렇게 말했다. 그는 잠시 생각했다. 물론 그도 그녀에게 호감이 있긴 했다. 그러나 동시에 연인관계가 되었을 때 자신에게 부여될 의무가 부담스럽기도 했다.

"주은 씨처럼 예쁜 여자가 사귀자고 하면 거절할 남자는 거의 없을 거예요. 당연히 저도 마찬가지고요. 근데 살짝 고민이 되네요. 제가 주은 씨를 행복하게 해줄 수 있을지…."

"그거야 사귀어 보면 알겠죠."

"그렇겠죠."

"그럼, 오늘부터 우리 사귀는 거예요."

그는 그러자고 했다.

"우리 말 놓을까요?"

"말이요? 뭐 그러죠."

그녀는 뭐가 즐거운지 소리 내어 웃더니 말했다.

"근데 오빠 원래 이렇게 격식 차리는 스타일이야?"

그는 말을 놓는 것에 살짝 어색함을 느끼며 대답했다.

"아니, 그런 건 아닌데…."

"그러는 거 귀여워."

"뭐?"

"오빠가 그러는 거 귀엽다고."

한참 어린 그녀가 자신을 귀엽다고 하니 어이가 없었다.

"나, 다음 주 수요일에 쉬는데 우리 놀러 갈까?"

"어디로?"

"좋은 데로."

"좋은 데가 어딘데?"

"글쎄, 오빤 어디 가고 싶은 데 없어?"

"근데… 내가 백신 안 맞아서 식당이나 카페 들어가는 게 안 되는데 어쩌지?"

"아, 오빠 백신 안 맞았다고 했지. 그럼 어떡하지?"

자신 때문에 데이트도 제대로 할 수 없게 된 그녀에게 미안함을 느낀 그가 말했다.

"드라이브나 할까? 점심은 샌드위치 같은 거 테이크아웃 해서 먹고."

"좋은 생각이네!"

"한강 건너 합정이나 상수에서 샌드위치 사 먹고 한강공원 조금 걷다 오는 코스 어때?"

"좋아. 수요일에 날씨 좋았으면 좋겠다."

"좋을 거야."

그들은 후식으로 그녀가 사 온 롤케이크를 먹었다.

"갑자기 사귀자고 해서 당황했지?"

그녀는 입 안에 있는 케이크를 오물거리며 그렇게 물었다.

"조금."

"나도 내가 그럴 줄은 몰랐어."

"그래?"

"응. 먼저 사귀자고 한 거 처음이야."

"그렇다면 영광이네."

"여자가 먼저 사귀자고 하면 그 연애는 안 좋게 끝난다던데."

"그런 말이 있지. 근데 경우에 따라 다른 거 아니겠어?"

"나도 그렇게 생각해."

그는 속으로 생각했다. 나는 미래의 행복을 믿지 않아. 오직 지금의 행복만 믿을 뿐. 지금 우리가 연인관계가 된 이상 나에겐 우리를 넘어서는 행복이란 존재하지 않아. 바로 지금이 행복의 절정이고 앞으로는 내리막길만 있을 테니까. 그러니 적어도 나는 다른 행복을 찾아 바람피우는 일은 없을 거야. 나는 다른 행복을 믿지 않으니까. 그러니까 우리의 관계는 절대로 안 좋게 끝나지 않을 거야. 네가 나를 버리거나 세상이 나를 버리는 방식으로 끝나지 않는 한은 말이야.

"녹차 마실래?"

그의 말에 그녀는 "녹차? 오빠 녹차 좋아해?"하고 물었다. 그는 맛있어서 먹는다기보다는 건강을 위해서 마신다고 말했다. 그녀는 웃으며 "건강 안 챙길 것처럼 생겼는데 의외네."하고 말했다.

"지금 같은 시대엔 건강을 잘 챙겨야지. 말이 나왔으니 말인데, 웬만하면 과자나 라면 같은 가공식품은 먹지 마. 원료가 GMO고 몸에 안 좋은 첨가물이 가득 들어있으니까."

"그게 가능해? 오빠는 가공식품 전혀 안 먹어?"

"전혀 안 먹을 수는 없지. 콩기름, 커피시럽, 샐러드드레싱, 된장 같은 거 원료가 다 GMO니까. 최소한으로 먹으려고 노력하는 거지."

"건강 되게 챙기네."

그는 프랑스의 세라리니 교수팀이 발표한, 2년 동안 GMO 옥수수를 먹인 쥐에게서 발생한 거대한 종양에 대해 말하려다 참았다. 그 얘기를 하려면 옆구리에 자신의 머리 크기만 한 종양이 달린 쥐의 사진에 대해서도 얘기해야 하는데, 거기까지 말하면 분위기가 안 좋아질 것 같았기 때문이다.

"나도 녹차 한잔 줘. 건강에 좋다는데 먹어야지."

그녀는 가볍게 그의 어깨를 탁 치더니 웃으며 그렇게 말했다.

# 9

아침에 일어나 휴대폰을 확인했는데 메일이 와 있었다. 스쿠브 측으로부터 온 메일이었다.

성유혁님, 안녕하세요. Scube팀에서 크리에이터 님의 콘텐츠를 검토한 결과 잘못된 의료 정보 정책 위반이 확인되었음을 알려드립니다. 그에 따라 Scube에서 다음 콘텐츠가 삭제되었습니다.

**동영상 : sin종 zo류독감에 관한 진실**

이번 조치로 실망하셨을 수도 있지만, Scube는 모든 사용자가 안전하게 이용할 수 있는 공간이어야 하므로 Scube 규정을 위반하는 콘텐츠는 삭제됩니다. Scube의 조치가 실수라고 생각하시는 경우 항소하시면 재검토해 드립니다. 자세한 내용은 아래를 참고하세요.

내 콘텐츠의 정책 위반 사항 : Scube는 현지 보건 당국 또는 세계보건기구(WHO)의 전문가 합의와 상반되는 신종 조류 독감 백신 관련 주장을 허용하지 않습니다.

내 채널에 미치는 영향 : 채널이 경고를 1번 받았습니다. 1주간 업로드, 게시, 실시간 스트림 등의 활동이 차단됩니다. 두 번째 경고를 받으면 2주간 콘텐츠를 게시할 수 없습니다. 90일 내에 경고를 3번 받으면 채널이 Scube에서 영구 삭제됩니다.

취하실 수 있는 조치 : 크리에이터의 95%가 경고를 한 번 받은 후에 다시는 경고를 받지 않습니다. 여러분도 더 이상 경고를 받지 않기를 바라는 마음으로 도움을 드리고자 합니다.

Scube 커뮤니티 가이드와 경고에 관한 기본사항을 숙지하세요. 정책에 유의하여 콘텐츠를 검토하세요. 콘텐츠를 검토한 후 본 조치가 실수라고 생각된다면 알려 주세요. 여기에서 이 결정에 항소할 수 있습니다.

이 경고는 90일 후 만료되며 콘텐츠를 삭제해도 경고는 삭제되지 않는다는 점에 유의하세요.

Scube 기능을 사용할 수 없도록 채널이 제한된 경우 이러한 제한 조치를 우회하기 위해 Scube에서 다른 채널을 사용하는 일은 금지됩니다. 다른 채널의 사용은 서비스 약관에 따라 우회 행위로 간주되며 계정과 모든 채널이 해지될 수 있습니다.

감사합니다

Scube팀

유혁은 욕을 내뱉으며 휴대폰을 내려놓았다. 채널 정지를 당하는 건 이번이 아홉 번째였다. 그때마다 90일간 아주 조심해서 간신히 경고가 사라졌는데, 또 새로운 경고를 받게 된 것이다. 그는 갑자기 무언가 떠오른 듯 다시 휴대폰을 집어 들었다. 채널이 정지될 것을 대비해 만들어 놓은 대피 채널이 있었는데, 그 채널에도 삭제당한 것과 동일한 영상을 올려놓았던 것이다. 확인해 보니 대피 채널의 영상은 그대로 있었다. 그는 서둘러 그 영상을 삭제했다. (사실 그 영상은 백신에 관한 것도 아니었다. 영상 중간에 아주 잠깐 언급된 방역 정책에 대한 비난이 원인인 것 같았다) 그는 대피 채널까지 1주 정지되는 일은 막았다는 것에 약간의 안도감을 느꼈다. 그리고 〈숨겨진 것을 말하는 TV〉 처럼 수익 창출 자체가 완전히 차단된 것은 아니라는 사실에도 작은 안도감을 느꼈다. 그러나 미약한 안도감은 곧 사라졌고 대신 자신이 거대한 기업 권력에 맞서고 있다는 사실을 새삼 깨달았다. 이번에는 채널 정지였지만 다음에는 채널 폭파일 수도 있었다.

그는 생각했다. 과연 내가 이 저항을 끝까지 이어갈 수 있을까? 내가 아무리 저항한다 해도 세상은 바뀌지 않을 것이다. 계속해서 저들의 뜻대로 흘러갈 것이다. 그렇다면 이런 저항을 계속해야 할 이유가 있을까? 이 일에 시간과 힘을 쏟을 게 아니라 그냥 남들처럼 열심히 돈이나 버는 게 현명한 거 아닐까?

그러나 그는 그럴 수 없었다. 자신이 알고 있는 것들을 싹 다 무시하고 아무렇지도 않은 듯 살아갈 수는 없었다.

'나에게는 해야 할 일이 있고 알려야 할 정보들이 있다. 나는 그 일을 계속해야 한다. 누군가는 내가 한 일을 통해

비로소 진실을 알게 될 수도 있다. 단 한 사람이라도 나를 통해 진실을 알게 된다면 그것은 의미 있는 일이다. 나는 이 일을 계속해야 한다. 누구도 내가 계속해서 이 일을 하는 것을 막을 수 없다. 나는 어떠한 대가를 치르더라도 계속해서 이 일을 할 거다.'

그는 일단 아침 식사부터 했다. 그런 다음 정지되지 않은 대피 채널을 이용해 본 채널이 1주간 정지되었음을 알렸다. 그리고 앞으로 한 주 동안은 대피 채널과 블로그에 영상을 올릴 예정이라고 알렸다. 대피 채널 구독자는 7,200명밖에 되지 않아 조회수가 얼마 나오지 않겠지만 그래도 영상 만드는 일을 쉴 수는 없었다. 곧 힘내라는 내용의 댓글들이 달리기 시작했다. 댓글을 보며 그는 자신이 혼자 싸우고 있는 것은 아님을 느꼈다.

댓글 중에는 '작년 말에 하셨던 것처럼 화상으로 모임을 한번 진행해 주시면 어떨까, 생각합니다. 당연히 유료로요. 그래 주시면 저는 꼭 참석하겠습니다!'라는 글이 눈에 띄었다. 그는 작년에 참가비를 받고 화상채팅 앱으로 모임을 진행했었다. 5명의 참가자와 함께 저녁 8시부터 10시까지 두 시간가량 진행된 그 모임을 통해 그는 구독자들과 직접 얼굴을 보며 이야기를 주고받을 수 있었다. 그런 모임을 한 번 더 진행해 보는 것도 괜찮을 것 같았다. 지난번 모임 때는 주로 그가 떠들었지만, 이번에는 참가자들의 발언을 많이 유도하는 방식으로 말이다.

그는 댓글에 '의견 주셔서 감사합니다. 화상 모임 개설하는 거 고려해 보도록 하겠습니다.'라고 답글을 단 후 몇 가지 것들에 대해 생각했다. 모임 주제는 뭐로 하지? '앞으로 일어날 일들에 대해 어떻게 전망하고 있는지 서로의 의견을 나누는 시간'이라고 할까? 모임의 타이틀로 삼기에는 너무 길다는 생각이 들었다. '다가오는 2030년, 어떻게 전망하는가?'는 어떨까? 뭔가 부족한 느낌이었다. 그런 생각을 5분쯤 이어가고 있는데, 갑자기 모차르트의 〈피아노 협주곡 20번〉을 듣고 싶다는 마음이 들었다. 그는 펼쳐 놓은 노트북으로 스쿠브에 접속해 〈피아노 협주곡 20번〉 연주 영상을 찾아 재생했다. 곧 어둡고 신비로운 느낌의 1악장이 흘러나오기 시작했다. 그 음악은 그에게 위안을 주면서도 동시에 조금씩 다가오고 있는 파국을 연상케 했다. 그는 눈을 감은 채 1악장을 다 들은 후 그보다는 부드럽고 평화로운 2악장을 이어서 들었다. 물론 2악장에도 격정적인 부분은 존재했다. 우리의 인생에서 아무리 평화로운 시기라도 그 중간에 한 번씩은 갑작스럽게 폭풍 같은 일들이 찾아들 듯이 말이다. 그는 눈을 감은 채 가볍게 한숨을 내쉬었다. 음악은 멈추지 않고 계속되었다.

## 10

“나는 클럽 샌드위치 먹을래. 오빠는?”

유혁은 키오스크에 떠 있는 사진을 유심히 보더니 자기도 클럽 샌드위치로 하겠다고 했다. 주은이 물었다.

“음료는?”

“뭐 있는데?”

“커피랑 에이드, 라떼, 스무디, 주스.”

“에이드로 할게.”

“레몬이랑 자몽 중에 어떤 거?”

“레몬.”

“알았어.”

5분쯤 기다리자 주문한 샌드위치와 음료가 나왔다.

"맛있겠다!"

그녀가 웃으며 샌드위치와 음료를 건넸다. 그는 "잘 먹을게. 차로 가자."하고 말했다. 그들은 차를 타고 거기서 얼마 떨어지지 않은 한강공원 주차장으로 갔다. 한강이 보이는 쪽에 차를 댄 후 히터를 틀어 놓은 채 먹기로 했다.

"오래간만에 밖에서 먹으니까 좋다."

그녀의 말에 그는 "나도."하고 대답했다.

샌드위치 안에는 반숙 달걀, 치즈, 햄, 토마토, 양상추가 들어 있었다. 맛은 그럭저럭 괜찮았다.

"날씨가 화창했으면 더 좋았을 텐데."

그녀가 밀크티를 홀짝이며 말했다. 그는 오늘처럼 살짝 구름 낀 날도 나름대로 매력 있지 않느냐고 했다.

"오빠는 이런 날 좋아해? 나는 별론데."

그때 구름 사이로 아주 연약한 햇살이 비쳐 왔다.

"햇빛 난다."

그녀는 그 정도론 너무 약하다며 화창한 날에 대한 예찬을 이어갔다.

"비 오는 날은 어떻게 생각해? 좋아해?"

그의 물음에 그녀는 고개를 저었다. 비가 오면 출퇴근이 힘들다는 게 이유였다.

“그렇긴 하지.”

“오빠는 비오는 날 좋아해?”

“어.”

“왜?”

“비 오는 거 보고 있으면 감상적이 되잖아. 그냥 그런 기분이 좋아.”

“은근히 낭만적인데!”

“그런가? 그런지도.”

“나도 어렸을 때는 비 오는 거 좋아했던 것 같아. 중고등학교 때.”

그는 좋아했으면 좋아한 거고 아니면 아닌 거지 좋아했던 것 같아, 는 뭐냐고 한마디 하려다 참았다.

“근데 오빠 그거 알아? 아무리 봐도 오빠는 서른다섯으론 안 보여.”

그는 먹고 남은, 샌드위치를 싸고 있던 종이를 구겨 쓰레기통으로 사용 중인 검은 비닐봉지에 넣으며 말했다.

“서른다섯으로 봐도 상관없어. 어려 보이고 싶은 생각 없으니까.”

그는 속으로 생각했다. 나이라는 건 참 웃기다. 열세 살짜리에겐 자기보다 다섯 살 많은 고등학생은 꽤 거리가 느껴지는 존재일 것이다. 그러나 서른다섯쯤 되면 마흔이 그리 거리감 느껴지는 나이는 아니다. 일흔쯤 되면 일흔셋이나 일흔여덟이나 별 차이 없다고 생각하지 않을까.

"피부가 좋아서 어려 보이는 거 같아."

"누가? 내가?"

"응."

그는 피부 관리 따위는 하지 않았다. 로션도 제대로 안 바르는 날이 많았으니까.

"비결이 뭐야?"

"무슨 비결?"

"피부 좋은 비결."

"담배 안 피우고 하루에 사과 하나씩 먹고 잠을 충분히 자서 그런 거 아닐까?"

"얼마나 자는데?"

"하루에 7시간은 자려고 노력 중이야."

"역시 잠이 중요하구나. 보통 몇 시에 자?"

"12시에서 12시 반쯤."

"그리고 몇 시에 일어나?"

"7시쯤."

"나도 그럴 수 있었으면 좋겠다."

"야간근무 때문에 그럴 수 없지?"

그녀는 고개를 끄덕였다.

"고생이 많네."

"좋아서 하는 일인데 뭐. 근데…." 그녀는 혼잣말처럼 중얼거렸다. "근무에 따라 자는 시간이 바뀌다 보니 생체리듬이 깨져서 힘들어."

그는 주간만 일할 수는 없느냐고 물어보았다.

"있지. 근데 그러면 버는 돈이 많이 줄어서…."

"돈 많이 벌어서 뭐 하게?"

그녀는 어이없다는 얼굴로 대답했다.

"돈 있으면 하고 싶은 거 할 수 있잖아. 사고 싶은 거 사고, 먹고 싶은 거 먹고, 가고 싶은 곳 가고."

그는 "지금이 돈 있다고 마음대로 사고 마음대로 먹고 마음대로 갈 수 있는 시대라고 생각해?"하고 말하려다 말았다.

잠시 침묵이 흘렀다. 그는 "나가서 좀 걸을까?"하고 물었다. 그녀는 고개를 끄덕였다.

한강공원에는 사람이 거의 없었다. 평일 오후였고 날도 쌀쌀해서 그런 것 같았다.

"프랑스 파리에 가 본 적 있어?"

뜬금없는 그의 물음에 그녀는 "아니, 근데 그건 갑자기 왜?"하고 물었다.

"한강에 비하면 센강은 도랑이야. 좀 과장하면 강폭이 안양천이랑 비슷해."

"진짜? 그런 줄은 몰랐네."

"안양천보다는 약간 넓겠다. 유람선이 지나다니니까. 그래봤자 한강의 5분의 1도 안 될 거야."

"파리, 가 보고 싶다."

"나중에 한번 가 봐. 그럴 수 있는 날이 언제 올지는 모르겠지만."

그는 앞으로 팬데믹이 끝나도 해외여행은 쉽지 않을 거라고 생각했다. 백신을 맞지 않는 한은 말이다.

"저기 봐. 새들 날아간다."

그녀가 손가락으로 가리킨 하늘엔 스무 마리는 족히 넘어 보이는 새들이 무리 지어 어딘가로 향하고 있었다. 그는 그 새 떼처럼 자유롭게 어디든 갈 수 있다면 참 좋을 거라고 생각했다.

“오늘 우리 집에서 저녁 같이 먹자.”

잠시 말없이 걷던 그녀가 불쑥 그렇게 말했다.

“나야 좋은데, 자기가 번거롭지 않겠어? 요리하고 설거지 하고 그러는 거.”

“배달시켜 먹으면 되지.”

“아, 그 방법이 있었지.”

그녀는 가볍게 웃었다. 그들 옆으로 자전거를 탄 남자가 스쳐 지나갔다. 그가 물었다.

“바람이 찬데, 그만 차로 돌아갈까?”

그녀는 대답 대신 이렇게 말했다.

“오빠한테 거실 등 갈아 달라고 했던 거, 그거 일부러 그런 거야.”

“일부러?”

“어.” 그녀는 부끄러운 듯 웃더니 말했다. “기억 못 하는구나. 한 달쯤 전에 엘리베이터 같이 탔던 거.”

“엘리베이터를 같이 탔다고? 우리가?”

그녀는 고개를 끄덕였다.

"그때 왠지 모르게 끌렸어."

그는 그녀가 자신과 처음 마주쳤을 때부터 호감을 느꼈다는 말에 기뻤다. 그러나 이상한 건 자신에게는 그녀와 같이 엘리베이터를 탄 기억이 없다는 거였다. 같은 층에 살고 있으니 함께 내렸을 텐데 말이다. 아마 다른 생각에 몰두하고 있었을지도 모른다.

그녀는 살며시 그의 손을 잡았다. 그녀의 손은 부드럽고 따스했다.

"저기까지만 갔다가 돌아가자. 저기까지만."

그들은 10분쯤 더 산책을 이어가다 주차장으로 발길을 돌렸다.

## 11

배달시켜 먹자던 말과는 달리 그녀는 이미 저녁 식사를 준비해 놓은 상태였다. 메뉴는 삼겹살이었다.

“내가 상추랑 깻잎 씻을 테니까 오빠가 고기 구워 줄래?”

그는 그러겠다고 했다.

“마늘이랑 버섯도 같이 구워.”

곧 고기 굽는 냄새가 집안을 가득 채웠다.

“지글거리는 소리 너무 좋다!”

환풍기를 돌리고 창문을 활짝 열었지만 냄새는 그대로였다.

“다 익었어. 먹자.”

"잠깐! 사진 좀 찍고. SNS에 올리게."

그녀는 식탁 가득 차려진 음식들을 찍은 후 휴대폰을 내려놓고 먹자고 했다. 고기는 아주 맛있었다.

"삼겹살 오래간만에 먹는데 진짜 맛있네."

"맛있다니 다행이네. 많이 먹어."

상추랑 고추도 아주 신선했다. 그녀가 특별히 신경 써 준비한 것 같았다.

"언제 이런 걸 다 준비한 거야?"

"어제. 점심을 샌드위치 먹기로 했잖아. 그럼 저녁에 배고플 거 같아서."

그녀는 젓가락으로 고기를 집으며 그렇게 말했다.

"춥지? 이제 창문 닫을까?"

"어, 다 먹고 또 잠깐 환기하면 되니까."

그녀가 지은 밥은 아주 촉촉하고 부드러웠다. 그는 항상 물을 적게 해 밥알이 꼬독꼬독한 밥을 먹었는데 그녀의 밥은 너무 부드러워서 씹지 않아도 넘어갔다.

"밥도 아주 맛있네. 안 씹어도 그냥 술술 넘어가."

그녀는 웃으며 그래도 잘 씹어 먹으라고 했다.

"소주 한잔 할래?"

그녀가 일어나 냉장고로 가며 물었다. 그는 술을 좋아하지 않았지만 그러자고 했다.

"자, 받으세요."

그녀는 소주잔이 3분의 2정도 찰 때까지 천천히 술을 따랐다. 그도 그녀의 잔에 따라주었다. 잔을 부딪친 후 단숨에 비우자 목구멍이 따끔거렸다. 오래간만에 술을 마셔서 그런 것 같았다. 그녀는 한 잔 더 주겠다고 했지만 그는 사양했다.

"술 안 좋아하나 보네?"

그는 예전에는 좋아했지만 지금은 마시지 않는다고 했다.

"왜? 무슨 이유라도 있어?"

"대단한 이유가 있는 건 아니고, 그냥 언젠가부터 술이 맛있지가 않더라고."

"그렇구나."

"한 잔 더 따라 줄까?"

그녀는 고개를 젓더니 "고기 남은 거 다 구워. 나는 그동안 된장찌개 끓일게."하고 말하며 자리에서 일어났다.

"된장찌개도 있어?"

그녀는 웃으며 마트에서 산 즉석 된장찌개라고 했다.

찌개까지 먹고 나니 배가 불렀다. 그는 설거지는 자기가 하겠다고 했다. 그녀는 알겠다며 커피 한잔 마시고 하라고 했다.

"배부른데. 그래도 이탈리아에서 온 커피니까 반 잔만 줘."

반잔만 달라고 했는데도 그녀는 한 잔 가득 커피를 타 왔다.

"배부르면 다 마시지 말고 남겨."

그는 고맙다고 말한 후 잔을 받아 한 모금 마셨다. 그녀는 한 손으론 커피잔을 들고 다른 손으론 휴대폰으로 아까 찍은 사진을 SNS에 올리며 말했다.

"예전에 같이 일했던 선배가 작년에 아기 낳았는데 진짜 귀여워. 사진 보여 줄까?"

그는 보여 달라고 했다. 그녀는 하얀 얼굴에 볼이 통통한 예쁘게 생긴 아기의 사진을 보여 줬다.

"귀엽네."

"그치? 너무 귀여워."

흐뭇한 얼굴로 아기 사진을 보던 그녀가 갑자기 물었다.

"자기는 결혼하면 아기 몇이나 낳고 싶어?"

그것은 그가 깊게 생각해 보지 않은 주제였다. 그는 뭐라고 대답할지 잠시 고민한 후 말했다.

"나도 아기 좋아하는데, 지금 같은 시대에 아기를 낳는 건 진짜 용기가 필요한 일인 거 같아."

"용기? 왜? 돈이 많이 들어서?"

"아니. 돈이야 양육 수당도 나오잖아."

지난해 하반기부터 정부는 양육 수당을 10퍼센트 인상해 신생아를 둔 모든 부모에게 아기가 돌이 될 때까지 12개월 동안 매월 187만 원을 지급하기로 했다. 적지 않은 예산이 소요되는 이 정책을 시행할 수 있었던 건 연간 출생아 수가 15만 명 아래로 떨어져 모든 신생아를 둔 가정에 매월 그 돈을 지급해도 연간 3조 3,180억밖에 들지 않았기 때문이다. (13개월부터는 지급액이 매월 90만 원으로 줄어들었다) 양육 수당으로 매월 200만 원 가까운 돈을 받을 수 있는 만큼 출산율이 올라갈 만도 한데, 정책 시행 9개월째인 현재까지도 합계출산율은 계속 떨어지는 중이었다.

"그럼 뭣 때문에 용기가 필요하다는 거야?"

그녀는 고개를 돌려 그를 바라보며 물었다. 그는 가볍게 한숨을 내쉰 후 말했다.

"팬데믹 상황은 언제 끝날지 모르고 세상은 점점 더 통제적인 곳이 되어 가고 있는데, 이런 곳에서 살아가야 할 아이를 생각하면 과연 아이를 낳는 게 잘하는 일인가 싶어."

그녀는 잠시 그를 물끄러미 바라보더니 말했다.

"세상을 너무 비관적으로 보는 거 아냐?"

그는 그런지도 모르겠다고 대답했다.

"근데 사실이 그렇잖아. 세상이 점점…."

그녀가 그의 말을 끊으며 말했다.

"나는 둘은 낳고 싶어. 아들 하나 딸 하나, 둘."

그는 아직 자기 몸도 제대로 가누지 못하는 아기에게 백신을 주사하는 장면을 상상했다. 그리고 GMO 식품을 먹으며 자라날 아이의 유년기도 그려 보았다.

"오빠가 스쿠브로 하는 일들, 나쁜 일은 아니라고 생각해. 그런 영상에 관심 있는 사람도 많은 거 알고. 근데 너무 그런 생각에 빠져서 살지는 않았으면 좋겠어. 세상을…."

이번에는 그가 그녀의 말을 끊으며 물었다.

"그런 생각? 그런 생각이 뭔데?"

"몰라서 물어?" 그녀의 목소리가 높아졌다. "오빠가 스쿠브에 올리는 영상에서 말하는 생각들 말이야."

"영상에서 내가 말하는 생각이 어떤데?"

"세상이 금방이라도 끔찍한 곳으로 변할 것처럼 얘기하잖아!"

"실제로 그렇잖아. 실제로 그런 걸 그렇다고 얘기하는 거 아냐."

"오빠는 그렇게 느낄지 모르지만 나는 아니야. 나뿐만 아니라 다른 많은 사람들도 나처럼 생각하고 있어!"

더 이상 말다툼을 하고 싶지 않았다. 그녀가 대접해 준 식사를 마치고 커피까지 마시며 정말이지 그러고 싶지는 않았다. 그래서 그만하자고 했다. 그러나 그녀는 그만하고 싶지 않은 것 같았다.

"뭘 그만하자는 거야?"

"이런 얘기. 그만하자고."

그녀도 자신이 지나치게 흥분했다고 느낀 듯 그 이상 뭐라고 하지는 않았다. 그러나 이미 분위기는 망가져 있었다.

한동안 침묵이 이어졌다. 그는 그녀에게 사과하고 깨진 분위기를 다시 회복시키고 싶었다. 그러나 그렇게 할 수 없었다. 왜냐하면 그러기엔 그도 화가 난 상태였기 때문이다. 그런데 그 순간 그녀가 입을 열었다.

"미안해. 목소리 높인 거."

그는 아니라고, 자기도 미안하다고 했다.

다시 어색한 침묵이 찾아왔다. 그는 침묵을 깨고 싶어서 말했다.

"설거지할게."

그녀는 아무런 말도 하지 않았다. 그는 일어나 싱크대로 갔다.

# 12

아침을 먹은 후 유혁은 바로 짧은 영상을 하나 만들어 스쿠브 대피 채널에 올렸다. 그가 구상한 화상 모임을 홍보하는 영상이었다.

“제가 화상 모임을 진행합니다. 모임의 타이틀은 〈다가오는 2030년, 우리는 어떻게 대응해야 하는가〉입니다. 모집 인원은 5명이고, 일정은 다음주 목요일부터 3주간 매주 목요일 저녁 8시에 화상채팅 앱으로 만나 얘기를 나눌 예정입니다.”

참가비도 책정했다. 12만 원. 돈이 필요하기도 했고, 시간과 에너지를 들이는데 그 정도 보상을 받는 건 당연하다고 생각했기 때문이다.

영상의 하단에는 메일 주소와 계좌번호도 남겨 놓았다. 댓글이나 메일로 참가 신청을 하고 참가비를 입금하면, 모임 관련 자세한 사항은 누구나 볼 수 있는 댓글 아닌 메일로 안내하겠다는 글도 덧붙였다. 첫 번째 댓글이 달린 건 영상을 올린 지 5분쯤 지났을 때였다.

<참가하고 싶습니다. 그런데 제가 목요일에 야근이 있어서 참석이 어려울 것 같은데, 혹시 날짜를 수요일이나 금요일로 조정해 주실 수는 없으신지요?>

물론 가능했다. 이왕이면 하루라도 더 참여자를 모집할 수 있도록 금요일로 바꾸는 게 나을 것 같았다.

<참가 신청해 주셔서 감사합니다. 금요일로 하면 괜찮으시죠? 괜찮으시면 13일 금요일부터 3주간 매주 금요일에 모임을 진행하는 것으로 날짜를 변경할게요.>

곧 답글이 달렸다.

<네, 13일 괜찮습니다. 참가비 바로 입금하겠습니다!>

그는 '감사합니다. 메일 보내 주시면 답 메일로 자세한 사항 전달해 드리겠습니다.'라고 답글을 남겼다. 그리고 3분쯤 인터넷 뉴스들을 살펴보다 계좌에 돈이 들어왔나 확인해 보니 참가비 12만 원이 입금되어 있었다. 메일은 아직 오지 않은 상태였다. 뭐 곧 오겠지. 그런 생각으로 올려놓은 영상의 조회수를 확인해보니 859회였다. 빨리 날짜를 변경한다는 영상을 만들어야겠군, 하는 생각이 들었다.

그는 카메라를 켜고 말했다.

"화상 모임 날짜를 변경합니다. 가장 처음 참가 문의를 주신 분이 목요일은 야근 때문에 참석할 수가 없다며 금요일로 일정 변경이 가능한지 물어보셨어요. 그래서 일정을 금요일로 변경하게 되었습니다. 목요일이 아니라 금요일 저녁이니 착오 없으시길 바랍니다."

그 영상을 올린 후 기존에 올린 영상의 제목에도 '날짜 금요일로 변경!'이라고 적어 넣었다. 곧 날짜 변경을 알리는 영상의 조회수도 올라가기 시작했다.

점심을 먹고 확인해 보니 또 다른 댓글이 달려 있었다.

모임에 참가하고 싶고 참가비 입금도 마쳤다는 내용이었다. 그는 먼젓번과 동일하게 메일을 보내 달라고 답글을 남겼다. 곧 메일을 보냈다는 답글이 달렸다. 그는 메일을 확인해 보았다.

<화상 회의 참가하고 싶습니다. 계좌로 참가비도 입금했습니다. 자세한 사항 안내 부탁드립니다.>

그는 곧바로 답 메일을 보냈다.

<모임 참여 신청해 주셔서 감사드립니다. 다음주 화요일이나 수요일쯤 모임 단톡방을 개설하려고 하는데, 카톡 ID 알려 주시면 친구 추가 후 연락드리도록 하겠습니다.>

곧바로 답장이 도착했다. 참여자의 카카오톡 아이디는 purjee92였다. 그는 아이디를 검색해 카카오톡 친구 추가를 한 후 참여자의 프로필 사진을 보았다. 삼십 대 초반쯤 되어 보이는 날카로운 눈매의 남자였다.

3시쯤 다시 메일을 확인해 보니 첫 번째로 신청했던 사람이 보낸 메일이 와 있었다.

<맨 처음 신청한 사람입니다. 좋은 강의 부탁드리겠습니다.>

좋은 강의? 웃음이 나왔다. 그러나 다시 생각해 보니 그렇게 말할 수도 있을 거란 생각이 들었다. 그는 카카오톡 주소를 보내 달라는 답 메일을 보낸 후 영상에 새로운 댓글이 달렸는지 확인했다. 새로운 댓글이 하나 달려 있었다.

<화상 토론 신청 하려고 합니다. 마감되었나요?>

그는 아직 신청 가능하다고 답글을 달았다. 곧 답글에 댓글이 달렸다.

<입금했습니다. 작년 12월에 <진실과 거짓> 채널을 알게 되었는데, 그동안 영상 보면서 소소하지만 커피 값이라도 후원하고 싶다는 마음이 있었습니다. 부끄럽지만 이제야 조금 보내드립니다.>

마음을 따뜻하게 해 주는 댓글이었다. 그는 '힘이 되는

말씀 감사합니다. 제 메일 주소로 메일 보내 주시면 답메일로 자세한 사항 전달해 드리겠습니다.' 라고 답글을 남겼다.

그런 식으로 다음날 오후까지 모집 인원 5명이 다 찼다. 그는 새로운 영상을 만들어 모임 신청이 마감되었으며 향후 종종 이런 모임을 개설하도록 하겠다고 했다. 영상을 올린 지 얼마 지나지 않아 이번에는 시간이 안 돼서 참석하지 못하지만, 다음번 모임 때는 꼭 함께하고 싶다는 내용의 댓글들이 달렸다. 그는 그런 댓글들에 '감사합니다. 다음번에 꼭 함께할 수 있었으면 좋겠습니다'라는 답글을 달았다.

특이하게도 참가비를 입금한 다섯 중 한 명인 오주영이란 사람은 모임 하루 전까지도 메일을 보내오지 않았다. 영상까지 만들어 참가비만 입금하고 메일을 주시지 않는 분이 계신데 댓글로 메일 주소를 남겨 달라고 했지만 묵묵부답이었다.

# 13

“반갑습니다. 본격적으로 모임을 시작하기 전에 간단히 자기소개 하는 시간을 갖도록 하죠. 저는 〈진실과 거짓〉 채널을 운영하고 있는 성유혁입니다. 여러분들과 만나서 이야기 나눌 수 있게 되어 기쁘게 생각합니다. 앞으로 3주간 많은 얘기 나눴으면 좋겠습니다.” 그는 모니터를 보며 잠시 생각한 후 말했다. “자기소개는 제 노트북에 보이는 화면을 기준으로 시계방향 순으로 하도록 할게요. 진우 님부터 하시죠.”

안경을 끼고 살짝 통통해 보이는 얼굴의 삼십 대 초반쯤 되어 보이는 박진우라는 남자는 자기소개를 시작했다.

“안녕하세요. 저는 박진우라고 합니다. IT쪽 일을 하고 있고, 작년에 우연히 〈진실과 거짓〉 채널을 알게 되어 구독하며 쭉 보다가 이번에 모임을 하신다고 하셔서 참석하게 되었습니다. 잘 부탁드리겠습니다."

다음은 송재욱이란 이름의 차분하면서도 의지가 강해 보이는 얼굴의 남자였다.

"안녕하세요. 저는 송재욱이라고 합니다. 나이는 서른일곱이고 대학에서 서양사를 가르치는 강사입니다. 저도 〈진실과 거짓〉 채널 구독하며 올려 주시는 영상 보다가 모임 개설하신다는 얘기 듣고 함께 생각을 나눠 보고 싶어서 참가를 신청하게 되었습니다." 그는 가볍게 기침을 한 후 계속해서 말했다. "『팡세』라는 책에서 파스칼은 인간의 정신을 기하학적 정신과 직관적 정신으로 나누었는데, 저는 음모론을 믿는 사람들은 직관적 정신을 지닌 사람이라고 생각합니다. 직관적으로 본질을 꿰뚫어 볼 수 있는 능력을 갖춘 사람들이요. 그런 여러분들과 함께 이야기 나눌 수 있게 되어 기대됩니다. 3주간 많은 얘기 나눴으면 좋겠습니다."

유혁이 물었다.

"직관적 정신은 대충 어떤 것인지 알겠는데, 기하학적 정신은 어떤 정신이죠?"

"기하학적 정신이란 다른 말로 논리적 정신이라고 할 수 있는데, 쉽게 말해 명백한 원리에 따라 사고하고 추론하는 정신을 뜻합니다. 반면에 직관적 정신은 원리를 뛰어넘어 단번에 파악하고 판단하는 정신이죠. 둘 다 장단점이 있는데, 기하학적 정신을 지닌 사람은 원리를 명확하게 파악하고 난 후에야 결론을 끄집어내는 데 익숙하기 때문에 바로 눈앞에 있는 것의 의미도 보지 못하는 경우가 많습니다. 그걸 단번에 이해하려면 직관적으로 판단할 수 있는 능력이 필요한데, 그런 능력이 없기 때문이죠. 반면에 직관적 정신을 지닌 사람은 단번에 파악하는 일에 익숙하기 때문에 결론을 도출하도록 해 주는 명제와 원리를 세밀하게 파악하고 관찰하는 일을 잘 못합니다. 파스칼은 기하학적 정신과 직관적 정신을 동시에 지닌 사람은 극소수라고 했습니다. 그럴 수밖에 없겠죠. 저는 음모론을 믿는 사람들은 직관적으로 무언가를 보고 큰 그림을 이해한 사람이라고 생각합니다. 기하학적 정신을 지닌 사람도 이해할 수 있을 정도로 모든 정보가 일목요연하게 정리되지 않은 상황에서 파편적으로 드러난 것들을 가지고 본질적인 것을 꿰뚫어 보는 힘이 우리, 속칭 음모론자들에게는 있다고 생각합니다."

"아주 흥미로운 생각이네요."

다음은 어딘지 조금 오만해 보이는 느낌을 주는 인상의 남자 이상원의 차례였다. 유혁이 그런 느낌을 받은 것은 이상원의 눈빛 때문이었는데, 노트북 모니터 화면을 통해 보는 것임에도 불구하고 이상원의 눈빛에는 뚜렷하게 규정하기 힘든 우월감 같은 게 배어 있었다. 이상원은 자기소개 요청을 받은 후 잠시 무언가를 생각하더니 말했다.

"안녕하세요. 저는 이상원이라고 합니다."

그는 잘생긴 얼굴과는 다르게 놀랄 만큼 가느다란 목소리의 소유자였다. 유혁은 속으로 '남성성을 깎아 먹는 목소리로군.' 하고 생각했다.

"나이는 서른셋이고 금융권에서 일하고 있습니다. 모임의 주제에 관심이 있어서 신청했습니다."

마지막 사람은 40대 중반쯤 되어 보이는 턱수염을 기른 남자였는데 그는 저음의 굵은 목소리로 말했다.

"안녕하세요. 저는 백우경이라고 합니다. 자영업을 하고 있고, 〈진실과 거짓〉 채널을 구독한 지는 2년이 넘었습니다. 이번 모임을 통해 많은 것들 배워 갔으면 좋겠습니다."

유혁이 말했다.

“모두들 반갑습니다. 3주간 많은 이야기 나눴으면 좋겠습니다. 본격적인 모임에 들어가기에 앞서 하나 여쭤보고 싶은 게 있는데, 혹시 오주영 님을 아시는 분 계신가요? 주영 님이 참가비는 입금해 주셨는데 메일을 주지 않으셔서 단톡방에 초대하지 못했는데, 혹시 이분이랑 아시는 분 계시는가 해서요.”

백우경이 말했다.

“저는 모르는 분인데요.”

송재욱과 이상원도 모른다고 했다.

“진우 님도 모르시나요?”

박진우도 모른다고 대답했다.

“그렇군요. 알겠습니다.”

송재욱이 말했다.

“혹시 그냥 후원하시려는 거 아닐까요?”

백우경이 맞장구쳤다.

“그럴 수도 있겠네요.”

유혁이 말했다.

“그런 거라면 저야 감사한 일인데…. 다들 주영 님을 모르신다니 어쩔 수 없네요. 그냥 우리끼리 진행하는 수밖에."

유혁은 첫 번째 대화의 주제로 백신패스가 시행되고 있는 상황에서 어떻게 살아가고 있는지에 대해 이야기를 나눠 보자고 했다.

"먼저 얘기하고 싶으신 분 계시나요?"

잠시 침묵이 흐른 뒤 백우경이 입을 열었다.

"저부터 얘기할게요. 저는 작은 식당을 운영하고 있는데 백신패스 시작된 이후에 매출이 소폭 떨어졌어요. 백신을 접종하지 않은 사람들이 외식을 하지 않는 것도 이유겠지만, 요즘 워낙 경제가 안 좋잖아요. 지갑이 얇아지다 보니 사람들이 외식을 줄이는 거 같아요…. 아무튼 이래저래 걱정이 많습니다."

유혁이 물었다.

"우경 님은 백신을 맞으셨나요?"

"저는 맞지 않았어요. 제 가족도 다 맞지 않았고요. 실은, 친한 친구가 국회의원 보좌관인데 그 녀석한테 물어봤거든요. 너랑 네가 보좌하는 의원 백신 맞았느냐고. 안 맞았다고 하더라고요. 그 얘기 듣고 저랑 가족들 모두 맞지 않기로 했어요."

"그럼, 그 국회의원과 친구 분은 접종하지 않고 백신패스를 받은 건가요?"

"그런 것 같더라고요. 자세히 물어보지는 않았어요."

예상했던 일이었지만 씁쓸했다.

"식당을 운영하신 지는 얼마나 되셨어요?"

"7년 됐어요."

"그렇군요. 알겠습니다. 다른 분 말씀해 주시겠어요?"

송재욱이 말했다.

"저는 이번 학기부터 대면 강의를 시작했어요. 화상으로 수업하다 학생들이랑 직접 만나서 얼굴 보며 얘기 나눌 수 있어서 좋은데, 안타까운 건 학생들은 거의 다 백신을 맞았더라고요. 친구들이랑 카페 가고 음식점 가기 위해서. 몇몇 아이들한테는 조금 불편하더라도 신중하게 생각해서 접종을 결정하라고 말해 주었는데, 현실적으로 접종을 하지 않으면 어디 갈 수도 없고 사람들을 만나기도 힘드니 그냥 맞더라고요."

"안타까운 일이네요. 백신패스 때문에 재욱 님도 캠퍼스에서 식사하시거나 커피를 마시려면 어려움이 있으실 것 같은데, 어떠세요?"

"제 수업이 오후에 있어서 점심은 주로 집에서 먹고 나와요. 다른 교수님들과 식사 자리는 양해를 구하고 빠지고요. 커피는, 후배가 학교 근처에서 작은 카페를 운영하고 있어서 거기서 종종 마셔요."

"그렇군요. 서양사를 가르치신다고 하셨는데, 실례가 안 된다면 전공 분야가 어느 시기인지 여쭤 봐도 될까요?"

"이탈리아 현대사를 전공했습니다."

"그러시군요. 알겠습니다. 이어서 아직 말씀 안 하신 분 말씀해 주시죠."

이상원이 말했다.

"저는 백신을 맞았습니다. 업무를 원활하게 진행하기 위해서요. 제 주변 사람들은 거의 다 접종했습니다. 정부에서는 분기별로 한 번씩 맞게 하려는 거 같은데, 그렇게 잦은 접종에는 반대하지만 기본적으로 저는 현재의 방역 정책을 지지하는 입장입니다. 어느 정도는 그런 방식이 불가피하다고 생각하거든요."

"그런 입장이시군요. 잘 알겠습니다. 금융권에서 일하신다고 하셨는데 정확히 어떤 일을 하고 계시는지 여쭤봐도 될까요?"

"투자회사에서 일하고 있습니다."

"그러시군요. 실례지만 그 일을 하신 지는 얼마나 되셨죠?"

"5년 조금 넘었습니다."

"알겠습니다. 다음은 마지막으로 남으신 진우 님 말씀하시죠."

박진우는 "네."하고 대답하더니 얘기를 시작했다.

"저는 재택근무 위주로 일을 하고 있어서 백신을 맞지 않았어요. 한 달에 두 번만 출근하거든요. 근데 재택 위주로 일하다 보니 일이랑 생활이 분리가 안 돼서 힘드네요. 백신을 맞지 않아 주말에도 카페나 음식점에 못 가니 주로 집에 있게 되는데, 계속 집에만 있으면 뭐랄까 좀 우울해지더라고요. 친구들을 집으로 불러 홈파티도 하고 했는데 그것도 한두 번이지 주말마다 그럴 수는 없잖아요."

"그렇죠." 유혁은 고개를 끄덕이며 말했다. "음식 준비하고, 손님들 돌아간 후에 집 정리하는 것도 귀찮은 일이니까요. 집 주변에 산책하실 만한 공원이나 산책로는 없나요? 날씨 좋을 때 밖에서 좀 걸으시면 기분 전환에 도움이 될 것 같은데."

"근처에 작은 공원이 하나 있긴 한데, 일부러 산책하러 가지는 않게 되더라고요. 날씨 좋으면 이번 주말에 한번 갔다 와야겠네요."

이제 유혁의 차례였다.

"제가 올린 영상 보셔서 아시겠지만 저도 백신을 맞지 않았어요. 그래서 카페나 음식점 이용을 못 하고 있죠. 거기다 저는 사회신용점수도 낮아서 백신패스 시행 전부터 마트 이용에 제한이 있었어요. 마트 막으니까 참 짜증 나더군요. 슈퍼마켓에서 파는 과일이나 고기 질은 마트보다 떨어지는데 가격은 더 비싸거든요. 어쨌든 그렇게 지내며 영상 만들어 스쿠브에 올리고, 주말에는 근처 공원에서 조깅도 하고 한강 변 드라이브도 하고 그러면서 지냈던 것 같아요. 많이 답답하긴 한데, 그래도 이런 생활에 그럭저럭 적응이 된 것도 같네요."

박진우가 물었다.

"채널 정지되었을 때는 어떻게 지내셨어요?"

유혁은 스쿠브 대피 채널과 블로그에 글과 영상을 올리며 지냈다고 대답했다.

"블로그도 하시는구나. 주소 알려 주실 수 있으신가요?"

"네, 모임 마치고 우리 단톡방에 올리도록 할게요."

그렇게 말하고 그는 벽에 걸린 시계를 보았다. 8시 18분이었다.

"그럼 계속해서 올해와 다가오는 2030년에 대해서 어떤 전망을 하고 계시는지 이야기 나눠 보도록 하겠습니다. 특히 올해는 디지털 화폐 전면 사용이라는 이슈가 있죠. 그것 말고도 계속되고 있는 팬데믹과 경제불황, 인구감소 등 다양한 이슈들이 있는데 이런 것들에 대해 어떤 생각을 갖고 계시는지 말씀해 주세요. 이번에는 제가 지명하겠습니다. 상원 님부터 하시는 거 괜찮으세요?"

"네, 괜찮습니다."

이상원은 잠시 생각한 후 말했다.

"다른 분들은 어떻게 생각하실지 모르겠지만, 저는 올 하반기에 경제 상황이 지금보다 나아질 거라고 보고 있습니다. 디지털 화폐 전면 사용이 지하경제를 양성화해 생산적인 분야에 자금 공급이 증가하게 될 테니까요. 아마 많은 경우 그 돈은 주식시장이나 부동산 쪽으로 가게 될 겁니다. 물론 주가 상승이나 부동산 가격 상승이 무조건 좋은 일이라고 할 수는 없죠. 그러나 적어도 현시점에서는 그것이 좋은 일이라고 생각합니다. 지난 몇 년간 상당히 침체돼 있던 부동산, 주식 시장이 살아나면 경제 활성화와 소비 증진에 긍정적으로 작용할 테니까요. 아마 2030년 하반기까지는 그런 선순환의 흐름이 이어지지 않을까 생각합니다."

송재욱이 끼어들며 말했다.

"디지털 화폐 전면 사용에 대해 너무 낙관적으로 전망하고 계신 건 아닐까요? 다수의 전문가들이 7월부터 시행될 종이돈 사용의 종료에 대해 우려하고 있습니다. 디지털 화폐 사용에 익숙하지 못한 고령층이 경제활동에서 소외될 우려도 있으니까요. 그리고 무엇보다 걱정되는 것은 디지털 화폐 체제로 가게 되면 정부가 모든 시민 개개인의 계좌 내역을 실시간으로 들여다볼 수 있게 된다는 것입니다. 이런 시스템 하에선 정부의 정책을 따르지 않아 블랙리스트에 오른 사람의 계좌를 정지시키는 게 클릭 한 번이면 가능하죠. 종이돈이 없으니 그러기 전에 미리 인출할 수도 없고요. 정부의 말에 따르지 않으면 먹고사는 것 자체가 불가능해질지도 모릅니다."

이상원이 말했다.

"지나친 우려 아닐까요? 현재도 범죄자들을 대상으로

계좌 동결이나 압류는 이뤄지고 있지 않습니까. 미래에도 그 대상은 범죄자에 국한될 거라고 보는 게 합리적이지 않을까요?"

유혁이 말했다.

"물론 경미한 저항에 처음부터 계좌를 동결시키진 않겠죠. 아마도 사회신용점수와 결합돼 미세하고 다양한 방식으로 제재의 강도를 높여 갈 거라고 생각합니다. 처음에는 항공권이나 KTX 티켓 구매에 제한을 두는 정도로, 그래도 말을 듣지 않으면 백화점과 대형 마트에서 결제가 이루어지지 않게 하고, 그래도 저항하면 지하철이나 버스 같은 대중교통 요금도 결제가 되지 않도록 하겠죠. 슈퍼마켓이나 편의점에서는 쓸 수 있도록 해서 먹고살게는 해 주겠지만 어디 갈 수도 없고 누구를 만나 밥 한번 먹기 힘들게 만들 거예요. 대부분의 저항은 그 단계까지 이르기 전에 무력화될 거라고 생각합니다. 그 정도로 기본권을 박탈당하면서까지 저항을 이어갈 수 있는 사람은 소수일 테니까요."

이상원이 말했다.

"정부에 대해 철저하게 불신하시는군요."

유혁은 곧바로 대답했다.

"저는 정부가, 그리고 정치인들이 많은 경우 국민을 위해서 일하지 않는다고 생각합니다."

이상원은 자신도 그렇게 생각한다고 말했다. 그러나 국가를 통치하기 위해선 국민들의 동의가 어느 정도 필요하고, 정치인들은 그 최소한의 동의를 얻어 낼 수 있도록 정책을 추진해 나갈 거라고 생각한다고 했다. 그 순간 송재욱이 끼어들며 말했다.

"올더스 헉슬리*는 조지 오웰**에게 보낸 편지에서 이런 말을 했죠. 미래에 이루어질 통제사회에서 대중들은 자신의 노예 상태를 즐기고 사랑하게 될 것이다. 언론을 통한 선전과 세뇌 그리고 약물을 통해서."

유혁이 물었다.

"약물이요?"

"네."

"약물을 어떻게 사용한다는 거죠?"

* 영국의 소설가이자 비평가. 미래 문명 예측 및 도덕적 비판주의가 혼합된 실험성 강한 작품을 썼다. 오늘날까지 대중적으로 인기를 끄는 작품으로는 『멋진 신세계』, 『아일랜드』가 있다.

** 영국의 소설가. 『동물농장』과 전체주의 질서의 공포를 분석한 반유토피아 소설 『1984』로 유명하다.

"그 편지를 그대로 읽어 드릴게요."

송재욱은 작은 수첩을 펼치더니 읽기 시작했다.

"저는 집권 과두 세력이 자신들의 권력에 대한 욕망을 만족시키기 위해 지금보다 훨씬 덜 힘들고 덜 소모적인 방법을 찾을 것이라고 봅니다. 이러한 방법은 제가 쓴 『멋진 신세계』에서 설명한 방식과 유사할 것입니다. 다음 세대 안에 세상의 지배자들은 유아기부터 시작되는 약물과 선전을 통한 세뇌가 폭력과 투옥보다 더 효율적이라는 사실을 발견할 것이고, 권력과 돈에 대한 욕망을 통해 대중들이 자신들의 노예 신분을 사랑하도록 함으로써 그들을 만족하게 만들 수 있다는 것을 발견할 것이라고 봅니다. 그것은 대중들을 채찍으로 때리고 감옥에 가두면서 순종하게 하는 것과 완전히 같은 노예 상태입니다. 결국 다음 세대쯤에는 대중들이 자신의 노예 상태를 스스로 사랑하게 만들고, 피와 눈물 없는 독재를 생산할 수 있는 약리학적 방법이 나올 것입니다. 전체주의 사회를 위한 일종의 고통 없는 강제수용소를 만들어 실제로 대중들에게 자유를 빼앗을 것이지만, 대중들은 오히려 그것을 즐기게 될 겁니다. 대중들은 정부와 언론의 선전이나 세뇌, 또는 약리학적 방법으로 강화된 세뇌로 인해 체제에 반항하려는 욕망에서 벗어나게 될 것이기 때문에 오히려 자신들의 노예 상태를 즐길 것입니다. 아마도 이것이 마지막 혁명이 될 것 같습니다."

유혁이 물었다.

"그 편지가 써진 게 언제죠?"

송재욱은 1940년대쯤일 거라고 대답했다.

"재욱 님은 헉슬리가 예견한 대로 되었다고 생각하시나요?"

송재욱은 잠시 생각한 후 대답했다.

"어느 정도는요. 저는 이 방법만이, 그들이 성공을 거둘 수 있는 유일한 길이라고 생각합니다."

"교육과 언론을 통한 세뇌, 그리고 약물을 이용해 노예 상태 자체를 사랑하게 만드는 것이 그들이 성공할 수 있는 유일한 길이다?"

"네. 강압과 폭력으로는 성공할 수 없습니다. 피지배 상태 자체를 사랑하도록 해야 합니다. 저들은 소수고 우리는 다수니까요."

이상원이 말했다.

"두 가지를 병행하겠죠. 당근과 채찍 말이에요."

송재욱이 대답했다.

"네. 그러나 당근 없는 채찍만으론 절대로 목적을 달성할 수 없을 겁니다."

유혁이 말했다.

"현시점에서 채찍이 무엇인지는 명확하다는데 모두 동의하실 거라고 생각합니다. 백신패스와 사회신용점수죠. 그렇다면 당근은 무엇이라고 생각하시나요?"

"헉슬리가 말한 대로 돈, 성공 같은 것이겠죠. 그에 따르는 좋은 차, 명품 가방, 즐길 수 있는 모든 것들."

"지금 같은 때는 카페나 마트에 출입할 수 있는 권리까지 포함해야겠지요."

"네, 원래 당연했던 그런 권리조차 지금은 당근이 됐지요. 그러나 어쩌면 오늘날의 진정한 당근은 게임, 영화, 그리고 끝없이 쏟아져 나오는 스쿠브 영상들 같은 게 아닐까, 하는 생각도 듭니다. 성공이나 돈 같은, 실제로 무언가를 획득하는 것이 아닌 그냥 소비자로서 그것을 이용하며 시간을 보내는 엔터테인먼트 말입니다. 그리고 약물이 빠질 수 없겠죠. 헉슬리의 말처럼요."

유혁은 그 약물이 마약을 의미하는 것이냐고 물었다. 송재욱은 마약뿐만 아니라 말 그대로 모든 종류의 약물을 뜻한다고 했다.

"루돌프 슈타이너*는 미래에 인류는 의학에 의해 영혼을 제거당할 거라고 말했습니다. 백신 접종 같은 방식으로요."

유혁이 물었다.

"루돌프 슈타이너라면 신지학**인가 그거 연구했던 사람 아닌가요?"

송재욱은 그렇다고 했다. 그리고 그는 나중에는 신지학에서 나와 인지학이란 걸 만들었다고 했다.

"그 사람이 대략 언제쯤 활동했었죠?"

"19세기 말에서 20세기 초에 활동했어요."

"백 년 전 사람이군요. 그 사람이 했다는 말에 대해서 조금 더 설명해 주실 수 있으신가요? 백신을 통해 영혼이 제거될 거라고 했다는 말이요."

송재욱은 조금 전 펼쳤던 수첩을 다시 꺼내 들어 몇 장

* 오스트리아 태생의 사상가이자 인지학 창시자. 주요 저서로는 『자유의 철학』, 『신지학』 등이 있다.

** 심오한 영적 실재가 존재하며, 직관 · 명상 · 계시 또는 인간의 정상적인 의식을 초월하는 상태를 통해 이 영적 실재와 직접 접촉할 수 있다고 주장하는 학문.

넘기더니 말했다.

"루돌프 슈타이너가 쓴 글을 읽어 드릴게요. 조금 깁니다."

"길어도 괜찮아요. 무슨 내용일지 궁금하네요."

"미래에 인간의 영혼은 의학에 의해 제거될 것이다. 건강을 가장해 인간이 영혼과 영혼에 대한 인식을 발전시킬 수 없도록 작용하는 백신을 가능한 한 빨리, 어쩌면 태어나자마자 주입하게 될 것이다. 물질주의적 의사들에게는 인간으로부터 영혼을 제거하는 작업이 맡겨지게 될 것이다. 오늘날 사람들은 특정 질병에 대해 백신 접종을 받고 있기 때문에, 앞으로 아이들은 영적인 삶이라는 '정신이상'에 면역이 되는 물질로 백신 접종을 받게 될 것이다. 백신 접종을 받은 사람은 매우 영리할 수 있지만 양심을 발전시키지는 못할 것이다. 이것이 일부 물질주의적 집단의 진정한 목표다. 그러한 백신을 사용하면, 인간의 육체로부터 에테르체가 분리될 수 있다. 이 에테르체가 분리될 때, 인간의 영혼과 우주와의 관계는 극도로 불안정해지고 인간은 로봇 같은 존재가 된다. 왜냐하면, 인간은 육체의 의지와 영적 노력으로 이 지구에서 연마되어야 하기 때문이다. 그래서 백신은 인간의 의식을 물질에 고정시키는 일종의 힘이 된다. 인간은 더 이상 물질주의적 감정을 없앨 수 없다. 그것은 인간이 체질적으로 동물로 변해 더 이상 영적인 양심의 자극을 받을 수 없게 되는 것이다. 나는 어둠의 영이 그들이 거주할 인간 숙주들에게 영감을 주어 그들이 아직 어릴 때 사람들의 영혼에서 영성에 대한 모든 성향을 몰아낼 백신을 찾게 할 것이며, 이것은 살아 있는 육체를 통해 우회적으로 일어날 것이라고 말했다. 오늘날, 인간의 육체는 다양한 백신 접종을 받고 있다. 미래에, 아이들은 틀림없이 영적인 삶과 연관된 '어리석음'을 개발하지 못하도록 그런 기능을 가진 물질로 백신 접종을 받게 될 것이다. 물론, 여기서 '어리석음'이란 물질주의자 또는 유물론자들의 관점이다."

유혁이 물었다.

"재욱 님은 인간에게 영혼이 있다고 믿으시나요?"

송재욱은 그렇다고 대답했다.

"저는 솔직히 잘 모르겠습니다." 유혁은 계속해서 말했다. "있을 수도 있다고 생각하지만, 아직까지는 잘 모르겠습니다. 그런데 슈타이너의 생각은 아주 흥미롭네요. 인간을 로봇으로 만들려고 한다, 상당히 통찰력 있는 얘기 같습니다."

이상원이 말했다.

"지나치게 신비주의적인 주장 아닐까요? 약물로 에테르체를 분리한다느니, 어둠의 영이 거주할 인간 숙주를 만든다느니 하는 소리 말입니다."

송재욱이 말했다.

"저도 슈타이너의 생각에 완전히 동의하는 것은 아닙니다. 그러나 인간이 영적인 존재라는 말에는 동의합니다."

이상원이 물었다.

"영적인 존재라는 게 무슨 뜻이죠?"

"인간에게는 영혼이 있다는 거죠."

"영혼이라, 진짜로 그런 게 있을까요? 저는 그렇게 생각하지 않습니다. 죽으면 끝이라고 생각하는 게 여러모로 마음이 편하거든요."

"진실이 항상 마음을 편하게 해 주진 않죠."

"진실? 영혼이 있다는 게 진실이라는 건가요? 어떻게 그것을 확신할 수 있죠?"

"말로 설명하기는 어려울 것 같네요. 그러나 유사 이래로 인류는 영혼의 존재를 믿어 왔고 지금도 수많은 사람들이 믿고 있다는 게 작은 증거가 될 수 있지 않을까 생각합니다."

"그것은 결국 '믿음'의 문제군요. 뭐 제가 다른 사람의 믿음에 대해 왈가왈부할 권한은 없죠. 근데 그런 생각의 결론은 뭐죠? 디지털 신분증 지갑이 요한계시록에 나오는 짐승의 표*라는 것?"

디지털 신분증 지갑 시스템이 본격 시행된 것은 2년 전이었다. 주민등록증, 여권, 운전면허증, 건강보험증과 디지털 화폐가 담긴 디지털 지갑이 '디지털 신분증 지갑' 하나에 전부 담겼다. 종이 화폐의 사용이 종료되면 디지털 신분증 지갑의 사용자는 더욱 증가할 터였다. 디지털 신분증 지갑을 칩 임플란트 형태로 체내에 이식한 사람은 아직 전체 인구 중 2퍼센트 남짓이었지 - 이십 대와 삼십 대는 8퍼센트에 달했다 - 계속해서 증가하는 중이었다.

* 요한계시록 13장 16절-18절. 그가 모든 자 곧 작은 자나 큰 자나 부자나 가난한 자나 자유인이나 종들에게 그 오른손에나 이마에 표를 받게 하고 누구든지 이 표를 가진 자 외에는 매매를 못 하게 하니 이 표는 곧 짐승의 이름이나 그 이름의 수라. 지혜가 여기 있으니 총명한 자는 그 짐승의 수를 세어 보라. 그것은 사람의 수니 그의 수는 육백육십육이니라.

"그렇게 볼 수도 있지 않을까 생각합니다."

이상원은 웃음을 터뜨렸다.

"그러셨군요! 그럼 처음부터 요한계시록을 들고 나오시지."

유혁은 그렇게 말하는 이상원의 가느다란 목소리에 알 수 없는 혐오감을 느꼈다. 이상원은 계속해서 말했다.

"저는 개인적으로 요한계시록의 그 구절을 아주 흥미롭게 생각합니다. 모든 사람에게 표를 주고 표가 없으면 사고팔 수 없게 한다는 구절 말입니다. 그 구절엔 어딘가 상상력을 자극하는 측면이 있죠."

유혁이 말했다.

"그런 일들은 지금 실제로 이루어지고 있지요. 이미 디지털 신분증 지갑을 체내에 삽입한 사람들도 있고, 백신패스가 없으면 사고파는 게 어려우니 말이에요."

"뭐 그렇다고 할 수도 있겠네요." 이상원은 조롱하는 듯한 표정으로 말했다. "이 얘기는 이 정도까지만 하죠. 다른 분들도 발언하셔야 하니까요."

유혁이 물었다.

"재욱 님은 기독교인이신가요?"

송재욱은 아니라고 대답했다. 그러나 2년 전부터 기독교에 관심을 갖게 되었으며 현재는 성경을 연구하고 있다고 했다.

"신앙이 있다면 지금 같은 시대를 살아가는 데 도움이 될 거라고 생각합니다. 그러면 구원에 대한 희망을 품을 수 있으니까요."

유혁은 동의했다.

"계속해서 다른 분들 얘기도 들어 보도록 하겠습니다. 우경 님은 2030년에 대해 어떻게 전망하고 계시나요?"

백우경은 "아, 저는…."하고 잠시 뜸을 들이더니 말했다.

"여러 가지로 점점 더 어려워지지 않을까 생각합니다. 그래도 최대한 희망적인 마음을 가져보려고 하는데 쉽지 않네요. 차라리 아무 것도 모르면 편할 것 같다는 생각도 드는데, 그래도 알아야 더 잘 대비할 수 있으니까… 오늘 모임을 통해서 많이 배웠으면 좋겠습니다."

"그렇죠, 아무것도 모르면 더 편하기는 하겠죠. 저도 가끔 그런 생각을 해요. 근데 한번 알게 된 이상 아는 것을 부정할 수는 없더라고요. 진우 님은 어떻게 생각하세요?"

"IT 쪽에서 일하다 보니 더 민감하게 느끼는 건데, 디지털 감시통제가 한층 더 심해질 거라고 생각합니다. 어쩌면 지금 우리 모임도 모니터링되고 있을지 몰라요."

유혁이 물었다.

"기술적으로 현재 그런 일들이 충분히 가능한가요?"

"네, 가능합니다. 특정 검색어를 사용해 불순한 채널을 골라내고 그 채널의 영상과 영상에 달린 댓글을 통해 이런 모임의 개설 여부를 파악하는 것은 어려운 일이 아니에요. 그렇지 않기를 바라지만, 어쩌면 진짜로 지금 우리가 얘기 나누는 것을 들여다보고 있을 수도 있습니다."

"생각만 해도 끔찍한데요. 지금도 그런 상황인데 앞으로는 어떻게 될지 걱정이네요."

"앞으로는 인공지능을 통해 개인의 모든 디지털 기기 사용 기록이 다 감시될 거라고 생각합니다."

이상원이 말했다.

"기술적으론 가능하더라도 가까운 시일 내에 그 정도 수준으로 개인의 사생활을 감시하기는 쉽지 않을 겁니다. 기술적으론 가능하더라도 말입니다."

송재욱이 말했다.

"가까운 시일 내에 가능할 수도 있습니다. 지금 진행 중인 팬데믹보다 커다란 이벤트를 일으킨다면."

잠시 침묵이 흘렀다. 유혁은 계속해서 가계부채와 국가부채 문제, 다가오는 선거와 동북아를 둘러싼 국제정세에 대한 얘기를 나눠 보자고 했다.

"선거 얘기를 하셨으니 말인데, 민주주의란 현생인류에게 적합한 제도가 아닙니다." 이상원이 특유의 가느다란 목소리로 말했다. "인간이란 종족은 너무도 어리석어 간단한 선전과 선동만으로도 얼마든지 여기로 저기로 이끌 수 있기 때문입니다. 여론을 만들어 내는 건 아주 쉬운 일이죠. 대중은 권위와 군중심리에 맹목적으로 복종합니다. 어떤 일을 하는 것이 자신과 다른 사람들을 위하는 것이라고 반복적으로 선전하면 대부분 그대로 믿습니다. 정부와 권위 있는 언론, 전문가라는 이들의 말에 담겨 있는 모순을 볼 수 있는 능력이 대중에게는 없습니다. 현재의 민주주의는 막대한 자본을 지닌 소수가 커튼 뒤에서 벌이는 통치를 가려 주는 쇼일 뿐입니다. 민주주의가 정말로 제대로 작동하기 위해서는 대부분의 사람들이 뛰어난 판단력과 통찰력, 지식을 지녀야만 합니다. 그러나 실제 대중들은 어떻습니까? 그들이 지지하는 정치인은 어떻습니까? 그들은 정치인의 이미지나 정치인이 줄 수 있는 사소한 이익에 따라 표를 줍니다. 물론 그들이 표를 준 정치인은 거대한 자본을 가진 세력들이 자신들의 미디어를 통해 이미지를 만들어 준, 실제로 지배권을 지닌 과두 세력의 대리인일 뿐입니다. 과두 세력이 키워 준 두 명의 대리인 중 하나를 선택하는 것, 그것이 선거입니다. 그것이 오늘의 민주주의입니다. 선출된 정치인들이 누구를 위해서 일할까요? 국민들입니까? 그렇게 믿는 사람이 많을수록 지금과 같은 기만은 더욱 공고해질 겁니다. 사실 그렇게 믿는다는 게 놀라운 일인데, 그래서 대중이 어리석다는 겁니다."

송재욱이 말했다.

"민주주의는 필연적으로 금권을 지닌 과두에 의해 지배되는 방향으로 나아가게 된다고 생각합니다. 혈통에 의해 지배권을 부여받는 군주제와 달리 구성원들이 선거를 통해 지도자를 선출하는 민주제는 막대한 선거자금을 지원해 줄 수 있는 금권세력의 힘이 가장 상위에 놓이게 되는 시스템이니까요." 송재욱은 잠시 말을 멈추고 무언가를 생각했다. 그러다 곧 다시 이어서 말하기 시작했다. "저는 이 모든 것을 가능하게 해 주는 것이 부채, 빚이라고 생각합니다. 정치인이 당선되기까지 금권세력에게 지게 되는 빚은 - 미디어를 통한 조명과 자금 지원 같은 것 말입니다 - 그중 하나일 뿐입니다. 저는 지금 벌어지고 있는 모든 일은 결국 빚 때문에 일어난 거라고 생각합니다."

"빚 때문에요?"

"네. 마태복음에 나오는 주기도문의 구절 '우리가 우리에게 죄 지은 자를 사하여 준 것 같이 우리를 사하여 주옵시고'*의 헬라어 원어는 '우리가 우리에게 빚진 자를 사하여 준 것 같이 우리를 사하여 주옵시고'입니다. 그리스도는 빚의 탕감이 건강한 사회의 지속을 위해 얼마나 중요한지 알고 계셨던 거라고 생각합니다."

"주기도문의 원래 의미가 그렇다는 건 처음 알았습니다."

"네, 이건 기독교인들도 잘 모르는 사실입니다. 헬라어로 '죄'는 '하마르티아ἁμαρτια'입니다. 그러나 주기도문에서 죄로 번역된 헬라어는 '오페일레마타ὀφειλήνατα'입니다. 오페일레마타는 빚, 부채를 뜻합니다."

송재욱은 계속해서 말했다.

* 마태복음 6장 12절

“사실 이 모든 것은 부채, 빚 때문에 벌어진 일입니다. 빚과 이자, 그리고 빚을 지도록 만드는 시스템 말입니다. 미국의 경제학자 마이클 허드슨*이 잘 설명하고 있듯 고대 국가들의 생성과 소멸은 부채 문제와 긴밀하게 엮여 있습니다. 고대 메소포타미아의 농업경제에서 대부분의 사람들은 소수의 부자들에게 빚을 졌습니다. 기근이 찾아올 때마다 생존을 위해, 먹을 것을 얻기 위해, 파종할 씨앗을 얻기 위해 빚을 질 수밖에 없었죠. 빚은 대음 해에 생산한 곡식으로 갚아야 했습니다. 만약 대음 해에도 가뭄이 발생해 농사에 실패해서 빚을 갚지 못하면 빚을 진 사람들은 빚을 준 사람의 종이 되었습니다. 빚 때문에 노예로 전락하게 되는 거죠.

고대 국가의 왕들은 빚을 진 농민들의 부채를 탕감해 주어야 할 이유가 있었습니다. 세금을 내는 농민들이 빚 때문에 채권자의 노예가 되면 왕에게 세금을 납부할 사람이 줄어들고 궁전을 건설하거나 수로를 파는 일에 동원할 사람도 줄어들 수밖에 없기 때문입니다. 그래서 왕들은 자주 부

* 미국의 경제학자. 금융자본주의의 약탈적 성격을 날카롭게 분석했으며 『고대의 붕괴: 문명의 과두제 전환점으로서의 그리스와 로마』로 유명하다.

채 탕감을 원하지 않는 채권자 계급 과두세력과 싸웠습니다. 이것은 고대에 수세기 동안 계속되었던 싸움입니다.

그러나 유대인들에게는 희년禧年이라는 제도가 있었죠. 50년마다 한 번씩 돌아오는 모든 채무가 탕감되는 해. 누가복음 4장에 기록된, 그리스도께서 회당에서 선지자 이사야의 두루마리를 펼쳐서 읽으신 '내가 주의 해를 선포하러 왔노라'는 바로 희년을 뜻합니다. 아실지 모르겠지만 바빌로니아에 의해서 망하기 직전 유다는 갚을 수 없는 빚에 짓눌린 민중들과 그들에게 많은 돈을 빌려준 귀족들로 양극화되어 있었습니다. 이렇게 사회가 양극화되고 불안정해지는 것을 막을 수 있는 방법이 빚의 탕감입니다. 그리스도는 빚이 야기하는 억압에 맞서 싸우려고 노력하는 사람들을 대표했습니다. 그래서 초기 기독교인들은 기본적으로 희년을 옹호하면서 부채를 없애려고 노력했지요."

유혁은 "아주 흥미롭군요. 계속 말씀하시죠."하고 말했다.

"고대 전반에 걸쳐 시행된 민주주의는 대부분의 사람들에게 농노제를 의미했습니다. 아리스토텔레스는 이것에 대해 매우 분명하게 말했습니다. "많은 도시가 민주주의처럼 보이는 헌법을 가지고 있지만 실제로는 과두 정치"라고 요. 아리스토텔레스가 쓴 대로, 그리고 상원 님이 말씀하신 대로 모든 민주주의는 부유한 사람들이 더 부유해짐에 따라 과두 정치로 변하는 경향이 있습니다. 그리고 과두 정치 세력은 스스로를 세습 귀족으로 만들고, 사회의 나머지 사람들 위에 군림합니다. 이렇게 점점 더 양극화되는 사회의 완전한 붕괴를 막을 수 있는 유일한 방법은 외부에서, 또는 내부에서 새로운 지배 세력이 등장해 과두 정치세력들을 쫓아내는 것입니다. 아테네의 민주주의도 결국 그런 방식으로 막을 내렸습니다.

그러나 현대로 이어지는 흐름의 어느 때부터인가 부채의 속박으로부터 대중들을 해방시키는 부채 탕감의 전통이 멈추게 되었습니다. 부채 기반 경제, 부채로 인한 이자가 계속해서 발생하는 경제의 특징은 부채가 경제성장률보다 빠르게 증가한다는 것입니다. 이런 사회에선 몇 년마다 부채가 50퍼센트씩 늘어납니다. 시간이 지남에 따라 이자에 이자가 더 붙습니다. 경제성장은 절대로 그것을 따라갈 수 없습니다. 복리가 쌓일수록 더 많은 돈이 생산과 소비의 실물 경제에서 금융 경제로 전환됩니다. 현대 사회의 부채 증가는 금융 및 실물 경제 사이에 긴장을 발생시킵니다. 사람들이 돈을 쓸 때 그 돈은 그들이 먹고사는 것에만 사용됩니까? 아니면 그들이 갚을 빚에 사용됩니까? 그들이 내야 하는 세금은 어떻습니까? 세금은 국채를 보유한 가장 부유한 1퍼센트에게 지불됩니다. 아시겠지만 달러를 발행하는 미국 연준은 공공기관이 아니라 사기업입니다. 연준의 소유주는 몇몇 은행 가문들이죠. 미국 정부가 연준에 대출받는 형태로 달러가 발행되기 때문에 연준은 미국 정부의 채권자입니다. 그런데 그런 연준의 소유주는 소수의 금융가입니다. 미국 정부는 이들에게 매년 막대한 이자를 지불하고 있습니다. 미국 국민의 세금으로요. 그러나 아무리 이자를 지불하고 부분적으로 원금을 상환해도 미국 정부가 연준에게 진 빚은 점점 더 늘어만 가고 있습니다. 미국이 그 빚을 갚을 수 없다는 것은 누구나 다 아는 사실입니다."

백우경이 물었다.

"연준이 로스차일드의 소유라는 얘기는 들어서 알고 있는데, 대체 어떻게 그렇게 된 거죠? 달러를 발행하는 기관이 개인의 소유라니 상식적으로 잘 이해가 되지 않아서요."

송재욱은 차분한 어조로 대답했다.

"미국의 역사는 선출직 대통령과 화폐 발행권을 장악하고자 하는 금융가들 사이의 싸움이었다고 해도 과언이 아닙니다. 1783년 미국이 영국에게서 독립한 직후부터 영국의 금융가들은 영국의 중앙은행인 뱅크 오브 잉글랜드를 모델로 한 중앙은행을 미국에 세우고 싶어 했습니다. 뱅크 오브 잉글랜드는 지금의 연준처럼 소수의 금융가들이 대주주인 민간 기업입니다. 이들의 노력은 성공을 거둬 1791년에 미국의 첫 번째 중앙은행이 설립됩니다. 당연히 이 은행의 대주주는 로스차일드를 비롯한 금융가들이었죠. 그러나 이 첫 번째 중앙은행은 20년 후에 폐지됩니다. 그 후 1800년대 내내 계속 다시 중앙은행을 세우려는 금융가들과 그것을 막으려는 선출직 정치인들의 싸움이 이어집니다. 그 싸움에서 금융가들이 최종적으로 승리한 게 1913년입니다. 연준이 생긴 1913년이요. 그 이후 지금까지 100년 넘는 시간 동안 연준은 미국의 화폐 달러를 발행하는 권한을 가진 채 미국 정부에 대한 채권자로 군림해 왔습니다. 미국 정부는 연준에 영원히 갚을 수 없는 막대한 빚을 졌고 매년 그 빚에 대한 이자로 엄청난 세금을 지불하고 있습니다. 미국 정부의 세금 수입 중 국채 이자 상환에 들어가는 비중은 30퍼센트를 넘어섰습니다. 거둬들인 세금 중 3분의 1을 국채 이자를 지불하는데 사용하고 있는 것입니다. 당연한 얘기지만 이런 상황은 지속 가능하지 않습니다. 필연적으로 언젠가는 붕괴될 수밖에 없습니다."

백우경이 말했다.

"세금 거둬서 그중 3분의 1을 이자 내는 데 쓰고 있다니 믿을 수가 없네요…."

"그게 현실입니다."

송재욱은 계속해서 말했다.

"성경에 이런 구절이 나오죠. 부자는 가난한 자를 주관하고 빚진 자는 채주의 종이 되느니라.* 이 성경 구절처럼 막대한 빚을 진 국가는 주권을 잃게 되어 있습니다. 그러나 이 모든 것은 현대 정치경제학에서 이야기되고 있지 않지요. 경제학은 오직 생산과 소비에 관해서만 이야기합니다. 경제성장보다 빠르게 증가하는 부채는 없는 것처럼, 모든 사람이 빚을 갚을 수 있는 것처럼 말합니다. 그러나 모든 부채는 붕괴가 발생할 때까지 지불 능력보다 빠르게 성장

* 잠언 22장 7절

합니다. 그리고 더 이상 부채를 갚을 수 없을 때, 빚진 사람은 재산을 잃거나 어떤 식으로든 채권자의 종이 됩니다. 그것이 부채로 돌아가는 경제의 종착점입니다. 이런 종착점을 피하기 위해선 어느 시점에서 반드시 탕감이 이루어져야 합니다. 그렇지 않으면 최상층에 있는 소수의 채권자들이 모든 것을 소유하게 됩니다."

잠시 침묵이 흘렀다. 유혁은 송재욱의 말에서 놀라운 진실을 본 것 같은 느낌이었다.

"저는 조금 다르게 생각합니다." 이상원이 침묵을 깨며 말했다. "금융은 산업 발전을 자극하는 원동력입니다. 월스트리트의 금융지원이 없었다면 중국이나 베트남은 결코 오늘과 같이 성장하지 못했을 겁니다. 물론 거기엔 이자라는 요소가 따르기는 합니다. 그러나 이자를 받을 수 있을 거란 기대가 없다면 대출 또한 일어나지 않을 것이기에 그것은 불가피한 요소입니다. 조금 전 아주 길게 현대의 금융시스템이 지닌 문제점을 지적해 주셨지만, 우리 모두는 그 금융에 의해서 지금의 풍요롭고 발전된 사회에서 살아가게 된 것입니다. 멀리 갈 것 없이 우리나라의 고도성장만 해도 금융의 역할이 없었다면 불가능한 일이었을 겁니다."

송재욱은 그 말에 반박하지 않았다. 유혁은 송재욱이 들려준 얘기가 아주 흥미로웠다고 말한 후 금융과 부채에 관한 얘기를 조금 더 이어갔으면 좋겠다고 했다.

# 14

모임은 얘기가 길어져 예정보다 40분이나 늦게 끝났다. 3시간 가까이 모니터를 바라보며 집중해서 대화를 나눴더니 노트북을 덮고 나자 배가 고팠다. 유혁은 잠시 어떻게 할지 고민하다가 이내 결정한 듯 냉장고를 열어 반찬을 꺼냈다. 밥은 반 공기만 담았다. 곧 자야 하는데 많이 먹으면 숙면을 취할 수 없을 것 같았기 때문이다.

얼마 안 되는 음식을 순식간에 먹고 양치를 하려고 화장실로 가는데 현관 밖에서 인기척이 들렸다. 이브닝 근무를 마친 주은이 돌아온 것 같았다. 그는 현관으로 가 문을 열었다. 예상대로 그녀가 막 자신의 집 문을 열고 안으로 들어가려 하고 있었다.

"이제 퇴근한 거야? 고생 많았어."

주은은 지친 얼굴로 고개를 끄덕이며 힘든 하루였다고 했다.

"저녁은 먹었어?"

그녀는 먹었다고 했다.

"우리 집에서 같이 잘래?"

그녀는 너무 피곤해서 바로 잠들 것 같다며 그냥 자신의 집에서 자겠다고 했다.

"그래, 푹 쉬어."

현관문을 닫고 화장실로 간 그는 양치를 하며 생각했다. 간호사라는 직업은 쉽지 않은 것 같다고. 지쳐 보이는 그녀의 얼굴이 안쓰러웠다. 깊은 잠이 그녀의 모든 피로를 씻어 내 주길 마음속으로 빌었다.

양치를 마치고 거실로 나온 그는 창가로 가 창밖 풍경을 바라보며 오늘 모임에서 나눴던 얘기들에 대해 생각했다.

'그 대학 강사는 꽤나 재밌는 얘기들을 했어. 노예 상태를 사랑하게 만든다? 아마도 그 방법이 정답이겠지. 근데 그게 과연 가능한 일일까?'

그는 약물을 사용해 인간의 사고체계와 구성 방식을 바

꿀 거라는 슈타이너의 주장에 일정 부분 동의했다. 그 일은 이미 이루어지고 있으며 앞으로 더욱 고도화된 방식으로 이루어질 거라고 생각했다. 그러나 그것만으론 부족했다. 그는 그것과 함께 그것을 뛰어넘는 다른 무엇이 있어야 저들의 목표가 달성될 거라고 느꼈다. 그 다른 무엇은 무엇일까? 그도 알 수 없었다.

'투자회사에서 일하고 있다는 놈은 어딘지 저들의 가치관에 동조하는 느낌이었어. 금융 쪽에서 일을 해서 그런가?'

그런데 다음 순간 뜬금없이 혹시 그가 저들 쪽에서 보낸 사람은 아닐까 하는 생각이 들었다. 물론 그것은 엉뚱한 생각이었다.

'내가 대단한 저항을 하는 것도 아니고 그저 스쿠브나 블로그에 영상 몇 개 올린 것뿐인데, 설마 그런 나를 감시하려고 사람까지 보내겠어?'

하지만 그런 생각과는 달리 어쩌면 이상원은 진짜로 그런 목적으로 모임에 참여한 건지도 모른다는 생각이 계속 들었다.

"지나치게 예민해졌군."

그렇게 중얼거리며 그는 걸음을 옮겨 침대로 갔다. 먹은 게 소화되기까지 한 시간쯤 책이나 읽으려고 2주 전부터 읽고 있던 『이데올로기라는 신화』를 펼쳐 다섯 페이지쯤 읽었을 때 현관 벨 소리가 들려왔다. 순간적으로 '혹시 그들이 사람을 보낸 건가?'하는 생각이 들었다. 그러나 비디오폰 화면에 떠오른 얼굴은 주은이었다. 그는 말도 안 되는 생각을 한 자신을 비웃으며 현관으로 가 문을 열었다.

"여기서 자도 되지?"

그녀는 아까보단 생기가 도는 얼굴로 그렇게 물었다.

"당연하지. 들어와."

그녀는 안으로 들어와 손에 들고 있던 휴대폰을 그가 식탁으로 사용하고 있는 테이블 위에 내려놓았다.

"따뜻한 차라도 한 잔 마실래?"

그녀는 괜찮다고 했다.

"힘든 하루였어."

그는 무슨 일이 있었느냐고 물었다.

"말하고 싶지 않아. 오빠도 들으면 별로 좋아하지 않을 거야."

"그렇게 말하니까 더 궁금한데."

그녀는 가볍게 한숨을 내쉬더니 말했다.

“내일모레 수술 들어갈 뇌전증 환자가 있는데 발작을 일으켰어.”

“그래서 어떻게 됐어?”

“처치를 해서 발작은 가라앉았는데 자꾸 벌떡 일어나서 화장실에 가겠다고 하는 거야.”

“그래서?”

“발작 후에는 낙상 우려가 있어서 환자를 잘 붙들어야 하는데 자꾸만 화장실에 가겠다고 하니까…. 하필 보호자도 집에 가고 없는 상태였어. 30대 초반의 남자 환자였는데 젊은 간호사가 변기를 대 주는 게 부끄러운지 계속 화장실에 가겠다고 하는 거야. 제대로 몸도 가누지 못하면서.”

“난감했겠네.”

“근데 그러다 갑자기 옷에다 변을 보았어.”

“그래서 어떻게 했어?”

“옷을 벗기고 대변을 치웠지.”

“고생 많았네.”

“근데 간신히 정리를 마치고 얼마 지나지 않아서 다시 가보니 환자가 또 옷에 대변을 보았더라고.”

"또? 그래서 어떻게 했어?"

"옷을 벗기고 닦아 주었지. 기저귀도 채우고. 근데 기저귀를 채워도 계속 몸부림을 쳐서 소용이 없었어."

"정말 힘들었겠네."

"이것보다 더 힘든 날도 많아."

그는 그녀를 가볍게 안아 주었다. 그녀는 그의 품에 안긴 채 살며시 머리를 그에게 기대었다.

"침대에서 자. 나는 바닥에서 잘게."

그의 침대는 둘이 자기엔 좀 좁았다. 자려면 잘 수도 있겠지만 아무래도 그녀 혼자 자는 게 편할 것 같았다.

"아니, 같이 자."

그녀는 그렇게 말했다. 그는 고생이 많았으니 편하게 자야 한다고 했지만 그녀는 고집을 꺾지 않았다.

"알겠어. 그럼."

그녀가 침대 안쪽에 눕자 그는 그녀 옆에 누웠다. 그녀는 그를 향해 몸을 돌려 옆으로 누운 채 말했다.

"금요일에 오프니까 같이 맛있는 거 먹으러 가."

그는 그녀의 볼을 가볍게 어루만지며 말했다.

"알잖아, 나 백신패스 없어서 음식점 못 들어가는 거."

그녀는 짜증스러운 목소리로 말했다.

"그냥 백신 맞으면 안 돼? 그거 아무것도 아니야. 우리 병원 사람들도 다 맞았다고."

그는 자신은 그렇게 생각하지 않는다고 말했다.

"그럼 어떡할 건데. 계속 식당도 카페도 마트도 안 가면서 살 거야? 오빠 혼자 그런다고 세상이 바뀔 것 같아?"

바뀌지 않을 거란 건 그도 알았다. 그러니까 그에게 저항은 바꿀 수 있느냐 없느냐의 문제는 아니었다.

"나는 오빠도 다른 사람들처럼 평범하게, 그냥 남들 하는 대로 살았으면 좋겠어. 그냥 평범하게."

그녀는 그런 말들을 조금 더 이어갔다. 그는 별다른 대꾸 없이 그녀의 말을 들어주었다. 어느 순간부터 그녀의 말소리는 잦아들었다. 그는 그녀의 고른 숨소리에서 그녀가 잠에 빠져들고 있음을 느꼈다. 그는 살짝 고개를 돌려 잠든 그녀의 얼굴을 바라보았다. 창문으로 새어 들어오는 희미한 빛 아래 그녀의 얼굴 윤곽이 어슴푸레 보일 뿐이었다. 그녀에게 미안한 마음이 들었다. 자신이 다른 이들처럼 평범한 데이트 한 번 하지 못하는 남자 친구라는 사실이.

그는 눈을 감고 들이쉬고 내쉬는 그녀의 숨소리를 들으

며 가만히 누워 있었다. 그녀의 숨소리와 함께 어둠과 시계 초침 소리만 한없이 계속되었다.

## 15

휴대폰을 확인해 보니 메일이 와 있었다. 그의 스쿠브 채널이 정지되었음을 알리는 메일이었다. 그의 채널은 2주간 정지되었고 한 번 더 스쿠브 커뮤니티 가이드를 위반하면 채널이 영구 삭제될 거라고 했다. 그 사실은 그에게 상당한 심적 압박감을 불러일으켰다. 이제 더 이상의 경고는 없었다. 다음번은 폭파였다. 2만 명의 구독자와 그들로부터 나오는 수익, 그리고 목소리를 낼 수 있는 공간 자체를 잃게 되는 것이다.

무슨 일이 있어도 그렇게 되는 것만은 피해야 했다. 누적된 2회의 경고는 3개월이 지나면 사라지는 만큼 3개월 동안 아예 영상을 올리지 않는 방법도 고려해 봐야 할 것 같았다. 그는 그렇게 하는 것까지 선택지에 놓고 이런저런 대응 방안을 고민하며 무거운 마음으로 아침 식사를 마쳤다.

양치를 하고 노트북 앞에 앉아 새로 올라온 뉴스들을 살펴보았지만 좀처럼 그 일에 집중할 수 없었다. 한 걸음만 잘못 내디디면 채널이 폭파될 수도 있다는 사실이 심리적으로 그를 강하게 억눌러 일종의 무기력 상태에 빠지게 만들었기 때문이다. 그는 10분 정도 더 뉴스를 뒤적이다 노트북을 덮었다. 영상으로 만들 만한 기사를 하나 발견했지만, 그리고 그것을 영상으로 만들어 블로그에 올리면 - 스쿠브처럼 만 명 넘는 사람은 아닐지라도 - 수백 명의 사람들이 그 영상을 보게 될 터였지만, 그에게는 그 모든 일이 다 귀찮게 느껴졌다. 그냥 아무 생각 없이 좀 누워 있고 싶었다. 그렇게 누워서 조금 쉬면 마음이 괜찮아질 것 같았다.

그는 잠시 그대로 앉은 채 무언가를 생각했다. 그러다 이내 마음을 결정한 듯 일어나 침대로 갔다. 아침 식사를 마친 지 한 시간도 지나지 않았지만 그는 침대에 몸을 누인 후 이불을 머리끝까지 덮어썼다.

'스쿠브 채널이 폭파되면 수입이 크게 줄게 될 거다. 블로그에선 계속 수익이 발생하겠지만 얼마 되지 않는 그 돈과 아파트에서 나오는 월세만으로 생활하기는 쉽지 않을 거고….'

그는 만약 그런 상황까지 가게 된다면 어떻게 해야 할지 생각해 보았다.

'백신패스 때문에 아르바이트를 하는 것은 쉽지 않을 거다. 하고 싶은 마음도 없지만 말이다. 그래도 월세로 들어오는 돈이 있으니 불필요한 지출을 최대한 줄이면 생활이 아주 불가능하지는 않을 거다. 블로그를 더 키워서 거기서 나오는 수익을 늘리는 방법도 있고.'

그의 블로그 구독자 수는 스쿠브 채널 구독자 수의 30분의 1밖에 되지 않았다. 그 정도 숫자로 한 달에 벌 수 있는 최대치는 15만 원 남짓이었다.

'어떻게 해서라도 스쿠브 채널을 유지해야 한다. 그게 최선이다.'

그런 생각을 하고 있는데 테이블 위에 놓아둔 휴대폰이 울렸다. 그는 침대에서 일어나 휴대폰을 집어 들었다. 휴대폰 화면엔 '발신번호 표시제한' 이란 글자가 떠 있었다.

'발신번호 표시제한? 누구지?'

그는 잠시 망설이다 전화를 받았다.

"여보세요?"

상대는 아무 말도 없었다. 그는 다시 물었다.

"누구시죠?"

불길한 느낌을 주는 침묵이 계속 되었다.

"무슨 일로 전화하신 거죠? 계속 말 안 하면 끊겠습니다."

그 순간 상대편에서 전화를 끊었다.

"뭐 이런 놈이 다 있어!"

그는 휴대폰을 테이블에 내려놓은 후 다시 침대로 갔다. 그런데 그 순간, 다시 휴대폰이 울렸다. 또 그놈 아냐? 그는 테이블로 가 휴대폰을 집어 들었다. 이번에도 휴대폰 화면엔 '발신번호 표시제한' 이란 글자가 떠 있었다.

"여보세요?"

아무런 말도 없었다.

"당신 누구야? 지금 뭐 하는 거야?"

순간 이상한 기계음 같은 '삐-'하는 소리가 들렸다.

"뭐야? 이건 또 무슨 소리야?"

그러다 갑자기 전화가 끊어졌다. 그는 짜증스러운 얼굴로 휴대폰을 테이블에 던져 놓고 침대로 돌아왔다. 다시 눕자 금방이라도 또 휴대폰이 울릴 것 같았다.

'짜증 나네. 어떤 미친놈이 저러는 거지?'

그런데 다음 순간 짜증은 갑작스럽게 공포로 바뀌었다. 혹시 놈들이 저런 방식으로 나에게 무언의 협박을 하는 것은 아닐까? 하는 생각이 들었기 때문이다.

그는 살짝 긴장한 상태로 10분쯤 누워 있었다. 휴대폰은 더는 울리지 않았다.

'이렇게 누워만 있으면 안 되겠어. 뭐라도 해야지.'

그렇게 생각하며 몸을 일으킨 그는 아까 살펴본 뉴스 중 하나로 영상을 만들어 블로그에 올리기로 했다. 노트북을 켜고 부팅되기를 기다리며 휴대폰을 집어 들었는데 스쿠브 영상에 댓글이 달렸다는 알림이 와 있었다.

발신번호 표시제한 님이 '우리는 네가 하고 있는 일을 알고 있다. 심각한 상황에 빠지고 싶지 않다면 더 이상 가짜 뉴스를 유포하지 마라' 댓글을 달았습니다.

그는 소스라치게 놀랐다. 조금 전 두 번이나 전화를 건 놈은 그의 스쿠브 채널을 알고 있었던 것이다! 그는 댓글을 단 '발신번호 표시제한'의 스쿠브 채널에 가 보았다. 채널에는 아무것도 없었다.

이놈은 누구일까? 내 번호까지 알고 있는 걸로 봐선 평범한 놈은 아닐 것이다. 혹시 정보기관에 소속된 놈일까? 아니, 그런 놈이라면 이렇게 유치한 방식으로 협박하지는 않았을 것이다. 그럼 대체 놈은 누구일까? 아무리 생각해도 알 수 없었다.

'이제 나는 어떻게 해야 하지? 채널 정지가 풀리더라도 스쿠브에 영상을 올리면 녀석이 바로 보겠지? 그러다 조금이라도 문제가 되는 내용을 발견하면 무언가 조치를 취하겠지?'

그 순간 휴대폰이 울렸다. 그는 두려움을 느끼며 발신자를 확인했다. 070으로 시작되는 스팸 전화였다. 그는 안도감을 느끼며 전화가 끊어지기를 기다렸다. 전화는 5초쯤 더 울린 후 끊어졌다.

생각은 다시 발신번호 표시제한이 불러일으킨 근심 쪽으로 나아갔다. 놈의 경고를 무시하고 2주 뒤에 다시 영상을 올린다면, 아니 그 전에 당장 지금 블로그에 영상을 올린다면 놈은 어떻게 나올까? 알고 싶다면 바로 영상을 만들어 블로그에 올리면 될 것이다. 그는 갑자기 그렇게 해서 놈이 어떻게 반응하는지 보고 싶다는 강한 욕망에 휩싸였다. 그래서 아까 보았던 뉴스를 바탕으로 순식간에 5분짜리 영상을 하나 만들었다. 블로그는 스쿠브보다 훨씬 더 발언의 자유를 누릴 수 있는 공간이었음에도 불구하고 그는 상당히 온건한 어조로 말했다. 그런 일이야 없겠지만 블로그마저 정지되는 사태는 피해야 한다는 마음 때문이었을 것이다. 그는 블로그에 들어가 영상을 올렸다. 영상은 금방 업로드되었고, 조회수가 하나 둘 오르기 시작했다. 이제 무슨 일이 일어날지, 놈으로부터 어떤 응답이 올지 기다리면 될 터였다.

# 16

"나이트 근무를 마치고 나면 몸이 늙는 느낌이 들어."

주은의 말에 유혁은 건성으로 그러냐고 했다.

"밤에 못 자서 생체리듬이 꼬이면 다음 날 낮에 아무리 많이 자도 피로가 풀리질 않아. 밤에 자는 거랑 낮에 자는 거랑은 완전히 다른 것 같아."

"그렇지."

"오빠는 항상 밤에 잘 수 있어서 모르지?"

"뭘?"

"밤에 못 자고 낮에 자는 잠이 어떤지."

그의 머릿속에는 아까 블로그에 올린 영상과 영상에 달릴 댓글, 그리고 발신번호 표시제한이 어떻게 나올지에 대한 생각만 가득했다.

"내 얘기 듣고 있는 거야?"

그는 듣고 있다고 대답했다.

"근데 왜 딴생각하는 사람처럼 그렇게 멍하니 있어?"

그녀는 그가 평소와 조금 다른 것을 느낀 것 같았다. 그는 잠시 고민했다. 오늘 일어난 일을 그녀에게 말해야 하는 것일까.

"실은 좀 유쾌하지 않은 일이 있었어."

"유쾌하지 않은 일? 어떤 일인데?"

그때 초인종이 울렸다. 배달시킨 음식이 도착한 것 같았다. 그녀는 일어나 현관으로 갔다. 그는 나이트 근무를 마치고 돌아온 그녀가 긴 잠을 잔 후 같이 저녁을 먹자고 했을 때 썩 내키지 않았었다. 오전에 있었던 사건 때문에 머릿속이 복잡했기 때문이다.

그녀가 배달시킨 음식은 떡만둣국이었다. 지난번에 그가 맛있게 먹었던 걸 기억하고 주문한 것 같았다. 그는 그녀가 좋아하는 음식을 주문하지 그랬느냐고 했다. 그녀는 자신도 떡만둣국을 좋아한다고 했다. 그들은 식탁에 마주보고 앉아 음식을 먹기 시작했다.

"아까 얘기하다 말았던 유쾌하지 않은 일이 뭐야?"

그는 다시 한번 고민했지만 결국 말하기로 했다.

"스쿠브 채널이 정지를 당했어. 2주간."

그는 '발신번호 표시제한'에 대해서는 얘기하지 않았다. 그 얘기까지 해서 그녀에게 불안을 안겨 주고 싶지는 않았기 때문이다.

"왜? 무슨 이유로?"

"커뮤니티 가이드를 위반했대."

"어떤 걸?"

"나도 몰라. 음식 식는데 먹고 얘기하자."

"나는 오빠가 스쿠브에 민감한 영상 올리지 않았으면 좋겠어."

그는 최대한 그러고 있는데 한참 전에 올린 영상을 트집 잡아 채널을 정지시켰다고 말했다.

"지금 올리는 그런 거 말고, 다른 콘텐츠로 영상 만들면 안 돼? 좀 더 가볍고 사람들이 좋아할 만한 거."

사람들이 좋아할 만한 거? 순간 허망하게 죽은 친구 정원의 얼굴이 떠올랐다.

"나도 그런 생각을 안 해 본 건 아니야. 근데 사람들에게 알려야 할 중요한 정보들은 놔둔 채 다른 얘기를 하는 게 잘 안되네….”

“사람들이 알아야 할 중요한 정보라면 오빠 아니더라도 누군가는 알릴 거야. 그냥 그렇게 생각하면 안 돼?”

“나 아니어도 누군가는 그 일을 할 거라고 믿어. 그렇지만 그래서 나는 아무 것도 안 해도 된다고는 생각하지 않아.”

그녀가 목소리를 높이며 말했다.

“아무것도 안 하라는 게 아니라 오빠가 피해를 입을 수도 있는 일을 하지 말라는 거야.”

그는 그녀의 말에 대답하지 않고 음식을 먹었다. 그녀도 그 이상 그에게 뭐라고 하지는 않았다.

한동안 말없이 먹기만 하던 그녀가 갑자기 무언가 생각난 듯 말했다.

“2주 동안 영상 만들 일 없으니, 우리 여행이라도 다녀올까? 가까운 데로.”

지금 같은 상황에서 여행을 가자니 할 말이 없었다.

“친구가 얼마 전에 강화도에 있는 펜션에 1박 2일로 다녀왔는데 너무 좋았대. 바다 보면서 스파도 할 수 있고, 비수기라 요금도 20만 원밖에 안 한다던데?"

"지금 같은 때 여행은 좀 그렇지 않을까?"

"펜션 가서 둘만 있을 건데 뭐 어때?"

듣고 보니 그 말도 일리가 있었다. 어쩌면 백신패스 때문에 집 근처 식당도 마음대로 못 가는 서울보다 거기가 더 자유로울지도 몰랐다.

"다음주 언제 쉬는데?"

그 말에 그녀는 기쁜 듯 웃더니 다음주 목요일에 연차를 쓰겠다고 했다. 그리고 만약 그날 연차 사용이 안 되면 월요일 야간 근무를 마치고 화요일 오후에 출발하자고 했다.

"피곤하지 않겠어?"

"가서 쉬면 되지."

이유는 알 수 없었지만 그녀가 원하는 대로 해 주고 싶었다. 그래서 그렇게 하자고 했다.

# 17

"제 채널이 2주간 정지를 당했습니다. 여러분들이 아실 만한 이유로요."

송재욱이 말했다.

"그래서 영상이 올라오지 않았던 거군요. 2주 정지면, 그다음은 채널 영구 삭제죠?"

유혁은 가볍게 한숨을 내쉬며 말했다.

"네. 3개월만 잘 넘기면 경고받은 게 사라지는데, 그래서 3개월 동안 아예 영상을 올리지 않는 방법까지 고려하고 있습니다."

박진우가 말했다.

"채널을 지키기 위해 그렇게 하시는 것도 방법일 것 같네요. 대신 블로그에다 올려 주시면 꼭 챙겨 볼게요."

"네, 그런데 채널 정지도 정지지만 더 이상한 일이 있었습니다."

이상원이 어떤 일이냐고 물었다.

"채널 정지당한 날 오전에 '발신번호 표시제한'이라고 뜬 전화가 두 번 걸려 왔었어요. 두 번 다 받으면 아무 말도 하지 않다가 곧 끊어졌고요. 그런데 그 전화를 받은 후 한 시간쯤 뒤에 채널에 올려놓은 영상에 댓글이 달렸는데 댓글을 쓴 사람의 아이디가 '발신번호 표시제한'이었어요. 댓글 내용은 대충 우리는 네가 하는 일을 다 알고 있다, 심각한 상황에 빠지고 싶지 않으면 하고 있는 일 그만둬라 뭐 그런 내용이었어요."

송재욱이 말했다.

"당분간은 조심하시는 게 좋을 것 같네요. 블로그에도 영상 올리지 않으시는 게 좋을 것 같아요."

박진우가 말했다.

"지금 이 모임도 보고 있는 거 아닐까요?"

송재욱이 말했다.

"그럴 가능성도 충분히 있다고 생각합니다."

이상원이 말했다.

"어떤 놈이 장난치는 거 아닐까요?"

"장난이요?"

"네, 음모론에 대해 반감을 품고 있는 어떤 놈이요."

박진우가 말했다.

"그런 장난을 치는 놈이 있을까요? 거기다 전화를 걸어왔다고 하셨는데, 그럼 전화번호도 알고 있다는 얘기잖아요."

이상원이 말했다.

"전화번호 알아내는 건 그리 어려운 일이 아닙니다."

송재욱이 말했다.

"장난을 치려고 전화번호까지 알아내는 놈이 있을까요?"

이상원이 말했다.

"세상에는 이상한 놈들이 아주 많죠. 물론 그런 놈의 장난이 아닐 수도 있어요. 근데 그런 장난이 아니라면 대체 누가 그런 짓을 하는 거죠? 스쿠브? 경찰? 정부?"

유혁이 말했다.

"누군지는 알 수 없죠. 그래서 답답한 거고요."

송재욱이 말했다.

"당분간은 좀 조심하시는 게 좋을 것 같습니다. 원하신다면 저희 모임도 잠시 쉬었다 다시 이어가는 것도 괜찮을 것 같고요."

유혁은 아니라고 했다.

"어쩌면 상원 님이 얘기하신 것처럼 대수롭지 않은 일일 수도 있죠. 그리고 제게는 이 모임이 일주일 중 가장 기다려지는 시간인데, 이 모임까지 중단하고 싶지는 않습니다."

박진우가 말했다.

"그러시다면 계속하셔야죠! 갑자기 든 생각인데, 채널이 2주나 정지되셨으니 수익도 많이 줄어드실 것 같은데 힘내시라고 후원금 조금 보내 드릴게요."

유혁은 아니라고 했지만 박진우는 바로 휴대폰으로 송금을 했다.

"많이 못 보내드려서 죄송합니다. 이걸로 따뜻한 밥이라도 사 드세요."

"감사합니다."

잠시 침묵이 이어진 후 유혁은 그럼 본격적으로 오늘의 주제에 대해 이야기를 나누자고 했다.

"이번 모임에서는 말씀드린 대로 의료 분야에 대해서 얘기해 보려고 합니다. 이 분야에 대해선 할 얘기가 아주 많죠. mRNA 방식의 유전자 치료제, 합성 화학물질을 기반으로 한 제약산업, 제약업계 인사가 자신을 감독해야 할 공공기관의 기관장으로 재취업하는 회전문 인사, 행정명령을 이용한 폭압적인 방역 정책 등…. 현재 우리가 지닌 의료시스템에 대해 어떻게 생각하고 계시는지 자기 생각을 말씀해주시면 됩니다."

송재욱이 말했다.

"저부터 할까요?"

"네, 말씀하세요."

"아시겠지만 현대의학이 지금 같은 모습을 갖게 된 것은 록펠러의 역할이 컸죠. 일반 교육위원회를 만들어 미국의 교육을 장악한 후 의과대학의 교육과정을 자기 입맛대로 바꿔 버렸으니까요. 록펠러의 개입 이후 전통적이고 자연적인 치료법은 비과학적인 것으로 매도되었고 대신 합성 화학물질을 기반으로 하는 치료가 자리 잡게 되죠. 이해가 안 가는 건 아니에요. 약초나 자연에 존재하는 물질 대신 합성물질로 의약품을 만들어야 특허를 낼 수 있고, 그래야

돈을 벌 수 있으니까요. 하지만 이렇게 인위적으로 만들어진 합성화학물질은 부작용을 동반한다는 문제가 있죠. 거기다 근본적인 질병 치료는 식습관과 생활 습관을 개선해 몸의 전체적인 균형을 되찾아 주는데서 이뤄질 수 있는 것인데, 그런 노력 대신 합성 약물을 체내에 주입해 증상만 완화시키고 실제 질병은 만성화되는 사태를 야기했죠. 대표적인 사례가 혈압약이에요. 현대 의료기관에서는 혈압이 높아지는 근본적인 원인인 잘못된 식습관과 운동 부족 문제는 그대로 둔 채 부작용이 많은 약물로 혈압 자체만 낮추는 대응을 해요. 물론 식습관을 바꾸고 규칙적인 운동을 하라는 말을 아예 안 하는 건 아니죠. 그러나 약을 복용하는 게 그보다 훨씬 중요하게 여겨지고 있죠. 근본 원인은 해결하지 않고 합성 화학물질을 통해 혈압 자체만 낮추는데 목적이 있다 보니 혈압약을 복용하는 사람들은 수많은 부작용을 달고 살게 돼요. 이를테면 심장의 활동력을 약화시키는 베타차단제는 심장의 펌핑 능력을 떨어뜨려 혈압을 낮추는 작용을 하는데, 이 약물로 심장의 활동력이 약해지면 뇌나 신장처럼 혈액을 많이 필요로 하는 장기에 공급되는 혈액이 부족하게 돼요. 그런 상태가 계속되면 심각한 문제가 발생하게 되고요. 혈관을 확장시켜 혈압을 내리는 혈관확장제도 똑같은 부작용이 있어요. 사실 혈압을 낮추는 것이 중요한 게 아니라 잘못된 식습관과 운동 부족으로 깨진 몸 전체의 균형을 바로잡으면 혈압은 저절로 정상으로 돌아오는데 그렇게 하지 않죠. 그렇게 하는 것보다는 계속 약을 복용하게 하는 게 수익적인 측면에서 비교할 수 없을 만큼 큰 이익을 제약사, 병원, 의료관계자들에게 가져다주니까요."

이상원이 말했다.

"말씀하신 내용에 어느 정도 동의합니다. 그러나 그런 방식을 받아들인 것에는 환자 자신의 책임도 있지 않을까요? 자신이 걸린 병이 어떤 성격을 지니고 있는지, 그리고 그것을 치료하기 위해 근본적으로 요구되는 것은 무엇인지를 스스로 공부하지 않은 책임 말입니다."

박진우가 말했다.

"그게 왜 환자 책임입니까? 병원에서 제대로 가르쳐 주면 되는 거 아닙니까?"

송재욱이 말했다.

"현재의 의료시스템에선 그걸 제대로 가르쳐 줄 수 없습니다. 의사들도 의과대학에서 교육받을 때 고혈압에 대응하는 가장 효과적인 방법은 혈압약 처방이라고 배우니까요. 그렇게 가르치고 배운 지 100년이 넘었습니다. 어떤 면에선 의사들도 무지해졌다고 할 수 있죠. 그리고 결정적으로 혈압약 대신 식습관 개선으로 고혈압을 치료하면 제약사와 병원의 수익이 크게 줄어들게 됩니다. 의료계에선 절대로 받아들일 수 없는 일이죠. 국내의 모 제약사가 2009년에 출시한 혈압약의 누적 처방 매출이 얼마 전에 2조 원을 돌파했습니다. 20년 동안 2조 원, 1년에 1,000억 원어치씩 처방되었다는 얘기죠."

유혁이 말했다.

"혈압약 시장이 그렇게 큰지는 몰랐네요. 2조라… 생각보다 훨씬 크네요. 환자에게도 어느 정도 책임이 있다는 말에는 저도 동의합니다. 자신이 가진 문제에 대해 스스로 고민하고 정보를 수집하기보단 전문가라는 이들의 말에 무조건 따른 것은 환자 자신의 선택이었으니까요. 속칭 '음모론'에 대한 태도도 동일하지 않을까 생각합니다. 정부나 주류 미디어에서 하는 얘기가 옳을 것이다, 불편한 얘기는 듣고 싶지 않다, 이런 태도가 진실에 눈뜬 사람과 그렇지 않은 사람 사이의 차이를 만드니까요."

송재욱이 말했다.

"교육이 사람들을 그렇게 만든 거라고 생각합니다. 자기 머리로 생각하기보다는 주입된 지식과 권위를 따르도록 말입니다."

이상원이 말했다.

"인간은 두 종류로 나눌 수 있다고 생각합니다. 주어진 정보를 자기 머리로 분석하고 판단하며 주체적으로 움직이는 유형과 유도되는 대로 따라가는 유형. 물론 후자가 다수입니다. 안타까운 일이죠."

박진우가 말했다.

"다 주입식 교육 때문입니다! 그리고 미디어 때문입니다!"

이상원이 냉소적인 미소를 지으며 말했다.

"같은 주입식 교육을 받았어도 자기 머리로 생각할 줄 아는 사람도 있습니다. 그러지 못하는 사람은 그럴 수 없기 때문에 그러지 못하는 겁니다."

박진우가 목소리를 높이며 말했다.

"그게 무슨 소리죠? 그렇지 못한 사람은 열등한 사람이라도 되는 것처럼 얘기하시는 것 같네요."

이상원은 가볍게 웃더니 말했다.

"어쩌면 그럴지도요."

박진우가 말했다.

"그들은 피해자입니다! 모르고 당한 피해자라고요!"

유혁이 끼어들며 말했다.

"상원 님은 현재의 의료시스템에 대해 어떻게 생각하시나요?"

이상원은 잠시 생각하더니 대답했다.

"저는 우리의 의료시스템이 지금과 같은 모양으로 발전하게 된 것은 상당 부분 불가피한 일이었다고 생각합니다."

"불가피한 일이었다고요?"

"네, 의료소비자들은 즉각적으로 효과를 발휘하는 처방을 선호하는 경향이 있습니다. 조금 전 재욱 님이 얘기하신 식습관 변화나 운동은 긴 시간 동안 점차적으로 효과를 발휘한다면 약물을 통한 치료는 즉각적으로 효과를 나타내죠. 물론 부작용도 있지만요. 그런데 의료소비자들은 즉각적인 효과가 나타나기를 원합니다. 오랜 기간에 걸쳐 조금씩 나아지는 것을 기다리지 못하죠. 이런 상황에서 의료계가 택한 방법이 현재의 방식이라고 생각합니다. 그 방식에는 분명 단점도 있지만 어쨌든 그런대로 잘 굴러왔어요."

송재욱이 말했다.

"치료를 통해 즉각적으로 몸 상태가 개선되기를 바라는 환자가 많은 것은 사실입니다. 그러나 그렇게 된 것은 제약회사를 비롯한 의료관계자들에 의해 유도된 측면이 있습니다. 제약회사는 영향력 있는 광고주입니다. 그들은 자신의 약이 빠른 효과를 보인다고 광고합니다. 그런 광고를 반복적으로 접한 사람들은 자연스럽게 빠른 효과를 보이는 약을 원하게 됩니다. 의사 입장에서도, 환자가 원하고 제약사로부터 리베이트까지 받을 수 있는 약물 처방을 마다할 이유가 없습니다. 이렇게 수십 년을 오다 보니 현재와 같은 의료시스템이 점점 더 공고해지게 된 것입니다."

이상원이 말했다.

"현재의 의료시스템이 지닌 장점도 있습니다. 특히 응급외과수술 같은 경우가 그렇죠. 그리고 만성질환에 대한 약물 처방이 가져올 수 있는 부작용에 대해 의료계에서 전혀 얘기하지 않는다고는 할 수 없습니다. 정보는 널려 있습니다. 스스로 그것을 알아보지 않는 의료소비자는 다른 누구를 탓하기 전에 먼저 자신을 탓해야 할 겁니다."

송재욱이 말했다.

"그것은 오랜 기간 의무교육을 통해 전문가를 신뢰하고 주류 미디어를 믿으라고 주입받은 결과 나타난 행동입니다. 그런 행동을 하는 개인을 책망하기 전에 그들이 그렇게 행동할 수밖에 없도록 짜여진 사회시스템을 비난해야 할 것입니다."

"그런 사회시스템을 비난한다고 해서 뭐가 달라지죠? 우리는 그 시스템을 바꿀 수 없습니다. 결국 그 안에서 살아가는 개인이 얼마나 주체성을 가지고 판단할 수 있느냐의 문제인 것입니다. 그럴 수 없는 사람은 시스템이 바뀌더라도 여전히 피해자로 남게 될 겁니다."

유혁이 물었다.

"상원 님은 결정론자이신가요?"

이상원은 즐거운 듯 가볍게 웃으며 대답했다.

"네, 저는 그렇게 분류될 만한 사람입니다."

송재욱이 말했다.

"그렇다면 하나 묻고 싶군요. 지금 우리 사회가 이 모습으로 형성된 것은 불가피한 일이었다고 생각하시나요?"

이상원은 잠시 생각한 후 대답했다.

"네, 저는 이렇게 된 것이 불가피한 일이었다고 생각합니다."

유혁이 말했다.

"그런 관점으로 세상을 보면 너무 절망적이지 않을까요?"

이상원이 대답했다.

"글쎄요, 저는 꼭 그렇게 생각하지는 않습니다."

송재욱이 말했다.

"칼뱅*의 이중예정설에 대해 아십니까?"

"이중예정설이요?"

이상원은 갑자기 그게 무슨 소리냐는 얼굴로 말했다. "예정설은 들어봤지만 이중예정설은 잘 모르겠군요." "구원받을 사람이 예정되어 있을 뿐만 아니라 파멸할 사람도 예정되어 있다는 개념입니다."

이상원은 웃음을 터뜨렸다.

"동의 되는 주장이네요!"

* 프랑스 출신의 종교개혁가. 개혁주의라고도 불리는 기독교 사상 중 하나인 칼뱅주의의 시초를 놓았으며 『기독교 강요』로 유명하다.

박진우가 말했다.

"그럼 상원 님은 지금 세상을 지배하고 있는 놈들이 그 자리에 올라가도록 예정되어 있었다고 믿는 겁니까?"

이상원은 순식간에 얼굴에서 웃음기를 지우며 대답했다.

"우리가 그것에 대해 어떻게 생각하느냐는 중요하지 않습니다. 실제로 세상이 어떻게 생겼느냐가 중요하죠. 세상은 오랜 시간에 걸쳐 지금 우리가 보고 있는 모습으로 형성되었습니다. 그렇게 되기까지 많은 일들이 있었겠지만, 중요한 것은 결국 그렇게 되었다는 것입니다. 그게 중요합니다."

송재욱이 물었다.

"그렇다면 그렇게 결정된 이 사회에서 우리는 어떻게 살아야 한다고 생각하십니까?"

이상원은 싱긋 웃더니 말했다.

"주체적으로 살기 위해 노력해야겠죠."

"그런 노력이 권력을 잡고 있는 자들의 의지와 충돌해도요?"

"네. 물론 나가서 싸우다 죽자는 얘기는 아닙니다. 현명하게 해야죠. 현명하게."

결정론이란 단어에서 촉발된 얘기가 너무 깊게 나간 것 같다고 생각한 유혁이 말했다.

"다시 의료 얘기로 돌아가죠. 상원 님은 현재와 같은 방역 독재가 얼마나 더 갈 거라고 생각하십니까?"

"상당 기간 지속될 거라고 생각합니다. 어쩌면 영원히."

"영원히?"

"네, 어쩌면 이제는 저들도 거의 마지막 국면에 다다랐다고 보고 있지 않을까 생각합니다. 완전한 통제사회로 진입하면 피지배계층은 주기적으로 접종을 받게 될 것입니다. 그래야만 사회생활이 가능하게 될 테니까요. 그렇게 쭉 가는 게 저들이 그리는 미래라고 생각합니다."

박진우가 말했다.

"그런 일은 절대로 없을 겁니다! 깨어난 사람들의 저항이 있을 테니까요."

이상원은 조롱하는 듯한 어조로 말했다.

"깨어난 사람들의 저항이요? 그런 사람들이 대체 얼마나 되죠?"

박진우가 목소리를 높이며 말했다.

"얼마나 되는지는 알 수 없죠. 하지만 결코 적은 수는 아닐 겁니다."

"그건 진우 님의 바람 아닐까요? 대부분의 사람들은 아직도 주류 미디어에서 떠드는 얘기를 믿습니다. 아니, 전적으로 믿는다기보다는 믿고 싶어 합니다. 다수가 이런데 과연 저항이 가능할까요? 여러분은 주위에서 댓글 다는 거 말고 진짜로 의미 있는 저항을 하는 사람을 본 적이 있나요? 저는 없습니다. 앞으로도 보기 힘들 거라고 생각하고요."

송재욱이 말했다.

"상원 님의 얘기처럼 인터넷상의 저항이 아닌 물리적 저항은 발생하기 어려운 게 현실이라고 생각합니다. 팬데믹 상황에서 집회나 시위를 하는 것도 어렵고, 안면인식 CCTV, 로봇 개, 사회신용점수 같은 것들 때문에 저항하는 순간 삶이 거의 불가능하게 되니까요. 하지만 그럼에도 사람들은 나름의 방식으로 저항을 이어가고 있습니다. 지금 우리가 이렇게 모여 대화를 나누는 것도 저항의 하나고요. 저는 그런 사실들을 가볍게 여겨서는 안 될 거라고 생각합니다."

유혁이 말했다.

"가볍게 여겨서는 안 되겠죠. 하지만 상원 님의 말씀대로 의미 있는 저항은 거의 불가능해진 시대인 것 같습니다."

송재욱이 말했다.

"최종적인 선택이 강요되는 시점이 오면 다들 어떻게 하실 생각이십니까?"

박진우가 물었다.

"최종적인 선택이요?"

"네, 지폐 사용이 종료되고 디지털 화폐의 완전한 정착이 이루어진 뒤 보안과 편의를 이유로 디지털 신분증 지갑의 체내 삽입을 강요하는 시대가 오면 모두들 어떻게 하실 건지 궁금합니다."

이상원이 웃으며 외쳤다.

"짐승의 표!"

유혁이 송재욱에게 물었다.

"짐승의 표에 대해 성경은 뭐라고 얘기하고 있죠?"

송재욱은 "읽어 드리겠습니다."하고 말하더니 성경을 가져와 읽기 시작했다.

“또 작은 자나 큰 자나, 부자나 가난한 자나, 자유인이나 종이나 할 것 없이, 다 그들의 오른손이나 이마에 표를 받게 하였습니다. 누구든지 이 표를 가진 사람, 곧 그 짐승의 이름이나, 그 이름을 나타내는 숫자로 표가 찍힌 사람이 아니면, 아무도 팔거나 사거나 할 수 없게 하였습니다. 여기에 지혜가 필요합니다. 지각이 있는 사람은 그 짐승을 상징하는 숫자를 세어 보십시오. 그 수는 어떤 사람을 가리키는데, 그 수는 육백육십육입니다.”

송재욱의 낭독에는 마치 그 상황을 직접 눈으로 보고 있는 사람의 목소리 같은 떨림과 두려움이 배어 있었다. 그런 낭독을 들은 것은 유혁에게 특별한 경험이었다.

“디지털 지갑이 마이크로칩의 형태로 손에 이식되어 오직 그것으로만 사고 팔 수 있는 상황을 본 것처럼 기록해 놓았군요.”

“네.” 송재욱은 여전히 성경에서 눈을 떼지 않은 채로 말했다. “요한계시록이 1900년 전에 기록되었으니까 정말 놀라운 일이죠.”

유혁이 물었다.

“요한계시록은 어떻게 끝나죠?”

송재욱은 잠시 생각한 후 대답했다.

"그리스도께서 오셔서 짐승과 짐승에게 경배한 자들을 멸망시키시고 믿음을 지킨 그의 백성들과 영원히 함께하는 것으로 끝납니다."

"재욱 님은 그렇게 될 거라고 믿으십니까?"

"글쎄요, 잘 모르겠습니다."

이상원이 말했다.

"요한계시록의 그 구절이 대단히 인상적이라는 것을 부정할 사람은 아마 거의 없을 겁니다. 짐승의 표, 명칭부터 굉장히 자극적이죠. 근데 그 뒤에 이어지는 내용을 다 믿으려면 상상력이 아주 풍부해야 할 겁니다. 용이 나오고 재앙이 쏟아지고 바빌론이 무너지고 그런 얘기들 말입니다. 웬만한 판타지 소설보다 더 환상적이죠."

송재욱이 말했다.

"그것을 믿는 사람들은 믿으려고 애써서 믿어진 것이 아니라 어느 순간부터 믿게 되었다고 하더군요."

유혁이 물었다.

"그런 믿음을 가진 사람들은 좀 다른가요? 그들은 우리보다 더 마음의 평정심을 잘 유지하나요?"

송재욱은 그런 것 같다고 대답했다. 유혁은 자신도 그럴 수 있었으면 좋겠다고 말했다.

"성경을 한 번 읽어보시길 권합니다. 복음서와 계시록을."

유혁은 알겠다고 대답한 후 다시 아까의 질문으로 돌아가자고 했다.

"칩 임플란트가 강요되는 시대가 오면 어떻게 하겠느냐, 라는 질문이었죠. 어느 분부터 말씀하시겠어요?"

박진우가 말했다.

"저는 죽어도 그런 걸 몸에 넣지 않을 겁니다. 죽어도 말입니다."

송재욱이 말했다.

"실제로 그런 상황이 오면 버티기 쉽지 않을 겁니다. 식량과 생필품을 살 수 있는 통로가 완전히 막히게 될 테니까요."

유혁이 말했다.

"그래도 암시장은 존재할 겁니다."

이상원이 말했다.

"저는 그렇게 생각하지 않습니다."

"왜죠?"

"암시장에서 거래하려면 화폐 역할을 해줄 물건이 필요한데 그럴 수 있는 게 없을 것이기 때문입니다."

박진우가 말했다.

"금이나 은이 그런 역할을 할 겁니다."

이상원이 비웃는 듯한 얼굴로 말했다.

"금과 은은 종이돈의 사용이 종료된 직후 강제적으로 디지털 화폐와 교환되게 될 겁니다. 교환가능 시점이 지난 후 개인이 금이나 은을 소지하고 있으면 처벌받게 될 거고요."

"귀금속을 보유할 권리가 아예 사라진다는 겁니까? 만약 그렇게 한다면 사람들이 가만히 있을까요?"

"반지나 목걸이 같은 장신구 정도는 허용되겠지만 그 이상의 금, 은을 소유하는 것은 불법이 될 겁니다. 지하경제 양성화라는 명목으로 말이죠."

"그건 그냥 상원 님의 개인적인 의견 아니에요?"

"아닙니다." 이상원은 단정적인 어조로 말했다. "관련 문서를 본 적이 있거든요. 정확히 어떤 문서인지는 말씀드릴 수 없지만 말입니다."

"무슨 얘깁니까? 문서를 보았다니요? 상원 님이 그들의 회의록이라도 들춰봤다는 겁니까?"

이상원은 웃으며 대답했다.

"물론 그런 건 아닙니다. 금융 관련 문서이고, 비밀 유지 의무 때문에 그 이상은 말할 수 없다고만 말씀드리겠습니다."

유혁이 물었다.

"금, 은의 사용이 통제되더라도 물물교환의 형태로 암시장이 유지될 수 있지 않을까요?"

이상원은 그런 형태의 사적 거래가 완전히 사라지지는 않겠지만 금, 은을 통한 거래와 마찬가지로 불법화되어 처벌받게 될 거라고 했다.

"그리고 물물교환을 하려면 거래조건부터 장소와 시간까지 아주 많은 것들이 사전에 조율되어야 하는데, 그건 쉬운 일이 아닙니다. 거래가 상시로 이루어질 수 있는 것도 아니고요. 적발되면 처벌될 위험이 높은 상황에서 다양한 품목의 물품이 암시장에 유입될 가능성은 아주 적습니다."

잠시 침묵이 이어진 후 유혁이 말했다.

"저도 칩 임플란트는 끝까지 거부할 겁니다. 그걸 받는 순간 인간으로서 저의 자유는 완전히 사라지게 된다고 생각하기 때문에."

송재욱이 말했다.

"상원 님은요?"

이상원은 잠시 생각하더니 대답했다.

"저는 여러분들과는 조금 다르게 생각합니다."

"어떻게요?"

"받을 수도 있다고요. 일단 해보고 아니면 다시 제거하면 되는 일이니까."

"너무 쉽게 생각하시는 거 아닐까요?"

"저는 그것에 지나친 의미를 부여하지 않습니다. 그것이 계시록에 나오는 짐승의 표다, 뭐다 하는 얘기는 제겐 헛소리에 불과합니다. 물론 그것은 통제를 위한 수단으로 사용될 것입니다. 그건 분명합니다. 그러나 개인이 주의를 기울여 대응한다면 통제로 인한 자유의 상실은 최소화 할 수 있을 거라고 생각합니다."

"저는 그렇게 생각하지 않습니다." 송재욱이 이상원의 말을 끊으며 말했다. "일단 신체 내로 마이크로칩이 들어오면 그때부터는 완전히 저들의 노예가 될 수밖에 없을 겁니다. 저들은 한번 집어넣은 칩을 장난하듯 넣었다 뺐다 하도록 놔두지 않을 겁니다. 그리고 칩에는 디지털 지갑이나 신분증 외에도 우리가 다 알 수 없는 여러 가지 기능이 삽입되어 있을 겁니다. 이를테면 저들의 뜻에 따르지 않으면 칩이 그것을 이식한 사람의 건강에 부정적으로 작용하도록 프로그래밍 되어 있을 수도 있습니다. 극단적인 가정이지만 전등의 스위치를 끄듯 그것을 이식한 사람의 목숨을 빼앗는 기능도 있을지 모릅니다. 우리를 통제하고자 하는 자들이 우리의 신체 내에 무엇인가를 집어넣고 그것으로 어떤 짓을 할 수 있다면 우리는 더 이상 자유로운 인간이라고 할 수 없을 겁니다."

이상원이 웃으며 말했다.

"너무 극단적으로 생각하시는 거 같네요. 어쨌든 저도 그것이 통제의 수단으로 사용될 거라는 데는 동의합니다. 그렇기에 원하는 이들에게만 임플란트가 이뤄지고 그렇지 않은 사람들에게는 지금과 마찬가지로 휴대폰을 사용하도록 하는 정책이 지속돼야 한다고 생각합니다. 그 정도가 그 이슈에 대한 제 생각의 전부입니다. 그 이상으로 넘어가는 것은, 적어도 제게는 지나친 걱정이라고 느껴집니다."

송재욱이 혼잣말처럼 중얼거렸다.

"저는 가끔 기독교에서 말하는 휴거가 일어나 강제적인 칩 이식이 시작되기 전에 안전한 하늘로 피하게 되는 일이 진짜로 일어났으면 좋겠다고 생각합니다. 진짜로 말입니다."

유혁이 물었다.

"휴거라는 게 정확히 뭐죠?"

"휴거란 하늘로 끌어올려진다는 뜻입니다. 신약성경 데살로니가전서에는 이런 구절이 나오죠. 그 후에 우리는 구름 속으로 끌어올려져 공중에서 주를 영접하게 될 것이다.*여기서 '끌어올려져'의 헬라어 원어는 '할파조αρπαζω'입니다. 독수리가 공중에서 갑자기 내려와 먹이를 잡아채 가는 모습을 뜻하는 단어죠."

유혁이 물었다.

"만약 그런 일이 진짜로 일어난다면 휴거되지 못하고 남겨진 사람은 어떻게 되는 거죠?"

"어떻게 되냐고요?" 송재욱은 잠시 생각한 후 대답했다. "대환란에 던져질 겁니다."

"대환란이요? 그게 어떤 거죠?"

* 데살로니가전서 4장 17절.

"인류가 지상에 존재한 이래 없었던 끔찍한 환란이요. 계시록에는 이 기간에 쏟아지는 온갖 재앙으로 지상에 사는 사람의 절반이 죽게 될 거라고 기록되어 있습니다."

"그 환란은 얼마나 계속되는 거죠?"

"7년이요. 그리고 그 7년의 마지막에 그리스도께서 오셔서 사탄을 무저갱에 던지고 이 땅에 천년왕국을 세울 것이라고 기록되어 있습니다."

박진우가 말했다.

"제 친구 중에 그 얘기를 진짜로 믿는 놈이 있습니다. 자기가 어느 날 갑자기 사라지면 휴거 된 줄 알라고 하더군요."

이상원이 웃음을 터뜨리며 말했다.

"기독교인들은 참 대단한 것 같습니다. 그런 말 같지도 않은 소리를 진지하게 믿다니!"

유혁이 송재욱에게 물었다.

"말씀하신 내용들은 모두 요한계시록에 나오나요?"

송재욱은 그렇다고 대답했다. 그러면서 요한계시록을 한번 읽어 보라고 했다. 유혁은 그러겠다고 대답했다. 대답은 그렇게 했지만 그는 아마도 자신이 그것을 찾아서 읽을 일은 없을 거라고 생각했다. 그는 종교적인 사람이 아니었기 때문이다. 하지만 재밌게도 그런 생각과 동시에 그는 진짜로 그런 일이 일어나 세상에서 탈출하는 자신을 그려 보았다. 일어날 수 없는 일이지만 그렇게 된다면 정말 좋을 거란 생각이 들었다.

## 18

차에서 내린 주은은 펜션 앞으로 펼쳐진 바다를 보더니 어린애처럼 좋아했다.

"짐만 들여놓고 바닷가로 산책하러 가자."

유혁은 알겠다고 대답한 후 몇 개 되지 않는 짐을 예약한 객실로 옮겼다. 객실은 복층으로 되어 있었고 특별한 것 없는 잘 관리된 공간이었다.

펜션에서 10분쯤 걸어 나가니 선착장이 나타났다. 그리고 그 너머로는 서해가 펼쳐져 있었다.

"바다 보니까 좋다, 그치?"

그는 그녀의 말에 건성으로 대답하며 한없이 펼쳐진 바다와 파란 하늘을 바라보았다. 봄기운 완연한 오후였고 하늘 위론 갈매기들이 자유롭게 날아다니고 있었다. 문득 이런 곳에서 산다면 어떨까 하는 생각이 들었다.

'인구도 얼마 되지 않는 이런 곳까지 로봇 개를 풀어놓지는 않을 거다. 서울에 비하면 CCTV도 거의 없는 것 같고. 편의시설이 부족해서 조금 불편하긴 하겠지만 아예 이런 곳으로 내려와 사는 것도 방법이지 않을까?'

그녀는 그를 끌고 바닷물이 찰랑거리는 바로 앞까지 갔다. 그녀가 말했다.

"물 아직 차갑겠지?"

"그럴걸."

그들은 거기서 잠시 더 머물며 바다를 바라보았다. 그러나 이내 그것도 지루해졌다.

"돌아갈까?"

그는 그러자고 했다. 펜션으로 돌아오니 이유는 알 수 없었지만 살짝 나른하고 피곤해졌다.

"나 30분만 잘게. 괜찮지?"

그러자 그녀는 여기까지 와서 낮잠 잘 생각이냐며 투덜대더니 알겠다고 했다. 그는 침대로 가 누웠다. 그리고 곧 잠에 빠져들었다.

얼마나 잤을까, 그녀가 그를 깨웠다. 저녁 준비가 다 되었다고 했다.

"뭐야 모처럼 놀러 와서 잠만 자고."

그는 미안하다고 했다. 한 시간 조금 넘게 잔 것 같았다.

식탁에는 아스파라거스, 양파, 파프리카, 방울토마토와 함께 구운 한우 등심과 샐러드가 놓여 있었다.

"일찍 깨우지 그랬어. 준비하는 거 도와줘야 했는데…."

그녀는 되었다며 대신 설거지는 그가 다 하라고 했다. 그는 알겠다고 했다.

고기는 맛이 아주 좋았다. 오래간만에 먹는 소고기라서 그런지 더 맛있게 느껴졌다.

"고기가 아주 맛있네."

그녀는 웃더니 "많이 먹어."하고 말했다.

"자기는 요리 솜씨가 정말 좋은 것 같아."

"자취를 오래 해서 그래."

"샐러드도 맛있는데."

"그래? 다행이네."

충분히 잔 후 맛있는 음식을 먹어서 그런지 조금은 낙관적인 기분이 들었다.

"우리 여기서 계속 살까?"

그녀는 갑자기 무슨 소리냐는 얼굴로 물었다.

"펜션에서 계속 살자고?"

"아니, 그게 아니라 여기 강화도 같은 조용한 데서 사는 거 어떠냐고."

"여기서? 뭐하면서?"

"나는 계속 스쿠브하고 화상으로 모임 진행하고, 자기는 여기도 어딘가에 병원 있지 않겠어? 거기서 일하고."

그녀가 살짝 짜증 난 목소리로 말했다.

"여기 병원이랑 지금 일하고 있는 데랑 같은 줄 알아?"

괜한 말을 했다는 생각이 들었다.

"그냥 한번 해 본 소리야. 아까 산책할 때 주변이 너무 경치도 좋고 조용하고 좋아서…."

"그래도 그게 농담으로 할 소리야? 여기도 어딘가 병원은 있을 테니까 거기서 일해라, 이게 나한테 할 소리냐고."

"미안해, 나는 그냥… 감정 상했다면 정말 미안해. 그냥 오래간만에 서울 떠나서 조용한 곳에 왔더니 좋아서 해 본 말이었는데… 미안해."

한동안 침묵이 이어졌다. 말없이 먹기만 하는 불편한 상황이 몇 분 더 이어진 후 그녀가 말했다.

"저녁엔 뭐 할까?"

그녀가 보이는 화해의 제스처를 놓치지 않고 그가 말했다.

"별 보러 갈래?"

왜 그런 소리를 한 건지는 그도 알 수 없었다. 아까 오후에 산책 나갔을 때 마주했던, 서울에서는 좀처럼 보기 힘든 맑은 하늘 때문인지 아니면 별 보러 가자는 말이 그녀의 마음을 풀어 줄지도 모른다는 생각이 갑자기 들었던 건지도.

"별? 괜찮은 생각인데!" 목소리에서 그녀의 기분이 살짝 풀린 게 느껴졌다. "근데 오빠, 그런 거 좋아했어?"

물론 그는 별 보는 일 따위엔 전혀 관심 없었다. 서울의 밤하늘에선 잘 보이지도 않았고.

"좋아했었지. 예전에."

"그랬어? 몰랐네."

"해안도로 타고 달리다 괜찮은 곳 발견하면 차 대 놓고 걷자."

"좋아."

그렇게 식사는 잘 마무리되었다. 그가 설거지를 마쳤을

때쯤 그녀의 기분은 완전히 풀려 있었다.

"해 떨어지면 쌀쌀하니까 따뜻하게 입고 나와."

그녀는 알겠다고 대답하고는 민트색 니트에 얇은 카디건만 걸치고 나왔다.

"춥지 않겠어?"

"괜찮아."

그들은 차를 타고 천천히 해안도로를 따라 달렸다. 하늘은 구름 한 점 없이 맑았고 수많은 별들이 소리 없이 반짝이고 있었다.

"너무 예쁘다."

"저쪽에다 차 대고 좀 걸을까?"

"그래."

그들은 도로 갓길에 차를 주차하고 내렸다. 당연히 마스크는 착용하지 않았다. 오가는 차는 거의 없었다. 그들은 바다가 잘 보이는 곳으로 가 밤하늘과 밤바다를 바라보았다.

"지난주에 엄마가 전화했었어." 그녀는 별을 보며 말했다. "사귀는 사람 있느냐고 물어보셔서 그렇다고 했어."

그는 말없이 듣고만 있었다.

"엄마가 언제 한번 데리고 오라고 하셨어."

무슨 말이라도 해야 할 것 같았다. 그래서 "그래?"하고 말했다.

"오빠만 괜찮다면 다음다음 주 토요일에 같이 식사하는 거 어때?"

"어머님이랑?"

"어."

"어머님 집에서?"

"집이나 아니면 집 근처 음식점에서."

"나 백신패스 때문에 음식점 못 들어가잖아."

"아, 맞다. 그렇지…. 집에서 먹어야겠네."

"어머님 식사 준비하시게 해 드려서 죄송한데."

"괜찮아, 엄마가 만나고 싶다고 하신 거니까."

남자라면 다 그렇겠지만 여자 친구의 어머니와 만나는 것은 긴장되는 일이었다. 물론 그것은 관계가 깊어지면 거쳐야 할 일이기도 했다.

"아마 동생도 같이 보게 될 거야."

그녀에게는 두 살 어린 여동생이 있었다. 둘은 꽤 친하다고 했는데 만날 때 부를 생각인 것 같았다.

"엄마가 짓궂은 질문 해도 부담스럽게 생각하지는 않았으면 좋겠어. 이를테면 결혼은 언제 할 거냐? 이런 소리 해도."

결혼? 지금이 과연 그런 게 가능한 시기일까? 하는 생각이 들었다.

"그래, 알겠어."

그들은 밤하늘을 보며 조금 더 걸었다. 바람이 제법 차가워서 얇게 입고 온 그녀가 추울 것 같았다.

"춥지?"

그녀는 "약간."하고 대답했다. 그는 걸치고 있던 스웨이드 재킷을 벗어 그녀의 어깨에 둘러 주었다.

"괜찮은데…. 오빠 춥잖아."

"난 괜찮으니까 걸치고 있어."

"근데 달이 유난히 밝다. 그치?"

그녀의 말대로 달이 아주 밝았다.

"바깥에서 마스크 없이 걸으니까 좋다."

그는 그녀의 말에 동의를 표했다. 그리고 생각했다. 이렇게 평화로운 밤이 현실이고 자신의 머릿속에 있는 온갖 생각들이 망상일지도 모른다고. 그랬으면 정말 좋겠다고.

자고 일어나면 새롭고 찬란한, 걱정할 이유가 털끝만큼도 없는 날들이 계속되었으면 좋겠다고.

그녀가 살며시 그의 손을 잡으며 말했다.

"춥지? 이제 그만 갈까?"

그는 "아니, 조금만 더 있다가."하고 말하곤 그녀의 손을 꼭 쥐었다.

# 19

그가 잠에서 깬 건 6시 조금 넘어서였다. 주위에는 어스름이 깔려 있었고 옆에는 주은이 규칙적으로 숨을 내쉬며 잠들어 있었다. 그는 잠시 어떻게 할까 고민하다 그녀가 깨지 않도록 조심해서 몸을 일으켜 침대 밖으로 나왔다. 조용히 부엌으로 간 그는 냉장고를 열고 안에 넣어둔 생수를 꺼내 머그잔 가득 따랐다. 고작 하룻밤 자고 났을 뿐인데 지금 있는 공간이 익숙해진 느낌이었다. 이런 시골에서 자연에 파묻혀 조용히 살아갈 수 있다면 얼마나 좋을까 하는 생각이 다시 들었다.

그는 요즘 자꾸 6시만 조금 넘으면 잠에서 깼다. 전날 12시에 잠이 들었건 1시 넘어서 잠이 들었건 6시 반 전에는 눈이 떠졌다. 원거리 출근이 일상인 직장인도 아닌데 매번 그때쯤 깨는 건 유쾌한 일이 아니었다. 7시간 이상 푹 자고 났을 때의 개운함을 마지막으로 느낀 게 언제인지 기억도 나지 않았다. 두세 달 전은 아니었을까.

그러나 그날 아침 그는 일찍 잠에서 깼음에도 개운함을 느꼈다. 6시간도 채 못 잤는데 그러기는 처음이었다. 아마도 도심에서 벗어나 좋은 공기를 마신 것과 물리적 공간의 변화가 - 감시통제로부터 비교적 자유로운 공간으로의 이동이 - 알 수 없는 작용을 해 심리적 압박감을 상당 부분 완화시켜 주었기 때문일 거라고 생각했다.

비어 버린 머그잔에 물을 반쯤 더 따른 그는 잔을 들고 창가로 갔다. 엷은 구름이 깔린 하늘은 서서히 밝아 오고 있었다. 그는 한동안 그대로 선채 동이 터오는 모습을 바라보았다. 그 광경에는 알 수 없는 장엄함이 깃들어 있었다. 거대한 자연 앞에 인간이란 얼마나 작은 존재인가. 작고 연약하며 길어봤자 고작 100년밖에 살지 못하는 존재이면서 인간은 왜 그렇게 다른 인간을 지배하고 통제하길 원하는 걸까. 그렇게 함으로써 자신의 우월함을 느낄 수 있으니까? 그러나 그것은 무엇에 대한 우월함인가? 다른 무수한 인간들에 대한 우월함? 타인에 대한 우월감이 과연 진정한 만족을 줄 수 있을까? 거대한 자연 앞에, 그리고 결국은 자신을 죽음으로 이끌어 갈 시간 앞에 한없이 작은 인간이 과연 다른 인간들에 대한 지배력을 획득했다고 해서 행복할 수 있을까?

그런 생각을 하고 있는데 잠에서 깬 주은이 그가 있는 곳으로 걸어왔다.

"벌써 일어났어? 좀 더 자지."

그의 말에 그녀는 "오래간만에 여행 왔는데 잠만 잘 순 없지."하고 말했다.

아침 식사는 그가 준비했다. 반찬은 사 가지고 온 즉석국과 김치, 김이 전부였지만 그녀는 맛있게 먹어 주었다.

아침을 먹고 10시쯤 펜션을 나선 그들은 먼저 주유소에 들렀다. 탄소중립 정책에 따라 전기차 보급이 장려되면서 국내의 등록 차량 중 절반이 전기차로 바뀌었고 그만큼 주유소는 사라졌다. 주유소가 드물어진 만큼 휘발유차 소유자는 기회가 있을 때 반드시 기름을 넣어야 했다.

그보다 조금 먼저 와 주유를 마치고 떠나는 남자는 디지털 신분증 지갑을 손에 임플란트했는지 휴대폰 대신 오른 손을 결제기에 댔다. 결제는 순식간에 이루어졌다.

"편하긴 하겠다."

주은은 남자가 결제하는 모습을 보며 그렇게 중얼거렸다. 그는 약간의 편리함을 위해 몸에 마이크로칩을 삽입하겠다는 생각을 끔찍하게 여겼지만, 그녀에게 뭐라고 하지는 않았다.

주유비는 16만원 조금 넘게 나왔다. 지난 몇 년간 계속된 휘발유 가격 인상 때문이었다. (휘발유 가격에 덧붙는 기후환경요금도 큰 몫을 했다)

주유소를 나와 달린지 얼마 되지 않았을 때 독특한 건물이 눈앞에 나타났다. 산토리니풍의 하얀 외벽과 파란지붕이 인상적인 건물이었다.

"저건 뭐지?"

"성당 아닐까?" 그녀는 창문을 내리고 고개를 밖으로 내밀며 말했다. "너무 예쁘다!"

"잠깐 내려서 구경하고 갈까?"

그녀는 그러자고 했다. 그들은 건물 앞에 차를 주차하고 내렸다. 청명한 공기와 눈부시게 파란 하늘이 건물에 이국적인 느낌을 더해주는 것 같았다. 하얀색 페인트로 칠해진 계단을 올라 건물 앞에 다다르자 '고요한 교회'라는 팻말이 서있었다.

"교회였구나. 근데 너무 작은 거 아냐? 이렇게 작아서 몇 명이나 들어갈 수 있을까?"

그녀의 말처럼 건물은 아주 작았다. 10평도 안 될 것 같았다. 출입구 옆 바닥에 박힌 검은 돌 위에는 '이 성전은 하나님을 사랑하는 한 가정의 믿음 위에 세워진 순례자들을 위한 쉼터입니다.'라고 쓰여 있었다.

"순례자를 위한 쉼터? 들어가 보자."

그는 문을 열고 안으로 들어갔다. 교회 안은 매우 좁았고 햇살이 쏟아져 들어오는 창문 위로는 십자가가 걸려 있었다. 그 아래엔 탁자가 놓여 있었는데 탁자 위에는 성경이 펼쳐져 있었다.

"뭔가 경건해지는 기분이군."

그렇게 중얼거리며 그는 탁자 앞으로 갔다. 그리고 펼쳐진 성경을 보았는데 밑줄이 쳐진 곳이 있었다. 그는 밑줄 쳐진 문장을 읽어보았다.

너희는 너희 아비인 악마에게서 났으며, 또 그 아비의 욕망대로 하려고 한다. 그는 처음부터 살인자였다. 또 그는 진리 편에 있지 않다. 그것은 그 속에 진리가 없기 때문이다. 그가 거짓말을 할 때에는 본성에서 그렇게 하는 것이다. 그는 거짓말쟁이이며, 거짓의 아비이기 때문이다.*

그녀가 다가와 물었다.

"성경 읽어?"

그는 그냥 한번 봤다고 대답했다. 그녀는 밑줄 쳐진 곳을 소리 내어 읽었다.

"너희는 너희 아비인 악마에게서 났으며, 또 그 아비의 욕망대로 하려고 한다. 그는 처음부터 살인자였다. 또 그는 진리 편에 있지 않다. 그것은 그 속에 진리가 없기 때문이다. 그가 거짓말을 할 때에는…."

그녀는 거기까지 읽다가 멈췄다. 그가 말했다.

"왜 저런 구절에 밑줄을 쳐 놓았을까?"

그녀는 "모르지."하고 대답했다. 열어 놓은 문으로 이름 모를 새들의 지저귐이 들려왔다.

"그만 갈까?"

* 요한복음 8장 44절.

"사진 한 장만 찍고."

그렇게 말하며 그녀는 휴대폰을 꺼내 창문 위로 걸린 십자가와 펼쳐진 성경을 찍었다.

"한 장 찍어줄까?"

그의 말에 그녀는 나가서 교회 건물을 배경으로 찍어 달라고 했다. 그들은 걸음을 옮겨 밖으로 나갔다.

잠깐 건물 안에 있다 나왔을 뿐인데 파란 하늘이 한층 더 눈부시게 느껴졌다.

"거기 팻말 옆에 서 봐. 어, 좋아 거기. 자 찍는다. 하나, 둘, 셋."

그녀는 같이 찍자고 했다. 그는 마지못해 그녀와 함께 셀카를 찍었다.

"나 이상하게 나왔어."

그녀는 자신이 직접 찍은 사진이 마음에 들지 않는지 툴툴댔다. 그는 그렇게 그녀의 투정을 들으며 파란 하늘과 빛나는 햇살 아래 계속 서 있고 싶다고 생각했다.

# 20

강화도 여행을 마치고 돌아온 후 유혁은 이틀 동안 집 밖으로 나가지 않았다. 일부러 외출하지 않은 건 아니었고 어쩌다 보니 그렇게 되었다. 그는 집 안에서 내내 노트북과 스마트폰 화면만 바라보며 시간을 보냈다. 이틀 째 되는 날 그는 몸도 찌뿌둥하고 속이 계속 불쾌할 정도로 부대끼는 걸 느꼈다. 걷지도 않은 채 화면만 보니 당연한 일이었다. 계속 이렇게 집 안에만 있어서는 안 되겠다고 생각한 그는 늦은 점심을 먹은 후 집 근처 공원으로 산책하러 나갔다.

평일 오후라 공원에는 사람이 많지 않았다. 마스크를 착용한 채 산책 나온 노인들이 종종 눈에 띄었고 중학생쯤 되어 보이는 아이들도 몇몇 있었다. 그는 공원 내에 조성된 산책로를 몇 바퀴 돌았다. 방 안에만 있다 밖으로 나와 신선한 공기를 마시며 몸을 움직이니 기분이 상쾌해졌다. 15분쯤 그렇게 걷던 그는 산책로 옆에 놓인 벤치에 앉았다. 날이 많이 풀려서 봄이 성큼 다가온 것을 느낄 수 있었다. 그런 그의 곁으로 검은색 집업 재킷을 입은 키 큰 남자가 지나갔다. 이어서 초등학교 고학년쯤 되어 보이는 아이 셋이 마스크를 쓴 채로 깔깔거리며 그의 곁을 지나갔다. 멀어져 가는 아이들의 뒷모습을 보고 있는데 문득 이런 생각이 들었다. 어쩌면 내가 틀린 것은 아닐까? 세상은 정상적으로 돌아가고 있으며 정치인들은 국민을 위해 일하고 있고 시행되는 방역 정책들은 정말로 사람들을 보호하기 위한 것이며 디지털 화폐 또한 사용자의 편의성과 사회의 투명성을 높이기 위해, 오직 그 목적으로만 도입된 것은 아닐까? 그는 진심으로 그렇게 믿고 싶었다. 지금처럼 부드러운 햇살, 아이들의 웃음소리가 깃든 평화로운 일상이 조용히 흘러가는 모습을 보면 그렇게 믿는 게 가능할 것 같기도 했다.

그러나 그는 그럴 수 없음을 알았다. 그가 파악한 수많은 정보는 세상이 겉으로 보이는 것보다 훨씬 더 어둡다고 말하고 있었다. 그는 조금 더 시간이 흐르면 자신의 판단이 옳은 것으로 판명될 거라고 믿었다. 동시에 그런 일은 일어나지 않기를 원했지만 말이다.

그가 앉은 벤치 곁 나무에 참새 몇 마리가 날아들더니 즐거운 듯 짹짹거리기 시작했다. 부드러운 햇살 속에서 그 소리를 듣는 것은 나쁘지 않았다. 그에게 그 짹짹거림은 마치 봄의 소리처럼 느껴졌다. 평화롭고 따뜻한 봄 말이다.

그는 언젠가 봄이란 계절을 깊게 느끼기 위해선 어느 정도 나이가 들어야 한다고 생각한 적이 있다. 이십 대는 봄이 얼마나 아름다운 계절인지 느끼기엔 너무 젊다. 봄은 만물이 다시 살아나는 계절이다. 추위가 물러가고 죽은 것 같았던 가지에서 새순이 올라오는 계절. 그런 봄을 제대로 느끼기 위해선 봄처럼 생명이 약동하는 '청춘'의 시기가 얼마나 아름다운지를 알아야 한다. 그러나 청춘의 시기에 있는 이들은 자신의 시간이 얼마나 아름다운지 잘 느끼지 못한다. 그들에게 젊음은 당연한 것이기 때문이다. 그들은 태어나서 그때까지 계속 성장해 젊음에 다다랐을 뿐 쇠퇴와 늙어감을 경험하지 못했다. 젊음만 경험한 사람에게 젊음은 당연한 것이다. 그들에겐 젊음이 당연하다. 당연한 것을 가지고 감격하는 사람은 없다. 당연한 것이 더 이상 당연한 것이 아닐 때, 우리는 그것의 가치를 깨닫게 된다. 늙음을 경험하지 못한 사람에게 젊음은 당연한 것이다. 그러나 늙음은 자연스럽게 젊음의 아름다움을 깨닫게 해 준다. 그것이 만물이 되살아나는 계절, 봄의 아름다움을 나이 든 사람들이 더 깊게 느낄 수 있는 이유일 것이다.

그는 얼마쯤 더 그렇게 앉아 있다가 이내 몸을 일으켰다. 그리고 천천히 걸음을 옮겨 공원 밖으로 나왔다. 마스크를 벗고 마음껏 숨 쉬고 싶었지만 어디선가 나타나 달려들 로봇 개가 두려워 그러지는 못했다. 걸음을 옮기는 그의 머리카락을 스치는 바람이 아주 부드러웠다. 그는 자기도 모르게 가벼운 한숨을 내쉬었다.

5분쯤 걸어 횡단보도에 다다랐을 때 그는 신호등이 파란불로 바뀌기를 기다리며 등을 돌려 뒤를 바라보았다. 그런데 그 순간 10미터 정도 떨어진 가로등 옆에서 그를 바라보고 있는 남자가 눈에 들어왔다. 조금 전 공원에서 스쳐 지나갔던 키 큰 남자였다. 남자는 그와 눈이 마주치자 시선을 다른 곳으로 돌렸다. 그는 이상한 기분을 느꼈다. 내 뒤를 따라온 건가? 나를 미행하는 건가? 신호등이 파란불로 바뀌었다. 그는 횡단보도를 건너며 생각했다. 어쩌면 진짜로 그럴지도 모른다!

물론 그것은 다소 뜬금없는 생각이었다. 그도 왜 갑자기 그런 생각을 한 건지 의문을 느꼈다. 아마도 채널 정지와 발신번호 표시제한 사건이 가져다준 충격의 여파일 거다. 그렇게 생각하며 그는 횡단보도를 건넌 후 몸을 돌려 남자가 서 있던 곳을 바라보았다. 남자는 이미 어딘가로 가고 없었다.

'쓸데없는 생각을 했군….'

그런데 다음 순간 불쑥 이런 생각이 들었다. 혹시 진짜로 나를 미행한 것이라면, 숨어서 기다리면 찾기 위해 다시 나타나지 않을까?

그는 걸음을 빨리해 근처에 있는 상가 주차장으로 간 다음 건물 뒤로 돌아서 상가 안으로 들어갔다. 그리고 계단을 올라 2층 창문 있는 데로 가서 조금 전 건넜던 횡단보도 쪽을 내려다보았다. 남자는 횡단보도 근처에도, 아까 서 있었던 가로등 옆에도 없었다. 그는 1분쯤 더 그 자리에 선 채 거리를 바라보았다. 그러나 남자는 나타나지 않았다.

'내가 지금 뭐하고 있는 거지? 내가 뭐라고 미행까지 하

겠어?'

그런 생각으로 계단을 내려가려는 순간, 횡단보도를 향해 걸어오는 남자의 모습이 눈에 들어왔다. 놀란 그는 남자의 움직임을 계속 주시했다. 남자는 횡단보도를 건너 그가 있는 상가 쪽으로 걸어왔다. 그러다 어느 순간 남자는 그의 시야에서 사라졌는데 그 사실이 그를 당황하게 만들었다.

'상가 건물로 들어온 건가? 어떻게 하지?'

그때 누군가 계단을 올라오는 소리가 들려왔다. 그는 잠시 망설이다 마음을 정한 듯 소리 나지 않게 걸음을 옮겨 3층으로 이어지는 계단을 올랐다. 그런 다음 조심해서 아래를 내려다보았는데 계단을 올라오는 남자의 모습이 보였다. 횡단보도의 그놈이었다.

남자는 그를 뒤쫓고 있는 게 분명했다. 심장이 쿵쾅거렸다. 그는 다시 조용히 걸음을 옮겨 계단을 올라갔다. 남자는 3층까지 올라오지는 않았다. 먼저 2층 복도를 살펴보려는 것 같았다.

그는 5초쯤 꼼짝 않고 그대로 서 있었다. 어떻게 해야 할지 빨리 결정해야 했다. 남자는 어디론가 가 버렸는지 더 이상 계단을 올라오는 소리는 들리지 않았다. 재빨리 계단을 내려가 상가 밖으로 나간다면 남자를 따돌릴 수 있을 것 같았다. 그래, 빠르게 조용히 내려가는 거다!

그런 생각으로 계단을 내려가는데 2층에서 인기척이 들려왔다. 그는 걸음을 멈추고 벽 쪽으로 몸을 숨긴 후 아래쪽을 내려다보았다. 하얀 마스크를 쓴 중년의 아주머니가 계단 쪽으로 걸어오는 모습이 보였다. 그놈이 아니군! 그는 다시 계단을 내려갔다. 아주머니를 지나쳐 1층으로 내려온 그는 거의 뛰다시피 해 상가 밖으로 나왔다. 그런 다음 주차장을 지나 이어진 골목길로 들어갔다. 얼마쯤 걸은 후 뒤를 돌아보았지만, 쫓아오는 사람은 없었다. 따돌리는데 성공한 것 같았다.

그는 집까지 돌아오는 10분 동안 수시로 뒤를 돌아보며 혹시라도 누군가 쫓아오는 것은 아닌지 확인했다. 그러나 그런 사람은 없었다. 집으로 돌아온 그는 창가로 가서 밖을 내다보았다.

'나를 감시하고 미행하는 놈이 있다. 그것은 분명한 사실이다!'

그는 남자의 인상착의를 떠올려 보았다. 185센티미터는 넘어 보이는 키에 단단한 체격, 짧게 깎은 머리에 회색 마스크와 검은색 집업 재킷. 물리적인 싸움을 벌이게 된다면 쉬운 상대는 아닐 것 같았다. 그런데 놈은 왜 나를 미행하는 걸까? 나를 미행해서 어쩌겠다는 걸까? 알 수 없는 일이었다.

'내 휴대폰 번호를 알고 스쿠브 계정에 대해서도 파악하고 있다면 집 주소도 모르지는 않을 것이다. 그러니까 주소지 파악을 위한 미행은 아닐 것이다. 그렇다면 대체 무슨 목적인 걸까?'

협박을 하기 위해서일지도 모른다는 생각이 들었다. 입을 다물게 하려고 말이다.

'그렇다면 집으로 오면 되는 일 아닌가? 집 주소를 모르는 걸까?'

그럴 가능성은 낮았다.

'지금이라도 여기를 떠나 다른 곳에 몸을 숨기는 게 낫지 않을까? 근데 다른 곳이면 어디?'

딱히 떠오르는 곳은 없었다.

'침착하자. 모든 게 오해일 수도 있다. 그놈은 그냥 우연히 공원에서 나를 스쳐 지나갔고 그냥 우연히 횡단보도 있는 데서 나와 눈이 마주쳤으며 그냥 우연히 같은 상가에 들

어온 것일 수도 있다.'

그렇게 믿고 싶었다. 그러나 그는 직감적으로 그 모든 게 우연이 아니라 의도된 일이라고 느꼈다. 무언가가 그를 향해 좁혀 들어오는 느낌이었다.

앞으로 외출할 때는 무기로 사용할 수 있는 작은 물건을 가지고 다녀야 할지도 모르겠다는 생각도 들었다. 그런 생각까지 하는 자신이 낯설었지만, 그는 이내 몸을 일으켜 호신용으로 사용할 만한 작은 물건이 집에 있는지 찾기 시작했다.

# 21

"오빠가 착각한 거 아닐까? 닮은 사람을 잘못 본 걸 수도 있잖아."

주은의 말에 그는 그럴 가능성은 없다고 대답했다.

"분명히 같은 놈이었어."

주은은 가볍게 한숨을 내쉬더니 말했다.

"오빠 말이 맞다고 해, 그럼 대체 무슨 이유로 오빠를 미행한 건데?"

"그건 나도 모르지…."

"오빠가 스쿠브에 음모론 영상 올려서?"

그는 대답하지 않았다. 그러자 그녀는 살짝 짜증난 어조로 말했다.

"그거 아니면 또 다른 이유라도 있는 거야?"

그는 그거 아니면 다른 이유는 없을 거 같다고 했다.

"하지만 그런 이유로 미행까지 한다는 건 이해가 안 되는데? 그냥 채널 삭제해 버리면 되는 거 아냐? 그러면 끝날 문제 아니야?"

그도 그러면 끝날 문제라고 생각했다. 그러나 현실이 그렇지 않은 걸 어쩌란 말인가.

"채널만 삭제하고 끝내는 게 아니라 그것보다 더 큰 무언가를 원하는 건지도 모르지."

"오빠." 그녀는 또 한 번 낮게 한숨을 내쉬더니 말했다. "내 생각엔 오빠가 너무 예민한 거 같아. 백신패스 때문에 자유롭게 돌아다니지 못하고 스쿠브 채널도 정지돼서 영상도 못 올리고 하다 보니까 많이 예민해진 거 같아."

그런 일들이 그를 예민하게 만든 것은 사실이었다. 그러나 그것과 별개로 그를 미행한 남자가 있었던 것도 사실이다.

"여러 가지 상황 때문에 예민해진 건 맞아. 그렇지만 그 놈이 나를 미행했던 건 사실이야."

"우연히 같은 방향으로 걸은 걸 수도 있잖아."

"아니야. 말했잖아, 내가 상가 2층에서 한참 동안 기다렸다니까. 쫓아오는지 보려고. 근데 그 자식이 상가까지 쫓아왔다고."

"그럼 그 사람한테 직접 물어보지 그랬어, 왜 쫓아오느냐고."

"그 자식 체격이 좋았어. 싸우게 된다면 만만치 않은 놈이었다고."

"대낮에 목동 한복판에서 그런 일이 일어난다는 게 가능해?"

"불가능할 게 뭐야?"

그녀는 어이없다는 듯 한숨을 내쉬더니 말했다.

"나는 오빠가 음모론 영상 만드는 거 그만했으면 좋겠어. 오빠 말이 맞다면, 그런 영상 만들어서 그런 거 아니야? 그럼 그런 영상 안 만들면 그런 일도 없을 거 아냐."

거기에 대해선 할 말이 없었다. 그가 계속 아무런 대답도 하지 않자 그녀가 말했다.

"이제 그런 얘기 그만해. 얘기하느라 밥 다 식었잖아."

그녀의 말대로 그녀가 쉬는 날 특별히 요리한 볶음밥은 차갑게 식어 있었다.

“알겠어.”

그들은 한동안 말없이 먹기만 했다. 그러다 그런 분위기를 더는 참을 수 없다는 듯 그녀가 말했다.

“맛은 괜찮아?”

“맛있어.”

그렇게 말하고 나니 너무 짧게 대답한 것 같아서 한마디 더 했다.

“아주 맛있어.”

그러자 그녀는 “식기 전에 먹었으면 더 맛있었을 텐데.” 하고 말했다. 그는 그랬겠지만 식어도 맛있다고 했다.

“아, 깜빡했다!” 그렇게 말하며 그녀는 냉장고에서 오렌지주스를 꺼내 잔에 따랐다. “주스랑 같이 먹으려고 했는데.”

그가 말했다.

“지금부터 같이 먹으면 되지.”

그런 사소한 대화와 함께 분위기가 풀리자 그녀는 조금 전보다 말수가 많아졌다.

“밥 먹고 뭐 할 거야?”

“글쎄, 뭐 할까?”

"영화 보는 거 어때?"

"좋지, 영화."

식사를 마친 후 그들은 그녀가 보자고 한 영화를 보았다. 그저 그런 할리우드 로맨틱 코미디였다. 그는 영화를 보다가 졸았다. 그녀는 그에게 피곤하면 자라고 했다. 그는 괜찮다고 했다.

영화는 한 시간 반쯤 이어지다 끝났다. 후반부는 그런대로 재미있었다. 그는 그녀에게 드라이브라도 할 겸 밖에 나갔다 오지 않겠느냐고 물었다. 그녀는 좋다고 했다.

그는 자신 때문에 분위기 좋은 카페나 음식점을 이용할 수 없는 그녀에게 미안함을 느꼈다. 젊은 여자들이 그런 데서 시간 보내는 걸 얼마나 좋아하는지 감안했을 때 그는 그녀에게 미안해야 마땅했다.

주차장을 빠져나와 큰길로 나오자 지난번 자신을 미행했던 남자가 떠올랐다. 혹시 그놈이 근처 어딘가에 있는 것은 아닐까, 하는 생각이 들었다. 그런 그의 생각을 눈치채기라도 한 듯 그녀가 장난스럽게 말했다.

"오빠를 미행했다는 사람, 지금도 이 근처에 있는 거 아냐?"

그는 웃으며 보인다면 차를 세우고 누구인지 지목하겠다고 했다.

평일 오후여서 차는 막히지 않았다. 서부간선도로로 진입해 성산대교를 건너 목적지인 하늘공원에 도착하기까지 15분도 채 걸리지 않았다. 주차장에 차를 대고 내린 그들은 걸어서 정상까지 올라가기로 했다.

# 22

“혹시 누군가가 자신을 미행하고 있다는 느낌을 받은 적이 있으신가요?”

유혁의 말에 아무도 대답하지 않았다. 그런 상태가 5초 넘게 이어지자 이상원이 침묵을 깨며 말했다.

“저는, 그런 경험을 한 적은 없어요. 근데 갑자기 왜 그런 질문을 하시는 건지 여쭤봐도 될까요?”

유혁은 자신에게 일어났던 일을 말했다.

“지난주에 집 근처 공원에 갔었는데, 산책을 마치고 돌아오는 길에 공원에서 마주쳤던 남자가 저를 따라오는 것 같은 느낌을 받았어요. 그래서 횡단보도 있는 데서 남자를 따돌리고 바로 옆 상가 건물로 들어가 그놈이 거기까지 쫓아오는지 기다렸거든요. 근데 쫓아오더라고요. 다행히 상가에서 그놈을 따돌리고 집으로 돌아오긴 했는데, 그 이후로 계속 생각이 나서요. 그래서 혹시 여러분들 중에 비슷한 경험 있으신 분 있나 해서요."

송재욱이 말했다.

"미행당한 경험은 저도 없어요. 그런데 미행당하신 게 사실이라면 왜 미행을 한 걸까요? 지난번에 얘기하셨던 스쿠브 채널 정지와 관련이 있는 걸까요?"

"모르겠어요… 그거 아니면 다른 이유는 없을 거 같은데, 근데 제가 하는 활동이란 게 영상 만들고 글 써서 올리는 게 전부잖아요. 무슨 대단한 반정부 활동을 하는 것도 아니고… 고작 그런 이유로 미행까지 하는 걸까요? 미행해서 뭘 어쩌자고?"

박진우가 말했다.

"당장 뭔가를 하겠다기보다는, 압박을 주려는 거 아닐까요? 심리적으로 위축되도록."

송재욱이 말했다.

"그럴 수도 있겠죠. 하지만 진행자님의 말씀처럼 인터넷에 글과 영상을 올렸다는 이유로 그렇게까지 할 필요가 있을까요? 그냥 스쿠브 채널과 블로그를 삭제하는 것만으로도 충분할 것 같은데…."

"그렇죠, 그것만으로도 손발 다 잘리는 건데."

이상원이 물었다.

"경찰에 신고할 생각은 없으신가요?"

유혁은 그럴 생각은 없다고 대답했다.

"이번이 처음이고, 가능성은 작지만 어쩌면 제가 착각한 건지도 모르니까요."

잠시 침묵이 흘렀다. 유혁은 오늘 모임의 주제인 디지털 화폐와 사회신용시스템에 저항할 방법에 대해 얘기를 나누자고 했다.

"혹시 여러분이 지금 취하고 계신 방법이 있다면 소개해 주시고, 그렇지 않다면 이런 방법은 어떨까 하는 것들에 대해 말씀해 주세요. 어느 분부터 하시겠어요?"

송재욱이 자신부터 하겠다고 했다.

"저는 대학 동기 중에 귀농한 친구가 있는데, 그 친구가 농장에서 재배한 감자를 구매해서 먹고 있어요. 그렇게 함으로써 친구가 계속 농사를 지을 수 있도록 도우려고요. 제가 구매할 수 있는 물량은 얼마 안 돼서 주변 사람들한테도

소개하고 있는데, 친구 얘기로는 큰돈은 못 벌지만 그럭저럭 유지는 된다고 하더라고요. 어쨌든 저에겐 이 친구가 있어서 사회신용점수가 낮아져 식료품 구입에 제한이 생기더라도 최소한의 먹거리는 조달할 수 있을 거란 믿음이 있어요. 그런 믿음이 생기니까 조금 더 대담하게, 자기검열 덜하고 말할 수 있는 것 같아요. 인터넷상에서든 누군가를 직접 만나 얘기할 때든."

"그렇군요. 친구분은 귀농하신 지 얼마나 되신 거예요?"

"5년 정도 됐어요. 처음엔 많이 힘들어했는데 지금은 완전히 뿌리를 내린 것 같더라고요."

"자급자족이 가능하면 끝까지 저항할 수 있다고 생각하는데 그런 면에서 친구분이 부럽네요. 또 다른 분 말씀해 주시겠어요?"

백우경이 말했다.

"저는 음식점을 하다 보니까 식자재를 구입하는 단골 거래처가 있는데 몇몇이랑은 아직도 일부러 현금 거래를 하고 있어요. 종이돈 사용이 중단되면 어쩔 수 없이 디지털 화폐로 결제를 해야겠지만요."

이상원이 물었다.

"현금 거래하시면 불편하지 않으세요?"

"크게 불편하진 않아요. 은행에서 미리 현금을 찾아 놓아야 한다는 게 좀 불편하지만 그 정도는 아무것도 아니죠."

유혁이 물었다.

"종이돈 사용이 중단되면 디지털 화폐로 결제하실 거라고 말씀하셨는데, 혹시 디지털 화폐 시스템을 우회하는 방식에 대해서는 고민해 보신 적 있으신가요?"

"고민은 해 봤는데 방법이 없더라고요…."

이상원이 말했다.

"방법이 전혀 없는 건 아니죠. 충분히 많은 참여자를 확보할 수 있다면 대안화폐를 만들 수도 있으니까."

"대안화폐요?"

"네. 돈이란 엄밀히 말하자면 교환수단에 불과하죠. 충분한 수의 사람만 동참한다면 자체적으로 교환수단을 만들어 그걸로 서로의 생산물이나 서비스를 구매할 수 있어요. 충분한 수의 사람만 동참한다면."

백우경이 물었다.

"그 충분한 수가 대략 어느 정도죠?"

"글쎄요. 숫자도 숫자지만 다양한 업종을 포함하는 것도 중요할 거예요. 농업, 어업, 축산업, 운수업, 서비스업, 대안 화폐 프로그램을 설계하고 돌릴 IT, 금융업까지요."

"그런 모든 업종을 포함해서 최소 몇 명의 사람들이 동참한다면 그 일이 가능할 거라고 보시나요?"

"만 명 정도면 가능하지 않을까요?"

송재욱이 말했다.

"서로 깊게 신뢰할 수 있는 만 명의 사람들이 함께한다면 무슨 일이든 가능하죠."

유혁이 말했다.

"하지만 정부에서 그런 대안적인 방식의 화폐를 허용할까요? 상원 님은 어떻게 생각하세요?"

"허용하지 않겠죠. 자신들의 화폐를 우회하는 방식이니까."

"저도 그렇게 생각해요. 소규모의 인원이 조용히 그런 방식으로 필요한 것들을 사고 팔 때는 탄압하지 않을지 몰라도 만 명 이상의 사람들이 그런 방식으로 디지털 화폐를 우회한다면 분명 조치를 취할 거라고."

백우경이 말했다.

"결국 대안은 없는 걸까요?"

"많은 사람들이 깨어나 저항한다면 바뀔 수도 있겠죠. 하지만…." 유혁은 가볍게 한숨을 내쉰 후 말했다. "그런 일은 쉽지 않을 거 같네요."

잠시 침묵이 흘렀다. 5초쯤 이어지던 침묵을 깬 것은 송재욱이었다.

"디지털 화폐의 완전한 정착은 더 이상의 저항을 불가능하게 만들 겁니다. 그것은 모든 개인의 생존 수단이 저들의 통제하에 들어가게 되는 걸 의미하니까요. 그것은 말 그대로 궁극적인 승리가 될 겁니다."

박진우가 말했다.

"하지만 쉽게 그렇게 되진 않을 거예요. 깨어난 사람들이 저항할 테니까요."

이상원이 말했다.

"저항이요? 지금 대체 누가 저항을 하고 있죠? 종이돈의 사용은 앞으로 3개월 후면 종료됩니다. 그런데 대체 누가 그것에 저항하고 있죠?"

아무도 대답하지 않았다. 침묵을 깨기 위해 유혁이 입을 열려는데 송재욱이 말했다.

“저는 이 모든 일 뒤에는 영적인 세력이 있다고 생각합니다.”

이상원은 그게 무슨 소리냐고 물었다. 송재욱은 잠시 생각하더니 대답했다.

“고대 메소포타미아의 이슈타르 여신을 아십니까?”

이상원은 모른다고 대답했다.

“성경에 나오는 아스다롯이 바로 이슈타르입니다.”

이상원이 웃으며 말했다.

“또 성경 얘기군요.”

송재욱은 그렇다고 대답한 후 계속해서 말했다.

“그런데 이슈타르 여신의 숭배 방식은 좀 특이합니다. 신전에 거룩한 창녀라고 해서 매춘을 하는 여성들이 있었죠. 이 여성들과 다수의 남성이 난교하는 게 숭배의식이었어요. 남성의 정액을 일종의 비로 본 거죠. 비가 내리면 지면에 싹이 나고 식물이 자라는 것처럼 남성의 정액이 여성에게 들어가면 생명이 생기니까요. 그러니까 그런 행위를 통해 다산과 풍요를 기원한 거라고 할 수 있죠. 고대 가나안에서는 이슈타르, 그러니까 아스다롯을 바알의 아내라고 믿었는데 그래서 아스다롯과 바알 숭배는 동시에 이루어졌어요. 방식은 아까 말한 대로 난교와 그거 말고 인신 제사도 있었죠. 가나안에는 몰렉이라는 신도 있었는데, 이 몰렉의 다른 이름이 바알 함몬이에요. 이름에서 알 수 있듯 몰렉과 바알은 같은 신이라고 볼 수 있죠. 몰렉은 어린아이를 희생 제물로 바치는 인신 제사가 숭배 방법이었어요. 고대인들은 그런 행위를 통해서 영적인 존재로부터 무언가를 얻어 내려 했죠. 저는 지금 벌어지고 있는 일들을 계획하고 실행하는 세력이 이슈타르나 바알, 몰렉을 섬겼던 고대인들과 동일한 행위를 지금도 하고 있다고 생각해요."

"난교와 인신 제사를요?"

"네. 그리고 그런 행위를 통해 영지, 영적인 지식, 그노시스gnosis를 얻는다고 생각해요." 송재욱은 계속해서 말했다. "이스라엘 북쪽에 있었던 페니키아는 인신 제사가 아주 성행했던 곳인데, 페니키아인들이 개척한 식민지 중 하나가 카르타고예요. 카르타고도 인신 제사로 유명했죠."

유혁이 물었다.

"카르타고라면 한니발의 조국 아닌가요?"

송재욱은 그렇다고 대답했다.

"한니발은 페니키아인의 후예예요. 한니발이란 이름 자

체가 페니키아의 신 바알 함몬에서 유래된 거죠. 한니-바알Αννί-βας 바알의 은총을 입은 자라는 뜻이죠."

"그런 의미인 줄은 몰랐네요."

"한니발뿐만 아니라 카르타고인들의 이름에는 바알이 많이 들어갔어요. 한니발의 동생인 하스드루발이나 마하르발처럼 말이에요."

"진짜로 그걸 했을까요?"

"뭘요? 인신 제사요?"

"네."

"물론이죠. 고대에 카르타고였던 튀니지의 토펫에 가면 어린아이들의 유골 수천 개가 담긴 단지와 묘석들이 지금도 그대로 보존되어 있어요."

"토펫은 또 뭐죠?"

"인신 제사로 바쳐진 아이들의 뼈를 담은 항아리를 묻은 곳이요. 카르타고의 토펫이 잘 보존된 이유는 포에니 전쟁으로 카르타고를 멸망시킨 로마가 그 지역을 건드리지 않았기 때문이에요. 로마인들은 토펫을 잘못 건드렸다 저주를 받을 수도 있다고 생각했거든요. 전쟁 후 카르타고가 로마의 북아프리카 식민지로 재건될 때도 토펫은 건드리지 않았어요. 현대에 들어와서 토펫의 항아리에 담긴 유골들을 조사했는데 대부분의 항아리에서 생후 6개월도 안 된 어린아이의 뼈와 동물의 뼈가 함께 나왔죠."

"동물의 뼈가 함께 나왔다고요?"

"네. 그게 인신 제사를 했다는 증거예요. 주로 양이나 염소의 뼈였는데, 세계 다른 곳의 어떤 무덤에서도 사람의 뼈와 동물의 뼈를 한 납골함에 담은 경우는 없어요. 아마도 제물로 바쳤던 양, 염소와 어린아이의 뼈를 함께 수거해 항아리에 담은 것 같은데, 양과 염소는 고대 근동에서 가장 빈번하게 희생 제물로 바쳤던 동물이죠. 그리고 발굴된 어린아이들의 뼈에는 질병의 흔적이 없었어요. 이것이 인신 제사가 이루어졌다는 또 하나의 증거예요. 고대 근동에서 양이나 염소를 제물로 바칠 때는 건강한 것을 바쳐야 했어요. 장애가 있거나 병에 걸린 양을 제물로 바치는 것은 신을 모독하는 거니까요. 어린아이를 제물로 바칠 때도 마찬가지였을 거예요."

백우경이 말했다.

"정말 끔찍하네요. 미국의 정치인들이 비밀모임에서 그런 짓을 했다는 얘기를 들은 적이 있는데…."

이상원이 말했다.

"재밌는 이야기군요. 만약 정말로 지금도 그런 일이 일어나고 있다면 그런 일을 통해서 얻을 수 있는 이득은 뭐죠?"

송재욱이 대답했다.

"그런 일을 함으로써 영적인 존재로부터 무언가를 얻어내겠죠."

"무엇을요?"

"원하는 일이 이루어지는 것."

"그런 일을 하면 진짜로 원하는 일이 이루어집니까?"

"그런 일을 하는 사람들은 그렇게 믿을 거라고 생각합니다."

"그럼, 재욱 님도 그렇게 믿으시나요?"

송재욱은 잠시 생각한 후 대답했다.

"저는 영적인 존재가 있다고 믿게 됐습니다. 완벽한 통제사회를 구축하고 인류를 노예화하려는 세력의 꼭대기에는 그 영적 존재가 있을 거라고 생각합니다."

"사탄이나 루시퍼 말입니까?" 이상원은 조롱하듯 웃으며 말했다. "그럼 우리가 해야 할 일은 기도하는 것이겠군요. 악마로부터 우리를 구해달라고."

분위기를 바꾸기 위해 유혁이 끼어들었다.

"그런데 재욱 님, 혹시 얘기하신 인신 제사가 고대 근동이나 카르타고 말고 다른 지역에서도 행해졌다는 증거는 있나요?"

송재욱은 차분한 어조로 대답했다.

"네, 유럽의 켈트족과 게르만족도 인신 제사를 행했습니다. 켈트족은 나무로 만든 거대한 인간 모양 우리에 사람을 집어넣고 불에 태웠죠. 이것에 관한 내용은 카이사르의 『갈리아 원정기』에 나와 있어요. 타키투스*도 게르만족의 일파인 셈노네스족이 인신 제사를 했다고 기록하고 있고요. 신대륙으로 넘어오면 아즈텍 제국과 잉카 제국이 있죠. 아즈텍 제국에서는 상당한 규모의 인신 공양이 제도적으로 행해졌어요. 사제가 피라미드의 꼭대기에서 희생자의 팔다리를 묶고, 가슴을 절개한 후 심장을 꺼내 제단에 바쳤다고 해요. 관련된 유적과 유골들이 실제로 발굴되었고요. 잉카 제국에서는 사람을 절벽에서 떨어뜨려 신에게 바치

* 로마의 저술가이자 정치가. 게르만족에 대해 쓴 『게르마니아』와 갈바 황제 집권기부터 도미티아누스 황제의 집권기까지를 다룬 『역사』가 유명하다.

는 방식으로 인신 제사를 했어요. 어린이를 제물로 바치는 카파코차capacocha라는 의식도 있었고요."

"우리나라나 동양에서도 그런 일이 행해졌나요?"

"『고려사』에 최우가 강화도로 천도했을 때 자신의 거처를 지을 터에 어린 남자아이를 생매장했다는 기록이 있었던 걸로 기억해요. 그런 방식으로 인신 공양을 하면 집터의 기운이 좋아진다고 믿었던 거겠죠. 중국 같은 경우도 사마천의 『사기』에 상나라에서 행해진 인신 공양에 대해 기록하고 있어요."

"그렇군요. 역사적으로 그런 일이 있어 왔고 지금이라고 해서 그런 일이 없을 거라고 확신할 수는 없겠네요. 그런데 솔직히 말하자면 저는 그 부분에 대해서는 잘 모르겠습니다. 종교를 믿지 않아서 그런가? 아무튼 흥미로운 얘기였습니다. 계속해서 다음 주제로 이야기를 이어가 보죠." 그는 모임 진행을 위해 이것저것 메모해 놓은 수첩을 살펴본 후 말했다. "지난번 모임에서 진우 님이 대중 심리 조작, 마인드 컨트롤, 세뇌에 대한 얘기를 나눠 보고 싶다고 하셨는데 그 주제로 얘기해 보죠. 사실 디지털 화폐로의 전환도 대중에게 그것이 유익한 일이며 동시에 불가피한 일이라고 믿도록 만드는 데 성공하지 못했다면 지금처럼 원활하게 그 시스템이 돌아가지는 못했을 거라고 생각하거든요. 여러분은 저들이 대중을 자신들이 원하는 방향으로 이끌어가는 데 사용하는 심리 조작, 마인드 컨트롤에 대해 어떻게 생각하시나요?"

이상원이 말했다.

"그 부분에 관해서라면 제가 할 얘기가 많을 것 같군요. 어느 정도는 저도 그것과 관련된 일을 해 온 사람이니까요." 이상원은 가볍게 웃더니 말을 이었다. "제가 보기엔 인류는 현재 집단적으로 마인드 컨트롤 당하고 있습니다. 미디어를 통해서요. 미디어는 저들이 가장 쉽게 사용할 수 있는 마인드 컨트롤 도구죠. 그것은 하루 24시간 내내 계속해서 우리에게 서사를 들려줍니다. 어제 신종 조류 독감 확진자 1,834명이 새롭게 발생했다. 그중 121명은 심각한 상태다. 이런 상태로 계속 가게 되면 병상이 부족해질 수 있다. 의료 붕괴 사태까지 벌어질 수 있다. 그러니 그런 일이 일어나지 않도록 시민들은 정부의 방역 정책에 충실히 따라야 한다. 이런 예는 무수히 많죠. 중동에서 일어난 전쟁으로 유가가 폭등하고 있다. 그에 따라 국내의 물가도 오르고 있다. 물가를 안정화시키기 위해 정부는 최선의 노력을 다할 것이다. 그 과정에서 불가피하게 내려질 행정명령에 모든 시민들은 적극 따라야 한다. 등등. 미디어를 통해서 A라는 사건을 보여 주고, 그에 대응하기 위한 B라는 노력을 보여주며 B라는 노력이 제대로 이루어지지 않을 때 발생하게 될 C라는 끔찍한 사태를 계속해서 들려주면 사람들은 자기도 모르는 사이에 그 서사에, 이야기에 설득되게 되죠. 다양한 채널을 통해서 같은 맥락의 이야기를 무한 반복한다면요. 물론 이때 선정된 사건 A는 의도적으로 선정된 것이죠. A 이상으로 중요한 D라는 사건이 발생했어도 미디어가 보도하지 않는다면 대중에게 D는 일어나지 않은 일이나 마찬가지죠. 그런 식으로 미디어를 통해 얼마든지 여론을 조종할 수 있습니다. 소수의 주류 미디어를 믿지 않는 사람들은 자기만의 방식으로 진실을 찾지만 그런 사람은 100명 중 1명이 될까 말까예요. 99명은 미디어에서 떠드는 이야기가 진실이라고 믿죠. 그게 편하니까요. 그들은 진실을 알기 위해 노력할 생각이 없어요. 많은 시간을 들여 정보를 검색하고 그것들을 비판적으로 검토하는 건 피곤한 일이니까요. 한편으론 이해가 가기도 해요. 대부분의 사람들은 먹고살기 바빠서 그런 노력을 할 여유가 없으니 말이죠. 물론 엄밀하게 말하자면 여유가 전혀 없는 것은 아닐 거예요. 여유가 있어도 자기들이 좋아하는 다른 일을 하느라 그런 노력을 하지 않을 테니까. 영화 〈매트릭스〉에서 모피어스는 이렇게 말했죠. "아무도 당신에게 '매트릭스'가 무엇인지 말할 수 없다. 당신 스스로가 그것을 보아야 한다." 그럴 수 있는 지적 수준을 지니고 있고 시간적 노력까지 투입하는 사람은 소수입니다. 애석하게도 말이에요."

"전적으로 동의합니다." 유혁은 이상원의 발언이 완전히 끝났다고 하기에는 불분명한 상황에서 끼어들며 빠른 어조로 말했다. "미디어를 이용한 마인드 컨트롤, 심리 조작은 사람들이 현실에 대한 감각과 판단력을 상실하게 만들죠. 그 방식은 아주 효과적으로 사용되어 왔고 지금도 사용되고 있어요. 진실을 감추고 거짓을 진실로 둔갑시킴으로써 사람들을 혼란에 빠트려 올바른 판단을 내리지 못하게 하는 것, 더 나아가 자신에게 해가 되는 선택까지 하게 만드는 것, 그것이 저들의 목표죠. 서사를 들려준다, 이야기를 보여 준다고 말씀하셨는데 저도 그렇게 생각합니다.

우리가 보고 듣는 뉴스는 일종의 연속극처럼 계속해서 이어지는 서사, 이야기죠. 사람들은 천성적으로 이야기를 좋아합니다. 어떤 면에선 인간의 존재 양식 자체가 이야기라고 할 수 있죠. 누구누구의 아들로 태어나 어떤 유치원에 들어가고 어떤 초등학교에 들어가고 거기서 어떤 친구를 만나고, 그 친구랑 무엇을 하고 그러다 중학교에 가고, 여자친구가 생기고, 그런 모든 일련의 사건들 하나하나가 다 이야기니까요. 우리는 이야기를 통해서 모든 것을 파악하고 이해해요. 아니, 파악하고 이해하는 것을 넘어서 우리의 존재 자체가 이야기를 원하죠. 영화나 웹툰을 보는 것, 소설을 읽는 것은 그것이 허구일지라도 이야기 속으로 들어가 이야기와 함께하기를 원하는 인간의 본성에서 나온 행동이라고 할 수밖에 없으니까요. 그런 인간의 본성을 이용한 것이 바로 마인드 컨트롤이고 그것에 가장 적합한 도구가 미디어인 거죠. 미디어라는 도구를 사용해 진실과는 다른 이야기를 진실로 믿게 만드는 것, 그것이 저들이 성공할 수 있었던 이유라고 생각합니다."

송재욱이 말했다.

"그런데 이야기의 연속성에서 무언가 매끄럽지 않고 의

도적으로 감추려고 하는, 마치 검열에 의해 도려내진 것 같은 부분이 있다는 걸 눈치 챈 사람들이 있지요. 속칭 음모론자라고 불리는 사람들.” 송재욱은 가볍게 웃었다. “그런 측면에서 우리 음모론자들이야말로 이야기, 서사에 관한 꽤나 까다로운 감별사라고 할 수 있겠네요.”

이상원이 말했다.

“저는 가끔 이런 생각이 들기도 합니다. 내 생각이 지나친 건 아닐까? 재욱 님이 얘기하신 것처럼 우리는 이야기에 민감한 사람들이니 말이에요. 따지고 보면 음모론도 일종의 이야기죠. 이야기에 민감한 우리 같은 사람들이, 연관지어 볼 수 있는 다양한 사실들을 바탕으로 다소 지나친 추론을 이끌어낸 것은 아닐까? 그런 생각이 가끔 든단 말이에요.”

박진우가 말했다.

“저도 그런 생각을 가끔 하긴 해요. 하지만 일어나고 있는 일들을 보면 내가 틀렸다고 하기에는 증거가 너무 많아서….”

이상원이 말했다.

“우리가 틀렸을 가능성은 전혀 없는 걸까요? 다들 어떻게 생각하세요?"

유혁이 말했다.

"어쩌면 우리가 틀렸을지도 모르죠… 저는 한편으론 제가 틀렸기를 바라고 있어요. 진실은 시간이 증명해주겠죠. 적어도 아직 현재까지는 우리가 우려하고 있는 완벽한 통제사회가 출현하지 않은 만큼, 우리가 틀렸을 가능성도 미약하게나마 남아 있다고 할 수 있지 않을까요?"

박진우가 말했다.

"미약하게나마 남아 있다? 그렇게 말할 수도 있겠네요. 그렇지 않을 가능성이 훨씬 더 높지만요."

송재욱이 말했다.

"저는 언젠가부터 더 이상 그런 생각을 하지 않게 되었어요."

유혁이 물었다.

"어떤 생각이요? 우리가 틀렸을지도 모른다는 생각?"

송재욱은 고개를 끄덕이며 말했다.

"네. 역사를 검토하고 연구하다 보니 도저히 부정할 수 없더군요. 미국의 극작가이자 소설가인 벤 헥트는 시사를 이해하기 위해서 뉴스를 보는 것은 초침을 보면서 시간을 알려고 하는 것과 같다고 말했죠. 실제로 무슨 일이 일어나고 있는지를 알려면 10년, 100년의 흐름을 봐야 해요. 소수의 엘리트가 인류 전체를 지배하고 통제하며 그들이 보기에 불필요한 잉여인구를 삭감해 환경과 자원을 지켜야 한다는 생각은 아주 오래전부터 있어 왔던 것 같아요. 지금은 그 생각을 현실에서 실행할 수 있는 테크놀로지가 갖춰진 시대고요. 어쩌면 인류의 역사는 이렇게 진행되도록 예정되어 있었던 것인지도 모른다는 생각까지 들어요."

"확고한 음모론자시군요!" 이상원이 웃음을 터뜨리며 말했다. "재욱 님의 얘기대로 인류의 역사가 이렇게 진행되도록 정해진 것이라면, 우리는 이 싸움에서 절대로 이길 수 없다는 결론이 나오는 데 동의하시나요?"

송재욱은 대답하지 않았다. 5초쯤 기다리던 이상원은 다시 말하기 시작했다.

"만약 그렇다면, 우리는 상대적으로 나은 패배를 택해야 하지 않을까요? 어떤 패배는 다른 패배보다 상대적으로 나으니까요."

유혁이 물었다.

"상대적으로 나은 패배라는 게 어떤 거죠?"

"인류의 역사가 그렇게 진행되도록 예정된 것이라면, 그 흐름 안에서 우리의 이익이 최대한 지켜지도록 하는 게 중요할 거란 얘깁니다."

송재욱이 말했다.

"이익이 최대한 지켜지도록 한다? 당연히 물질적인 측면의 이익을 의미하는 것이겠죠? 그렇다면 저들이 추진하는 일에 적극적으로 가담하면 될 겁니다. 이익은 적극적일수록 더 커질 테니까. 그러나 여기 계신 분들은 그렇게 하지 않으실 거라 생각합니다."

이상원이 말했다.

"인간은 어떤 식으로든 살아갑니다. 나치 치하에서도, 한국전쟁 기간에도 인간은 살아갔습니다. 북한에서 대규모 아사가 벌어졌던 고난의 행군 기간에도 인간은 살아갔습니다. 그리고 미래에도 인간은 살아갈 겁니다. 우리는 미래를 상당히 어둡게 전망하고 있지만, 어쩌면 실제 미래는 그 정도로 어둡지는 않을 수도 있습니다. 앞으로 일어날 일들에 대해 나름의 방식으로 준비하며 적응하는 것, 그런 노력이 있을 때 미래는 우리가 예상했던 것보다 더 나은 무엇이 될 수 있을 겁니다."

송재욱이 빠른 어조로 물었다.

"그런 노력이 저들에게 복종하는 것이어도 말입니까?"

"복종이든 저항이든 우선은 살아 있어야 할 수 있습니다. 그것이 먼저입니다. 그것이 먼저라고 생각하지 않는 이들이 있을 수도 있지만, 그렇지 않습니다. 준비하고 적응해서 살아남고 그런 다음 기회를 찾아내는 것, 그것이 우리가 해야 할 일이라고 생각합니다."

송재욱이 말했다.

"살아남기 위해 적응한다? 저라면 그보단 차라리 성경의 예언을 믿고 싶네요."

유혁이 물었다.

"성경에는 뭐라고 예언되어 있죠?"

"성경은 저들의 승리가 그렇게 길지 않을 거라고 말하고 있습니다. 1,260일, 한 때와 두 때와 반 때* 같은 표현으로 보아 7년 정도 지속될 것으로 보이는데, 그 7년도 재앙이 쏟아지는 가운데 진행되다 결국 완전히 끝나게 되죠."

"완전히 끝난 다음에는요?"

* 다니엘 7장 25절. 그가 장차 지극히 높으신 이를 말로 대적하며 또 지극히 높으신 이의 성도를 괴롭게 할 것이며 그가 또 때와 법을 고치고자 할 것이며 성도들은 그의 손에 붙인 바 되어 한 때와 두 때와 반 때를 지내리라.

"그리스도가 통치하는 천년왕국이 이어지게 됩니다."

천년왕국? 유혁에게 그 단어는 얼토당토않게 느껴졌다. 어느덧 시간은 10시를 넘어 있었다.

"다가올 미래에 대한 대응 방식은 우리들 사이에서도 다를 수밖에 없을 거라고 생각합니다. 그게 어떤 방식이 되었든 각자에게 가장 유익한 것이 되었으면 좋겠네요. 벌써 10시 12분이군요. 모임은 이쯤에서 마무리해야 할 것 같습니다. 3주간 많은 얘기 나눌 수 있어서 정말 좋았습니다. 마지막으로 짧게 한마디씩 해 주시고 3주간의 모임 마무리하도록 하겠습니다. 어느 분부터 말씀하시겠어요?"

송재욱이 자신부터 하겠다고 했다.

"3주간 좋은 시간이었습니다. 모임을 통해 비슷한 생각을 지닌 분들과 많은 얘기 나눌 수 있어서 좋았습니다. 모임 개설해 주시고 진행해 주셔서 감사드리고, 추후에 기회가 된다면 또 뵐 수 있었으면 좋겠습니다."

다음으로 박진우가 말했다.

"이번 모임을 통해서 몰랐던 것들 많이 알게 되었습니다. 유익한 시간이었고 다음에 또 이런 자리 마련해 주시면 꼭 참석하겠습니다."

마지막으로 이상원이 말했다.

"3주간 즐거웠습니다. 모두 고생 많으셨고, 다음에 또 뵐 수 있었으면 좋겠네요." 그는 한 번 '씩' 웃더니 말했다. "아마도 그럴 수 있을 거라 생각합니다."

유혁이 말했다.

"감사합니다. 모임 단톡방은 계속 살아있을 거니까 종종 연락 주고받았으면 좋겠습니다. 3주간 모두들 수고 많으셨습니다."

모임을 마치고 노트북을 덮자 피로가 밀려왔다. 오늘은 일찍 자야겠다는 생각이 들었다. 그는 몸을 일으켜 가볍게 스트레칭을 한 후 창가로 갔다. 창밖 풍경은 평소와 다름없었다. 잠시 창밖을 바라보던 그는 갑자기 무슨 생각이 든 듯 걸음을 옮겨 책상 위에 놓아둔 휴대폰을 집어 들었다.

<혹시 다음 주에 시간 괜찮으세요? 한번 만나서 얘기 나눴으면 좋겠다는 생각이 들어 연락드립니다.>

그는 그렇게 송재욱에게 카톡을 보냈다. 2분쯤 지났을까, 송재욱으로부터 답이 왔다. 다음주 목요일 오후에 시간

이 괜찮은데 그날 만나는 거 어떠냐고 했다. 유혁은 좋다고 했다. 그리고 시간은 오후 3시쯤이 어떠냐고 했다. 송재욱은 3시면 괜찮다며 자신의 학교 근처 카페에서 만나자고 했다. 후배가 운영하는 카페라서 백신패스 없어도 이용할 수 있다고 했다. 유혁은 그렇게 하자고 했다.

# 23

갑작스럽게 집안이 정전된 것은 4시 반쯤이었다. 유혁이 그 사실을 깨달은 것은 물을 마시기 위해 정수기 앞으로 갔다가 정수기가 작동하지 않는다는 걸 알게 되면서였다. 작동하지 않는 건 정수기만이 아니었다. 냉장고도 전기밥솥도 다 꺼져 있었다. 그는 거실 천장에 달린 등을 켜 보았다. 당연한 일이었지만 불은 들어오지 않았다. 현관으로 가 누전차단기가 내려와 있나 확인해 보니 내려와 있지 않았다. 잠시 정전된 것일 수도 있으니 조금 기다려 보기로 했다.

그러나 20분 넘게 기다려도 전기는 들어오지 않았다. 많은 이들이 경고했던 사이버 어택이 시작된 것인가 하는 생각이 들었다. 그는 창가로 가 주변 다른 집들을 살펴보았다. 아직 어두워지기 전이라 불을 켠 집은 없었다.

'조금 더 기다리면 괜찮아지겠지….'

그런 생각으로 30분을 더 기다렸지만 정전 상태는 계속되었다. 휴대폰으로 그가 살고 있는 지역에 정전이 발생한 건지 검색해 보았지만 - 휴대폰으로 인터넷 접속이 가능한 것으로 보아 인터넷망은 아직 공격당하지 않은 것 같았다 - 2027년 10월과 2026년 8월에 있었던 정전사태에 대한 기사만 검색되었다.

'어쩌지? 조금 있으면 어두워질 텐데….'

갈증이 났다. 어쩔 수 없이 그는 수돗물을 틀어 컵에 받아 마셨다. 수돗물 맛이나 정수한 물맛이나 별 차이 없었다. 수돗물도 나오지 않으면 어쩌나 했는데 다행히 물은 콸콸 잘 나왔다. 그는 이제 어떻게 해야 할지를 생각했다. 모든 것이 디지털화된 세상에서 전기가 차단되면 할 수 있는 게 많지 않았다. 전기밥솥과 전기레인지가 작동하지 않아 음식을 조리할 수 없었고, 정수기도 보일러도 사용할 수 없었다. 냉장고 안의 음식은 하루나 이틀은 괜찮겠지만, 그 이상 넘어가면 상하게 될 터였다. 그리고 무엇보다 전등을 켤 수 없었기에 해가 진 후에는 아무것도 할 수 없었다. 그런 상태가 며칠만 지속돼도 대부분의 인간은 자신이 얼마나 무력한 존재인지를 느끼게 될 것이다.

서서히 주변이 어두워지기 시작했다. 창문을 열고 살펴보니 다른 집들은 불이 켜져 있었다.

'어떻게 된 거지? 우리 건물만 전기가 나간 건가?'

그는 현관문을 열고 집 밖으로 나갔다. 복도에 설치된 등이 자동으로 켜졌다. 아니, 우리 집만 전기가 나간 건가?

그는 어떻게 할지 잠시 고민했다. 더 어두워지면 전기기사를 불러도 복구 작업을 하는 데 어려움이 있을 것 같았다. 그런 생각으로 휴대폰을 집어든 순간, 갑자기 전기가 다시 들어왔다. 냉장고, 전기밥솥, 정수기 모든 게 동시에 살아났다. 정전된 지 두 시간 만에 거짓말처럼 모든 것이 회복되었다.

'아직은 아니었군….'

그렇게 생각하며 그는 거실의 등을 켰다. 빛과 함께 문명 세계가 되살아났다.

'휴대용 손전등이랑 양초, 성냥 같은 걸 준비해 놓을 필요가 있겠어. 건빵이나 통조림 같은 비상식량도 조금 비축

해 두고.'

그러나 전기와 인터넷이 완전히 마비되는 대규모 사이버 어택이 발생한다면 그런 비축물로 과연 얼마나 버틸 수 있을까? 그는 그에 대해 아주 회의적이었다. 그래서 그런 것들을 준비하지 않았던 것이다. 그러나 지금 생각해 보니 실제로 그런 일이 일어났을 때 손전등도 건빵도 없는 것보다는 있는 게 나을 것 같았다.

'내일 아침 먹고 사러 가야겠군.'

저녁을 간단히 먹은 후 그는 주은이 돌아오기를 기다렸다. 오늘은 그녀가 이브닝 근무를 하는 날이어서 11시 반쯤 집에 돌아올 예정이었는데 그때까지 기다렸다 얼굴을 보고 잠자리에 들고 싶었기 때문이다. 그는 그녀를 기다리며 한 달 전 인터넷 서점에서 구입한 데이빗 콜먼의 『위선과 기만의 역사』를 읽었다. 2011년부터 시작된 시리아 내전에 미국이 어떻게 관여했는지를 파헤친 책이었는데, 생각보다 재미없어서 3분의 1쯤 읽다 멈춘 상태였다. 그는 읽던 부분을 이어서 읽지 않고 흥미로워 보이는 CIA와 IS의 관계에 대해 다룬 챕터부터 읽었는데 그 부분은 그런대로 재미있었다. 그렇게 책을 읽어 가던 중 그는 어느 순간부터 꾸벅꾸벅 졸기 시작했다. 잠은 부드러운 유혹처럼 달콤하게 그에게 스며들었고 그는 그것과 적극적으로 싸울 의사도 없으면서 계속 책상에 앉은 채 펼쳐진 페이지 앞에서 꾸벅꾸벅 졸았다. 그렇게 몇 번이나 졸다 깨고 졸다 깨고를 반복하던 그는 결국 자리에서 일어나 스탠드를 끄고 침대로 갔다.

'너무 졸리다. 그냥 자야겠다.'

그런 생각으로 침대에 눕자 조금 전까지 그토록 부드럽게 그를 공략하던 잠이 갑자기 달아난 것처럼 잠깐의 각성 상태가 찾아왔다. 그러나 채 5분도 지나지 않아 이내 그는 낮고 규칙적인 숨소리를 내며 잠에 빠져들었다. 창문을 통해 스며들어 온 희미한 빛이 잠든 그의 얼굴 위로 엷게 내려앉아 있었다.

# 24

"이해할 수 없는 건 바로 오빠야! 언제까지 계속 그렇게 살 수 있을 것 같아?" 주은은 목소리를 높이며 말했다. "좋든 싫든 세상은 그런 방향으로 변해 가고 있어. 개인은 그런 변화의 흐름을 따라갈 수밖에 없다고! 오빠 혼자 거부한다고 그 흐름이 바뀔 것 같아?"

그들이 언쟁을 벌이게 된 것은 주은이 디지털 신분증 지갑을 마이크로칩 형태로 오른손에 삽입하는 걸 고려하고 있다고 말하면서였다. 유혁은 그녀의 말에 화를 냈고 그녀는 그런 그에게 발끈했다.

"나 한 사람 거부한다고 해서 세상이 바뀌지 않는 거 알아. 그래도 나는 절대로 내 몸에 그런 것을 집어넣지 않을 거야. 절대로 말이야!"

주은이 짜증스러운 목소리로 말했다.

"이건 검증된 기술이야. 이미 72만 명 넘는 사람들이 그렇게 했어. 다른 사람들은 다 그렇게 하는데 혼자서만 끝까지 휴대폰 들고 다니면서 결제할 거야? 그러다 휴대폰을 잃어버리기라도 하면? 도난이라도 당하면? 그때는 어떡할 건데? 계좌랑 주민등록증, 운전면허증 다 털리면 어떡할 건데?"

디지털 신분증 지갑을 손목이나 손등에 삽입하면 여러 가지 인센티브가 제공되었다. 대중교통 요금이 10퍼센트 할인되었고, 대출 시 금리도 0.5퍼센트 낮게 책정되었다. 그런 것과는 별개로 휴대폰에 디지털 신분증 지갑을 저장해 사용할 때 발생할 수 있는 분실과 도난의 위험으로부터 자유롭다는 점, 편의점이나 마트에서 물건을 살 때 굳이 휴대폰을 꺼내지 않고 손만 내밀어도 결제가 된다는 편리함 등으로 젊은층의 호응이 높았다. 주은의 친구 중 하나도 얼마 전에 오른손 손등에 디지털 신분증 지갑을 삽입했는데 너무 편리하고 혜택도 많아서 아주 만족하고 있다고 했다.

"마이크로칩이 몸 안에서 문제를 일으킬 수도 있다는 생각은 안 해? 작은 전자장치가 몸 안에 삽입되는 건데 건강에 어떤 영향을 끼칠지 걱정되지 않아? 시작된 지 겨우 2년밖에 안 된 거 알잖아, 장기적으로 몸에 어떤 영향을 끼칠지는 아무도 모른다고!"

그녀는 곧바로 대답했다.

"디지털 신분증 지갑 삽입 때문에 건강에 심각한 문제가 발생했다고 주장하는 사람 봤어? 내가 알기론 그런 사례는 단 한 건도 없었어. 70만 명 넘는 사람이 임플란트했는데 아무런 문제도 없었다고. 그럼 안전한 거 아니야?"

"주류 미디어에서 보도하지 않아서 그렇지 문제가 발생했을 수도 있어. 그리고 2년은 너무 짧은 시간 아니야? 정확하게 말하면 2년도 아니고 1년 10개월밖에 안 됐는데, 5년 뒤 10년 뒤에 예상하지 못했던 부작용이 발생할 수도 있잖아."

그녀는 잠시 말없이 무언가를 생각하더니 자리에서 일어나 비어 버린 찻잔에다 뜨거운 물을 새로 따랐다.

"나도 몸 안에다 그런 걸 넣는 거 좋게 보이지는 않아." 그녀는 조금 가라앉은 목소리로 말했다. "솔직히 말하자면, 이 얘길 꺼낸 것도 진짜로 그렇게 하겠다는 게 아니라 오빠한테 다른 하고 싶은 얘기가 있어서야."

"다른 하고 싶은 얘기? 뭔데?"

그녀는 낮은 한숨을 내쉬며 말했다.

"나는 우리가 다른 사람들처럼 평범한 연인이었으면 좋겠어. 그냥 다른 연인들처럼 알콩달콩 사랑하고 함께 미래를 준비하며 평범하게 살았으면 좋겠어. 근데 오빠는 항상 모든 걸 부정적으로 보잖아. 미래는 아주 어둡고 희망이 없다고 보잖아. 나는 가끔 오빠가 그러는 게 너무 숨 막혀. 오빠 말대로라면 희망이 없잖아. 나는 그렇게 생각하는 게 너무 싫어. 왜 그렇게 생각해야 돼? 다른 사람들은 미래가 더 좋아질 거라고 생각하는데 왜 우리만 반대로 생각해야 돼? 오빠 말이 다 맞다 쳐도 그렇게 부정적으로만 생각하면서 계속 걱정하고 스트레스받는 게 지금을 행복하게 살아가는 데 어떤 도움이 되냐고! 어차피 인간은 80년, 90년밖에 못 살아. 병원에 와 보면 알겠지만 그보다 훨씬 더 젊은 나이에 죽는 사람도 엄청나게 많고. 어차피 우리에게 주어진 시간은 무한히 길지 않아. 근데 오빠는 그 유한한 시간을 염려하고 걱정하는 데 다 써 버리고 있잖아. 나는 오빠가 그러지 않았으면 좋겠어. 그냥 남들처럼 지금을 행복하게 살았으면 좋겠어."

그는 그녀의 마음을 이해했다. 그리고 그녀가 바라는 대로 해 주지 못하는 것에 미안함도 느꼈다. 그러나 진실을 모른 척할 수는 없었다. 진실을 무시하고 미래는 밝다고 말할 수는 없었다.

"나는 진실을 알면서도 아무렇지도 않은 척 살아갈 수는 없어. 그런 나 때문에 자기가 힘들었다면… 미안해." 그는 가볍게 한숨을 내쉬었다. "정말 미안해."

"오빠가 틀렸을 가능성은 조금도 없다고 생각해? 오빠가 진실이라고 믿고 있는 것들이 진실이 아닐 수도 있다고는 조금도 생각하지 않아?"

그는 그러기엔 증거가 너무 많다고 했다.

"그건 어떤 입장에서 보느냐에 따라 다른 거 아냐? 오빠는 음모론의 입장에서 모든 걸 보니까 모든 게 그렇게 보이는 거고 다른 사람들은 그렇지 않으니까 그렇지 않게 보이는 거 아냐?"

그는 식어버린 루이보스차를 한 모금 마신 후 말했다.

"나도 내가 알고 있는 것들이 진실이 아니었으면 좋겠어. 가끔 내가 잘못 알고 있는 건 아닐까, 세상은 그 정도로 끔찍한 곳은 아니지 않을까? 하는 생각이 들기도 하고. 근데 그렇게 믿기엔 내가 알고 있는 것들이 너무 많아. 내가 알고 있는 것들 전부가 다 진실은 아닐지도 몰라. 그러나 그중 상당수가 진실인 것은 부정할 수 없어. 나는 내가 알고 있는 것들을 부정할 수가 없어."

그녀는 고개를 숙이고 깊은 한숨만 내쉬었다. 그는 그런 그녀의 모습을 보며 미안함을 느꼈다.

"나 조금 쉬고 싶어." 그녀는 한동안 이어지던 침묵을 깨며 그렇게 말했다. "조금 누워 있고 싶어."

"그래, 어제 늦게까지 일해서 피곤하지? 잔 줘, 설거지 해 놓고 갈게."

그녀는 그냥 싱크대 안에 두라고 했다. 그러나 그는 설거지를 마친 후 그녀의 집에서 나왔다.

# 25

송재욱이 말한 신촌의 카페는 규모는 작지만 제법 분위기도 좋고 조용한 곳이었다. 유혁으로선 꽤 오래간만에 카페 안에서 커피를 마시는 거였는데, 그래서였는지 그런 상황이 조금 어색하기도 했다. 송재욱은 만나자고 해 줘서 고맙다고 했다. 그리고 자신도 유혁과 교류를 이어 가고 싶었다고 했다.

"역사를 공부하셔서 그런지 역사적 맥락 안에서 저들이 어떻게 힘을 키워왔는지를 이해하고 계신다는 느낌을 받았습니다. 흔히 역사는 반복된다고 하죠. 그래서 만나 뵙고 더 많은 얘기를 나누고 싶었습니다."

송재욱은 과분한 평가라고 했다.

"〈진실과 거짓〉 채널에 올리시는 영상을 보며 상황의 본질을 파악하는 능력이 뛰어난 분이라고 생각했습니다. 그리고 얘기를 아주 재밌게 하신다는 생각도 했고요."

"그렇게 말씀해 주시니 감사하네요."

"올리신 영상들이, 이렇게 말하면 좀 그렇지만 그냥 쭉 얘기하시는 게 다잖아요. 무슨 특수 효과나 자막이 들어가는 것도 아니고. 근데 아주 재밌어요. 얘기를, 뭐랄까 아주 자연스럽게 하시면서도 나름의 기승전결을 갖고 하시는 것 같아요. 저뿐만 아니라 〈진실과 거짓〉 채널 구독하시는 2만 명 넘는 구독자분들도 그렇게 느끼실 거라고 생각합니다."

"그랬으면 좋겠네요."

"그러니까 구독을 한 거 아닐까요? 재미없으면 구독 안 하잖아요."

칭찬을 듣는 건 기분 좋은 일이었다. 유혁은 다시 한번 고맙다고 말한 후 묻고 싶었던 질문을 했다.

"학생들을 가르치고 계시니 여쭤보고 싶은데, 대학생들에 대해서 어떻게 생각하세요? 그들에게 희망이 있다고 보시나요?"

송재욱은 커피를 한 모금 마신 후 대답했다.

"글쎄요. 제가 감히 이렇다 저렇다 단정할 수는 없겠지만, 그래도 제 생각을 말해 보자면 지금의 이십 대는 상당히 순응적인 세대인 것 같아요. 물질적이고 실리적이며 자기중심적이기도 하고요. 그러나 보기보다 순수한 면도 지니고 있어요. 거기에는 장단점이 있는데, 쉽게 속고 쉽게 조종당할 수 있다는 게 단점이라면 진실을 받아들이는 데 있어서도 수용성이 높다는 것은 장점이죠."

"이십 대를 순수하다고 생각하신다니 의외네요."

"제가 만나는 이십 대는 주로 대학생이니 이십 대 전반을 그렇게 규정하는 건 적절하지 못할 수도 있겠네요. 하지만 어쨌든 제가 대학에서 만나는 친구들에게는 그런 면이 있어요."

"그런 아이들이 진실을 깨달았다고 해서 저항하는 데까지 이를 수 있을까요? 이해관계에 밝고 실리적이라면 저항보다는 현실과 타협하며 그 안에서 자신에게 가장 이익이 되는 방향으로 행동할 것 같은데."

"대부분은 그렇게 행동하겠죠. 이십 대뿐만 아니라 다른 연령대의 사람들도요."

"결국 세대의 문제가 아니라 얼마나 용기가 있느냐의 문제다?"

"그렇죠, 거기다 이십 대는 젊고 행동력이 있다 해도 전체인구에서 차지하는 비중이 너무 낮아요. 현재 우리나라 인구에서 가장 높은 비율을 차지하고 있는 연령대는 오십 대죠. 지금처럼 고령화된 사회는 인류 역사상 현재가 유일한데, 고령층은 아무래도 체제 저항적이지 않은 경향이 있죠. 적극적으로 행동에 나서기엔 잃을 것도 많고, 체력도 떨어지는 시기니까요."

"오십 대보단 적지만 사십 대 인구도 상당한 걸로 알고 있는데, 사십 대가 깨어나 저항한다면 승산이 있지 않을까요?"

물론 그도 알고 있었다. 지금 벌어지고 있는 일은 전 지구적 차원에서 진행되는 일이며 한국의 사십 대 전체가 일어나 저항한다 해도 그 흐름은 바뀌지 않을 거란 걸 말이다. 그럼에도 그가 그런 물음을 던진 것은 아주 작은 희망의 가능성이라도 발견하기를 원했기 때문이었을 것이다.

"사십 대 인구가 모두 다 진실을 깨닫고 저항한다면 엄청난 힘을 발휘하겠죠. 그러나 아시겠지만 대부분의 사십 대들은 먹고살기 바쁘죠. 돈을 벌고 아이를 키우고 노후를 걱정하느라 진실에 귀 기울일 시간도 마음도 없는 사람들이 대부분일 거예요."

유혁은 동의한다고 말했다. 그리고 아무리 생각해도 미래는 어두울 것 같다고 했다.

"그래도 할 수 있는 한 최선을 다해야죠. 할 수 있는 한."

"그렇죠. 근데 힘 빠지는 건 가장 가까운 사람이 그런 노력을 어리석은 일로 여길 때 같아요. 적어도 저는요."

"저도 마찬가지예요. 저 같은 경우는 가장 친한 친구가 제 얘기를 듣지 않거든요. 제가 이런 얘기를 꺼내려고 하면 또 그 얘기냐며 됐다고 그만하라고 하죠. 나중에라도 제가 했던 말들을 떠올릴지 모른다는 생각에 몇 마디 하면 손사래를 쳐요. 안타까운 일이죠."

"그렇게 행동하는 사람들을 이해하지 못하는 건 아니에요. 국가가, 정치인이, 언론이, 법이 자신을 공격하려 한다고 믿는 것은 두렵고 불쾌한 일이니까요."

"네, 맞아요. 충분히 이해되는 일이죠."

그들은 잠시 대화를 멈추고 커피를 마시며 창밖을 바라보았다. 거리 위로는 햇살이 내리쬐고 있었고 사람들은 -

대학가여서 젊은이들이 많았다 - 여유롭게 어딘가로 향하고 있었다. 모두가 착용하고 있는 마스크만 벗어 버린다면 화창한 봄날 오후의 풍경은 더없이 평화로웠고 모두의 삶에는 아무런 문제도 없어 보였다.

"저는 가끔 인간의 어리석음에 대해 생각하곤 해요." 송재욱이 침묵을 깨며 말했다. "타조는 맹수에게 쫓겨서 궁지에 몰리면 모래에 머리를 처박고 맹수가 안 보이니 안심한다고 하잖아요, 실존하는 위협에 대해 그것처럼 어리석은 대응도 없는데 말이에요. 그런데 생각해 보면 인간도 크게 다르지 않은 것 같아요. 보지 않으려고 하는 것, 보지 않으면 보이지 않으니 존재하지 않는다고 믿는 것 말이에요. 조금만 귀 기울여 들어 보고 조금만 스스로 정보를 검색해 보면 파악할 수 있는 사실을 거부하는 것, 그게 타조와 마찬가지로 많은 사람들이 실존하는 위협에 대응하는 방식이지 않을까 생각해요."

유혁은 그 말에 동의하고 싶지 않았다. 그런 이들은 어리석다기보다는 약하다고 하는 게 더 정확할 거라고 생각했기 때문이다.

"나치에 저항했던 본회퍼* 목사는 어리석음이 사악함보다 더 위험할 수 있다고 말했죠." 송재욱은 혼잣말처럼 중얼거렸다. "악은 저항할 수 있고, 폭로할 수 있으며, 때로는 무력으로 막을 수도 있지만 어리석음에는 약이 없기 때문에. 어리석은 사람은 합리적으로 설득할 수 없어요. 그들은 자신에게 완전히 만족하고 있죠."

"인상적인 의견이네요."

"본회퍼는 고립되고 고독한 사람들이 사교적인 사람들보다 이 결함이 적다고 말했어요. 저는 그의 말이 옳다고 생각합니다."

유혁은 잠시 생각한 후 말했다.

"고립과 고독 얘기하시니까 제가 지금 만나고 있는 여자가 떠오르네요. 그 여자는 저를 고립과 고독으로부터 끌어내려고 애쓰는 중이죠." 유혁은 자신이 갑자기 왜 그런 얘기를 하는 건지 의식하지 못한 채 계속해서 말했다. "그 여자가 볼 때 저는, 스스로 가장 어두운 구석으로 파고드는 불쌍한 놈이에요. 저는 그 여자의 생각을 이해해요. 우리는

* 독일의 목사이자 신학자. 아돌프 히틀러를 암살하려는 계획에 가담했다가 투옥되어 처형당했다.

세상의 모든 근심과 염려를 스스로 짊어지려고 애쓰는 사람들이니 말이에요. 그렇지 않은 사람들이 보기에 우리는 이해할 수 없는 자들이죠. 저 사람들은 대체 왜 스스로를 저렇게 힘들게 하지? 세상은 언제나 마찬가지로 문제는 있지만 그럭저럭 굴러가고 있고 앞으로도 그럴 텐데 대체 왜 저렇게 염려하지? 염려한다고 바꿀 수 있는 힘도 없으면서 대체 왜? 그럴 시간에 열심히 돈도 벌고 맛있는 것도 먹고 좋은 곳도 다니며 인생을 즐기는 게 훨씬 낫지 않아? 그러는 게 자신과 주변 사람들을 위해 훨씬 더 낫지 않아? 이것이 그 여자와 그 여자를 비롯한 대부분의 사람들의 생각이죠. 저는 그들의 생각을 이해해요. 그리고 그들에게 미안함을 느껴요."

송재욱은 무언가를 생각하더니 말했다.

"소수 아닌 다수에 속하고 싶어 하는 것은 인간의 본성일 거예요. 일반적으로 그런 본성은 생존에 도움이 되는 것으로 인식되지요. 그러나 우리는 역사에서 여러 차례 다수가 명백하게 파멸적인 길로 나아가는 것을 보았습니다. 역사는 다수가 언제든 파멸적인 길로 나아갈 수 있으며 나아간다는 것을 증명했죠. 어리석음은 모두가 낭떠러지를 향해 나아간다면 그 흐름에 속해 함께 나아가기를 선택해요. 그것이 어리석음의 본질이며 운명이기 때문에요."

"그러나 대부분의 사람들이 그럴 수밖에 없는 존재라면, 그러니까 어리석음에서 벗어날 수 없는 존재라면… 그렇다면 우리는 어떻게 해야 할까요?"

"그래도 계속해서 진실을 얘기해야겠지요."

"말해도 듣지 않는다면?"

"받아들이는 사람은 그들 자신입니다. 우리가 그것까지 해 줄 수는 없죠."

유혁은 잠시 생각한 후 말했다.

"때로는 운명이라는 게 진짜로 존재하는 거 아닐까, 하는 생각이 듭니다. 개인의 노력으론 극복할 수 없는 운명이."

송재욱은 자신도 비슷한 생각을 한다고 했다.

"그래도 현시점에서는 운명의 전부를 알 수 없는 만큼, 할 수 있는 한 최선을 다해야겠지요. 더 나은 미래를 위해서 아니, 덜 나쁜 미래를 위해서 말이에요."

그들의 테이블에서 조금 떨어진 곳에 앉은 젊은 여자 둘이 뭐가 그리 즐거운지 웃음을 터뜨렸다. 아마도 대학생이겠지? 유혁은 그녀들을 보며 생각했다. 삶에는 분명 즐거움도 있다. 즐거울 수 있을 때 즐거워하는 것은 좋은 일이다.

그런 생각을 하고 있는데 송재욱이 물었다.

"지난번에 누군가에게 미행당하고 있는 것 같다고 얘기하셨는데, 그 뒤로 또 그런 일이 있었나요?"

유혁은 다행히 그 뒤론 그런 일이 없었다고 대답했다.

"다행이네요."

"모르죠. 지금도 어딘가에서 우리를 보고 있는지도. 그러다 쫓아올지도."

"그런 일은 없었으면 좋겠네요."

그들은 계속 대화를 이어갔다. 디지털 화폐 전면 시행을 앞두고 각자가 준비하고 있는 대응방안에 관해서 꽤 길게 이야기를 나눴는데 결론은 그들 모두 이것이 최종적인 국면으로 접어드는 신호라는 걸 동의한다는 거였다.

"화폐가 완벽하게 통제된다는 건 결국 화폐로 구입해야 할 식량이 완벽하게 통제된다는 것을 뜻하죠. 오직 디지털 화폐로만 음식과 옷과 필수품을 구입할 수 있는 시대로 진입하면 저항하는 자는 생존이 불가능해질 거예요."

유혁은 긴 한숨을 내쉬었다. 그것은 불안보다는 체념에 가까운 한숨이었다.

"다가오는 지옥에서 벗어날 수 있는 방법은 정말 없는 걸까요? 어떻게 생각하시나요? 그래도 무슨 수가 있지 않을까요?"

송재욱은 잠시 생각하더니 말했다.

"저는 요즘 종종 어쩌면 제가 성경에 기록된 내용들을 믿고 있는 게 아닐까, 하는 생각을 해요. 이 모든 일의 뒤에 영적인 세력이 있다, 그것이 본질이다, 그런 생각이요. 만약 그것이 진짜로 사실이라면 우리를 구원할 수 있는 것은 기적밖에 없겠지요. 그리스도의 기적이요. 화폐의 완전한 디지털화가 달성되고 나면 더 이상 저항할 수 없을 거예요. 복종하느냐 생존 불가능한 상황에 내몰리느냐 둘 중 하나를 선택해야겠지요. 아마 대부분의 사람들은 먹고살기 위해 복종할 겁니다. 그 상황에서 복종하지 않고 구원받는 길은 오직 기적밖에 없을 거예요. 그리스도의 기적이요."

"죄송하지만 제게 그런 얘기는 뭐랄까 좀…." 유혁은 잠시 고민하다 그냥 드는 생각 그대로 말했다. "터무니없게 느껴집니다. 그리스도의 기적, 구원, 휴거 같은 얘기들 말이에요. 만약 그런 일들이 진짜로 일어난다면, 저는 꼭 보고 싶습니다. 희망이 전혀 없는 상황에서 기적적으로 구원되는 것을 제 눈으로 직접. 물론 저는 그런 일들을 볼 수 없을 겁니다. 제게는 그런 일들에 대한 믿음이 없으니까요."

그런데 다음 순간 아주 이상한 일이 일어났다. 갑자기 송재욱이 확신에 찬 표정으로 이렇게 말했던 것이다.

"그런 일을 보게 되실 겁니다."

"네? 그게 무슨 말이죠?"

"이상하게 들리시겠지만 방금 어떤 강렬한 예감 같은 것을 느꼈습니다. 아니, 예감이라고 말하기에는 부족하고, 성경적인 용어로 말하자면 어떤 환상 같은 것을 보았습니다."

"환상이요?"

"네, 그런 경험을 하시게 될 겁니다. 그때, 제가 한 이 말을 꼭 기억해 주십시오."

송재욱처럼 지적인 남자가 그런 말을 하는 것이 낯설게 느껴졌다. 아니, 낯선 정도가 아니라 아주 이상하게 느껴졌다. 그러나 송재욱은 유혁의 반응에 개의치 않고 계속해서 전례 없이 확신에 찬 얼굴로 말했다.

"저들의 계획이 성취된다면 이 세상은 바알의 왕국으로

변하게 될 겁니다. 도스토옙스키가 말한 대심문관의 보살핌을 받는 가축 무리로의 변형, 그것이 인류를 기다리고 있는 운명이겠죠. 그러나 역설적이게도 바로 그 지옥 속에서 부활이 일어날 겁니다. 선택받은 소수의 눈에서 비늘이 벗겨질 것이며, 그들은 죽음 앞에서도 저항함으로써 건져 냄을 받을 겁니다. 최종적으로 구원은 전적으로 인류 외부의 힘, 그리스도의 재림에 의해서 이루어질 겁니다. 이 모든 일은 일어날 것이며, 일어날 수밖에 없습니다."

송재욱의 그 말은 유혁을 혼란스럽게 만들었다. 유혁은 완전한 헛소리 같은 그 말을 영감에 찬 얼굴로 빠르게 내뱉는 송재욱의 육신에서 그가 여러 차례 입에 올렸던 '영적인' 무언가를 본 것만 같았다.

## 26

송재욱과 헤어져 지하철을 타고 집으로 돌아오며 유혁은 생각했다. 송재욱이 말했던 '기적'에 대해서. 그는 어쩌면 정말로 신이 존재할 수도 있다고 생각했다. 그리고 신에 대한 믿음만이 현실에서 두려움과 절망에 잠식되지 않고 평정심을 유지하며 살아갈 수 있는 방법일지도 모른다고 생각했다. 그러나 자신은 아무래도 신앙을 가질 수 없을 거라고 느꼈다. 거기까지 도달하기 위해선 자신에게는 일종의 비약이 필요한데 그런 비약은 일어나지 않을 것 같았기 때문이다.

'만약 신이 내 눈앞에서 자신의 존재를 드러내거나 아니면 완전한 위기에서 나를 건져 내는 경험을 한다면 나는 신을 믿을 수 있을 것이다. 그러나 그런 경험이 없다면 나는 신을 믿을 수 없다. 나는 내가 경험한 것 이상은 믿을 수 없다. 내가 경험한 것, 나는 그것만을 믿을 뿐이다.'

오후의 지하철은 한산했다. 전동차 안에는 마스크를 착용한 노인들이 많았는데 그는 그들의 모습에서 위기에도 변함없이 지속되고 있는 삶의 단조로움을 보았다.

목동역에 도착해 역 밖으로 나오자 익숙한 거리 풍경 위로 마치 캔버스에 그린 것처럼 하얗고 커다란 구름이 떠 있었다. 조용히 어딘가로 흘러가는 그 구름을 보며 그는 인간 사회의 모든 구성원들도 그 구름처럼 아무런 제약 없이 원하는 대로 나아갈 수 있다면 얼마나 좋을까 생각했다. 그때였다. 그의 앞으로 사십 대 중반쯤 되어 보이는 남자 둘이 다가온 것은.

둘 중 키가 크고 머리숱이 적은 남자가 그의 앞으로 바짝 다가와 멈춰 서더니 말했다.

"성유혁 씨, 양천경찰서 사이버범죄 수사팀 박성수 경감입니다. 현 시간부로 당신을 긴급체포합니다. 당신의 범죄 사실은 2028년 11월 27일, 12월 3일, 그리고 12월 18일, 온라인상에서 심각한 허위 사실을 유포해 다수의 사람들에게 피해를 준 것입니다. 당신은 변호사를 선임할 수 있습니다. 할 말 있습니까?"

너무도 갑작스러운 기습이었다. 저항할 의지마저 증발하게 만들어 버리는 기습. 그는 올 것이 왔다고 생각했다. 이제는 그것을 받아들이는 일만 남은 것이다.

유혁이 아무런 말도 하지 않자 중간키에 체구가 단단하고 얼굴이 누런 남자가 그의 손에 수갑을 채웠다. 수갑까지 채워지자 온몸의 힘이 쭉 빠졌다. 그들은 그를 차에 태우고 5분쯤 달려 경찰서로 갔다.

경찰서에 도착하자마자 그는 지갑과 휴대폰을 비롯한 소지품 일체를 압수당했다. 나중에 다시 돌려주겠다고 했지만 그게 언제가 될지는 알 수 없었다. 피의자 신문은 20분가량 진행되었다. 박 경감은 그가 온라인상에 올린 잘못된 의료 정보 때문에 피해를 입은 사람이 다수 발생했다고 했다. 그리고 그런 잘못된 정보를 인터넷에 올린 목적이 무엇이냐고 물었다. 그는 자신이 올린 정보는 잘못된 것이 아니라고 대답했다. 그러나 그런 얘기가 통할 리 없었다. 박 경감은 그를 유치장에 처넣고 어딘가로 가 버렸다.

유치장에 들어간 지 30분쯤 지났을까, 문이 열리더니 아까 박 경감과 함께 그를 체포했던 형사가 들어왔다.

"성유혁! 일어나, 현 시간부로 다른 곳으로 이송된다."

그는 어디로 이송되는 거냐고 물었다.

"나오면 알게 될 거다."

그는 형사를 따라 유치장 밖으로 나왔다. 그러자 그를 기다리고 있던 남자 둘이 양쪽에서 그의 팔을 잡더니 어딘가로 끌고 갔다. 그들에게 끌려 경찰서 밖으로 나오자 승합차 한 대가 서 있었다. 남자들은 그를 뒷자리에 밀어 넣고 문을 닫았다. 밖에서 보았을 때는 몰랐지만 뒷자리는 일종의 독방이었다. 운전석과는 벽으로 완전히 막혀 있었고, 창문에는 특수 코팅이 되어 있어 바깥을 전혀 볼 수 없었다. 차는 곧 출발했다.

'어디로 데려가는 거지?'

시계가 없어서 정확한 시간은 알 수는 없었지만 그들이 탄 차는 상당히 긴 시간을 달렸다. 아마도 서울 밖으로 나와 경기도나 아니면 더 먼 어딘가로 가는 것 같았다.

'예감이 좋지 않군….'

정상적인 사법 절차를 건너뛴 채 어딘가에 처넣으려는 건지도 모른다는 생각이 들었다. 그는 스스로에게 물었다.

이제 나는 어떻게 되는 걸까? 무엇을 해야 하는 걸까? 뚜렷한 답은 떠오르지 않았다. 그냥 자신에게 일어난 일을 받아들이는 것 외에 다른 할 일은 없을지도 모른다는 생각이 들었다.

얼마나 더 달렸을까 차가 멈춰 섰다. 그리고 문이 열리더니 "나와!"하는 소리가 들렸다. 그는 차 밖으로 나왔다. 주변은 어두웠고 기다란 3층짜리 군대 막사 같은 건물이 보였다.

"여기가 어딥니까?"

"가 보면 알게 될 거다."

그렇게 말하며 남자들은 아까처럼 양쪽에서 그의 팔을 잡고 건물 안으로 끌고 들어갔다. 길게 이어진 복도를 따라 얼마나 걸었을까, '분류/심사'란 팻말이 붙은 방이 나타났다. 안으로 들어가자 교도관으로 보이는 덩치 큰 남자가 그를 기다리고 있었다. 그의 왼팔을 붙잡고 있던 남자가 덩치에게 다가가 뭐라고 말하자 덩치는 그를 보며 다짜고짜 소리쳤다.

"이곳은 방역 정책 위반자들을 수감하고 재교육하는 특별 시설이다. 너는 이곳에서 6개월간 생활하게 될 것이고 그 후 심사 결과에 따라 수감 기간이 연장되거나 퇴소하게 될 것이다."

그를 이곳까지 이송했던 남자들은 무슨 서류 같은 걸 덩치로부터 받아서 그곳을 떠났다. 그들이 떠나자 덩치의 부하로 보이는 교도관이 소리쳤다.

"소지품을 이 바구니에 넣고 입고 있는 옷 다 벗어!"

그는 교도관을 노려보며 말했다.

"아직 재판도 받지 않았는데 이런 경우가 어디 있습니까!"

그 순간 교도관이 들고 있던 곤봉으로 그의 어깨를 후려쳤다. 예상치 못한 공격에 그는 비틀거렸다. 덩치가 그런 그를 바라보며 말했다.

"특별행정명령에 따라 방역 정책을 심각하게 위반한 자는 재판 없이 구금된다. 현 상황은 전시에 준하는 상황으로 다수의 안전을 지키기 위해 내려진 조치다."

한 번도 들어본 적 없는 조치였다.

"그런 조치가 시행됐다는 말은 들은 적이 없는데, 대체 언제부터 그런 조치가 시행되었다는 겁니까?"

덩치가 비웃는 듯한 얼굴로 말했다.

"이번 특별행정명령은 대중에 공포되지 않았다. 어차피 방역 정책에 잘 따르는 99퍼센트의 시민들에겐 해당되지 않는 조치이기 때문이다. 아직 늦지 않았다. 너도 태도를 바꾼다면 6개월 후엔 이곳에서 나가 자유롭게 생활할 수 있다. 자, 이제 쓸데없는 질문은 그만하고 빨리 옷 벗어!"

더 저항해봤자 곤봉으로 맞을 뿐이란 생각이 들었다. 그는 천천히 겉옷을 벗었다.

"속옷까지 다 벗어!"

모멸감을 느끼며 속옷까지 벗자 조금 전 곤봉으로 그를 내리쳤던 교도관이 다가와 항문 검사를 했다. 검사를 마치고 지급된 수용자 복을 입자 덩치는 생각과 태도를 빠르게 바꿀수록 이곳에서의 생활도 빨리 끝날 거라고 했다.

"앞으로 6개월간 너는 사회와 완전히 격리된 채 이곳에서 지내게 될 것이다. 접견이나 외부와의 연락은 일체 금지된다. 출소 후 이곳에서 있었던 일을 발설하는 것도 금지된다. 발설 금지 의무를 위반할 시에는 재수감되게 된다. 이상!"

덩치의 말이 끝나자 부하 교도관이 이불과 베개, 두루마리 화장지가 담긴 플라스틱 바구니를 건넨 후 감방으로 그를 데려갔다. 감방은 3평쯤 되는 작은 공간이었는데 구석에는 변기가 있었고 그 옆으로 세면대도 있었다. 오른쪽 벽에는 벽걸이 TV가 부착되어 있었는데 거기서 영상이 흘러나오고 있었다. 시민의 안전을 위해 최선을 다하는 정부를 신뢰하고 정부 정책에 충실히 따를 것을 요구하는 영상이었다. 그 밖에 옷이나 개인물품을 보관할 수 있는 작은 관물대가 있었고 창문은 없었다.

교도관은 취침 시간은 21시, 기상은 06시라며 바로 취침할 준비를 하라고 했다. 교도관이 떠나자 그는 문 잠긴 감방 안에 멍하니 앉아 자신에게 일어난 일에 대해 생각했다. 그러다 문득 듣기 싫은 소리를 계속 쏟아 내고 있는 TV를 꺼야겠다는 생각이 들어 TV 앞으로 갔는데 전원 스위치가 보이지 않았다. TV를 켜고 끄는 것은 중앙에서 통제하는 것 같았다. 설마 24시간 내내 저렇게 켜져 있는 건 아니겠지?

경찰서에서 스마트폰을 압수당해 지금이 몇 시인지 알 방법은 없었지만 교도관이 바로 취침하라고 말한 것으로 미루어 보아 저녁 9시는 넘은 것 같았다.

그는 세면대로 가 손과 얼굴을 씻었다. 아까 받았던 개인물품 바구니에 수건이 있어서 그걸로 손을 닦고 있는데 갑자기 천장의 LED 등이 꺼졌다. TV도 화면은 꺼지고 소리만 나왔다. (소리의 크기도 이전보다 작아졌다) 그렇지만 감방 안이 완전한 암흑에 잠긴 것은 아니었다. 출입구 바로 위쪽 천장에 아주 약한 빨간빛을 내는 등이 들어왔는데 그 빛으로 간신히 이부자리를 펼 수 있었다.

그는 누워서 생각했다.

'이제 어떻게 해야 하지? 이 지옥 같은 데서 6개월간 지내며 그들이 원하는 대로 개조되는 것이 내가 할 일인가?'

그럴 수는 없다는 생각이 들었다. 그러면 어떻게 할 건데?

'저항해야지!'

하지만 저항하면 아까 그 자식이 했던 것처럼 곤봉을 휘두를 텐데?

'아마도 그렇겠지. 그보다 더 끔찍한 짓을 할지도 모르고. 그런 상황에서 계속 저항할 수 있을까?'

쉽지 않을 것 같았다. 이곳에 갇혀 있는 동안은 최대한 조용히 있으면서 밖으로 나가는 날이 늦어지지 않도록 하는 게 좋을 것 같았다.

'하지만 과연 내가 그 시간을 버텨낼 수 있을까? 밖으로 나간다 한들 세상은 저들이 통제하는 또 다른 거대한 감옥이지 않은가.'

그런데 다음 순간 나가야 할 이유가 떠올랐다. 그것은 주은이었다. 그녀와 다시 만나기 위해선 반드시 이곳 밖으로 나가야 했다. 아마도 그녀는 갑자기 사라져 버린 그를 걱정하고 있을 것이다. 그가 지금까지 해 왔던 말들이 사실이고, 그 말 때문에 사라진 거라고 생각할 것이다.

"우리는 반드시 다시 만나야 한다."

그는 자기도 모르게 그렇게 중얼거렸다.

'그러기 위해선 저들이 원하는 대로 마음을 바꾼 것처럼 연기를 해야 한다. 내가 그 일을 잘 해낼 수 있을지는 모르겠지만 말이다….'

TV 스피커에선 계속 공공의 이익과 안전을 위해 규칙을 준수하는 시민이 될 것을 요구하는 목소리가 쏟아져 나왔다. 잠드는 순간까지, 아니 잠들어도 그런 메시지를 주입하려는 수작인 것 같았다. 그는 몇 번이나 몸을 뒤척이며 잠들기 위해 노력했지만 잠들지 못했다. 어쩌면 잠들지 못한 채 아침을 맞이하게 될지도 모른다는 생각이 들었다.

# 27

유혁은 시끄러운 소리에 화들짝 놀라 잠에서 깼다. LED 전등이 켜지자 그는 눈부심을 느끼며 눈을 찌푸렸다. 그리고 잠을 깨운 소음의 정체를 단번에 알아챘다. 벽걸이 TV에서 나온 것이었다. 그는 자신이 수감되어 있음을 다시금 깨달았다.

"정부는 지금 이 시간도 시민 여러분의 안전을 위해 최선의 노력을 다하고 있습니다. 그러나 정부의 이런 노력은 시민 여러분의 자발적인 협조 없이는 소기의 목적을 달성할 수 없습니다. 현재 시행되고 있는 백신패스 제도는 방역 상황이 개선되면 그에 맞춰 완화할 예정입니다. 시민 여러분께서는 조금만 더 인내심을 가지고 정부와 함께 당면한

위기 상황을 극복해 나갈 수 있도록 노력해 주시길 부탁드립니다."

국무총리가 나와서 그런 담화문을 읽는 영상 다음에는 경제부총리가 나와서 7월부터 시행될 종이 화폐 사용 중지와 디지털 화폐의 전면적인 사용이 가져올 경제적 편익에 대해 장황하게 설명했다. 그렇게만 되면 이 땅에 유토피아가 실현될 거라는 어조였다. 그다음은 디지털 지갑을 오른쪽 손등에 삽입한 연예인이 나와 디지털 신분증 지갑 임플란트 시술 이후 편리해진 일상에 대해 구구절절 늘어놓았다. 그런 영상이 한도 끝도 없이 계속 나왔다.

그렇게 얼마나 시간이 흘렀을까, 출입문 아래 있는 작은 음식 투입구가 열리더니 식판이 감방 안으로 들어왔다.

"아침 식사다! 식판 수거는 10시 정각에 이루어지니 식사 후 곧바로 세척해서 수거 시간에 맞춰 내놓도록!"

식판 위에는 밥과 북어챗국, 배추김치, 깻잎 양념무침이 놓여 있었다. 그는 숟가락을 들어 북어챗국부터 떠먹어 보았다. 어제 오후부터 굶어서인지 맛있게 느껴졌다. 밥을 다 먹고 설거지까지 마치고 나자 이런저런 생각이 들었다. TV에서 계속 쏟아져 나오는 목소리들이 깊은 생각을 방해했지만 어떻게든 적응해야 할 것 같았다.

'어쨌든 하루는 지났다. 이제 5개월하고 29일 남은 것이다. 5개월 29일만 버티면 이곳에서 나갈 수 있다.'

최대한 긍정적으로 생각할 필요가 있었다. 그래야만 버틸 수 있을 테니까.

얼마나 시간이 흘렀을까, 갑자기 감방 문이 열리더니 얼굴이 검고 뚱뚱한 교도관이 안으로 들어왔다.

"식사는 먹을 만했나?"

그는 괜찮았다고 대답했다.

"같이 가야 할 데가 있다. 감방 밖으로 나갈 땐 수갑을 차야 하니 손을 내밀어라."

교도관은 수갑을 채운 후 그를 어디론가 데려갔다. 가는 도중 복도에서 또 다른 교도관에게 이끌려 어딘가로 향하는 수용자 하나와 스쳐 지나갔는데, 그는 눈에 멍이 들어 있었다. 누군가에게 맞아서 생긴 멍이 분명했다. 멍이 든 남자는 완전히 주눅 든 얼굴이었는데 걸음을 옮기며 작은 목소리로 "다시는 안 그러겠습니다. 용서해 주세요."하고 중얼거렸다. 교도관은 그런 그에게 "조용히 해!"하고 소리쳤고 그 소리에 남자는 몸을 부르르 떨었다. 수용자에 대한 폭행이 이루어지고 있는 것 같았다. 그는 만약 자신에게도 그런 일이 일어난다면 어떻게 해야 할지 생각해 보았다. 뚜렷한 대응 방안은 떠오르지 않았다.

도착한 곳은 4층 맨 구석의 막다른 곳에 있는 방이었다. 방에는 작은 탁자를 사이에 두고 의자 두 개가 놓여 있었다.

"여기 앉아."

교도관이 가리킨 의자에 앉자 문이 열리더니 누군가 들어왔다. 교도관은 그에게 경례한 후 밖으로 나갔다. 그는 테이블을 사이에 둔 유혁의 맞은편 의자에 앉더니 말했다.

"몇 가지 얘기할 것이 있어서 호출했다."

그는 오십 대 초반쯤 되어 보이는 차가운 얼굴의 남자였다.

"시간이 없으니 요건만 간단히 말하겠다. 팬데믹 상황이 장기화되면서 방역 관련 가짜 정보를 퍼뜨려 사회에 혼란을 야기하는 자들에 대한 처벌 수준을 높이라는 요구가 꾸준히 있어 왔는데, 그에 따라 몇 가지 시행세칙이 달라졌다. 너 같은 방역 사범에 대한 사회 격리 기한도 현행 6개월에서 1년으로 연장될 예정이다. 그렇게 되면 기존의 수용소 입소자도 소급 적용을 받게 될 것이다. 너에겐 유쾌한 소식이 아니겠지만 돌아가는 상황이 그렇다. 그러나 세상에는 언제나 예외라는 게 있다. 그에 관한 얘기를 하려고 너를 불렀다."

남자는 말을 멈추고 무표정한 눈으로 유혁을 바라보았다. 유혁도 시선을 피하지 않고 그를 마주 보았다.

"현재 경찰에서는 방역 사범들에 대한 특별 검거 작전을 벌이고 있는 중이다. 한 명의 방역 사범이 퍼뜨리는 가짜정보가 수백 명에서 수천 명, 수만 명의 인식에 치명적인 혼란을 야기할 수 있는 만큼, 이는 다른 어떤 업무보다 중요한 일이다. 그러나 너도 잘 알겠지만 아주 지능적으로 자신을 드러내지 않은 채 범죄를 저지르는 놈들이 있다. 그런 놈들을 검거하기 위해서는 동종 전과자들에게 정보를 얻는 것이 중요하다. 그래서 너를 불렀다. 네가 알고 있고 협력했던 방역 사범이나 단체가 있을 거라고 생각한다. 그 명단을 우리에게 제공한다면 한 달 내에 이곳 밖으로 나갈 수 있도록 돕겠다."

남자는 다시 말을 멈추고 유혁을 바라보았다. 이번에는 대답을 기다리는 눈초리였다. 유혁은 아무런 말도 하지 않았다. 10초쯤 침묵이 흐른 후 그가 말했다.

"명단은 길지 않아도 좋다. 단 한 명이라도 좋다. 단 한 명이라도 네가 알고 있는 방역 사범의 이름을 댄다면 네가 이곳에서 머무는 기간은 한 달 이내로 단축될 것이다."

유혁은 천천히 입을 열었다.

"나는 모든 일을 혼자서 했습니다. 어떤 개인이나 단체와도 협력한 적 없습니다."

남자는 손가락 끝으로 테이블을 몇 번 톡톡 두드리더니 말했다.

"솔직히 말하자면 우리는, 어느 정도는 실적을 채우기 위해 이 일을 하고 있다. 그러니까 심각한 방역 범죄를 저지른 놈이 아니어도 된다. 그냥 너와 접촉했던 놈들, 네 말을 들었던 놈들의 이름이면 충분하다. 그런 놈들의 이름 서넛만 대면 너는 한 달 이내로 이곳에서 나갈 수 있다."

순간 송재욱, 이상원, 백우경의 이름이 떠올랐다. 그러나 형기를 줄이기 위해 그들을 팔아넘기는 것은 비열한 짓이었다. 그런 짓을 저지를 수는 없었다.

"참고삼아 한마디 하자면, 네가 이곳에 들어오게 된 것도 이름을 밝힐 수 없는 누군가가 너에 대한 정보를 우리에게 제공했기 때문이다. 녀석은 그 정보를 제공하고 엊그제 출소했다. 물론 방역 정책을 철저히 준수하겠다는 선서를 하고서 말이다. 사실 그놈이나 너나 저지른 죄가 어마어마하게 심각한 것은 아니라는 걸 우리도 알고 있다. 어떤 의미에서 그것은 그냥 인터넷 같은 데다 불만을 터뜨린 것 이상도 이하도 아니다. 그러나 문제는 그런 불만이 여기저기서 우후죽순으로 터져 나오면 방역 정책에 금이 갈 수 있다는 것이다. 그 사실 때문에 우리는 선제적으로 너희를 사회와 격리시킨 거다. 그러나 우리는 너희를 영원히 사회와 격리시킬 생각이 없다. 그 시간은 짧으면 짧을수록 좋다. 너희가 생각을 바꾸고 성실한 시민으로서 법과 규칙을 준수하기로 다짐한다면 우리는 하루라도 빨리 너희를 이곳에서 내보내고 싶을 뿐이다. 네가 우리에게 이름을 말해 줄 사람도 이곳에서 최단 시간 교화를 거친 후 석방될 가능성이 높다. 우리는 진심으로 그렇게 하고 싶다. 다만 스스로가 그렇게 되기를 거부하는 놈들만 6개월, 또는 그 이상의 기간을 이곳에 갇혀 있게 되는 것이다. 네가 이름을 말해줄 놈에 대해서 죄책감을 갖는 것은 멍청한 일이다. 왜냐하면 그놈도 곧 마음을 고쳐먹고 한 달 내로 이곳을 떠나게 될 것이기 때문이다. 그렇게 빠르게 이 사회가 재정비되는 것이 우리가 바라는 것이다. 우리는 그 일을 이뤄감에 있어 너로부터 작은 도움을 받고자 하는 것이다."

거기까지 말한 남자는 이제 할 말 있으면 해 보라는 얼굴로 유혁을 바라보았다. 유혁은 천천히 입을 열어 말했다.

"나는 혼자서 영상을 만들어 올렸습니다. 다른 누구로부터 도움을 받은 적도 없고 도움을 받을 생각도 없었습니다."

유혁의 말에 남자는 살짝 얼굴을 찌푸리더니 말했다.

"나는 너에게 기회를 주고 있는 것이다. 이것은 기회일 뿐만 아니라 반드시 통과해야 하는 절차이다. 네가 다시 법과 규칙을 지키는 성실한 시민으로 사회에 복귀하고 싶다면 그럴 수 있다는 것을 증명해야 한다. 네가 그것을 증명할 수 있는 가장 확실한 방법은, 너와 같은 생각을 갖고 있는 사람을 고발하는 것이다. 그 행위를 통해 우리는 너의 비복종적인 태도와 규칙을 받아들이지 않는 반항심을 꺾게 된다. 그렇게 꺾인 반항심은 다시 되살아나기 어렵다는 게 다년간 우리가 수행한 연구의 결론이다. 그렇기에 너는 반드시 우리에게 이름을 대야만 한다. 그렇지 않고 끝까지

고집을 부린다면 6개월이나 1년이 아니라 그보다 훨씬 더 긴 시간을 이곳에서 지내게 될 것이다. 이곳에서 너에게 요구되는 작은 것도 따르지 못하면서 바깥에서 정상적인 시민으로 규정을 준수하며 살아간다는 것은 불가능하기 때문이다. 다시 한번 묻겠다. 떠오르는 이름이 있는가?"

그것은 밀고를 통해 스스로 양심을 더럽히게 함으로써 자포자기적인 심리상태로 체제에 순응하게 만들려는 심리적 전략이 분명했다. 그는 절대로 그런 더러운 전략에 무릎 꿇지 않겠다고 결심했다.

"모든 일을 혼자 했기에 알려 줄 수 있는 사람이 없습니다. 거짓으로 누군가의 이름을 댈 수는 없습니다."

"거짓이든 진짜든 네가 알려 주는 사람에 대한 조사는 우리가 한다. 설령 네가 이름을 알려 준 사람이 아무런 죄를 저지르지 않았더라도 우리는 너에게 어떠한 책임도 묻지 않을 것이다. 왜냐하면 너는 우리가 요구하는 것에 따랐기 때문이다. 만약 거짓이라 하더라도 그것은 알려 주기를 거부하는 것보다는 낫다. 거짓이든 진실이든, 너는 이름을 말함으로써 이곳에서 머무는 시간을 단축할 수 있다. 그러나 끝까지 고집을 꺾지 않는다면 우리는 너의 수감 기간을 계속해서 연장할 것이다. 이곳에서도 순응적이지 않은 자는 바깥에서도 절대로 순응적이지 않을 것이기 때문이다."

"지금 나에게 거짓말이라도 하란 소립니까?"

"그렇다. 너는 거짓말이라도 해서 이름을 대야 한다. 그러나 그것은 거짓말이 아닐 것이다. 너는 적어도 한두 사람에게는 네가 가지고 있던 생각을 얘기했을 테니 말이다. 바로 그 한두 명의 이름을 대면 되는 것이다. 그 다음은 그들의 일이고 너는 자유를 얻게 되는 것이다. 규칙에 순응함으로써 말이다."

순간 유혁은 "나는 당신이 말하는 규칙에 절대로 순응하지 않을 거야!"라고 외치고 싶었다. 그러나 그럴 수는 없었다. 그래서 그냥 이를 악물고 가만히 있었다. 유혁이 아무런 말도 하지 않자 남자는 다시 한번 얼굴을 찌푸리더니 말했다.

"좋아, 조금 더 시간이 필요한가 보군. 그러나 잊지 말기 바란다. 이런 기회가 매일 오는 것은 아니라는 걸 말이다. 아마 한 달만 독방에 갇혀 있으면 생각이 달라질 거다. 아니, 그전에도 달라질 수 있겠지. 생각이 달라진다면 언제라도 얘기해라. 그러나 '언제라도'라고 해서 언제까지나 기회가 있는 것은 아닐 것이다. 그럼 이상!"

그렇게 말하고 남자는 자리에서 일어나 방 밖으로 나갔다.

# 28

수용소 생활은 유혁이 처음 그곳에 끌려 들어온 날 예상했던 것보다 훨씬 덜 폭력적인 방식으로 진행되었다. 그의 '비복종적인 태도와 규칙을 받아들이지 않는 반항심'을 꺾기 위해 수용소 측이 택한 방법은 물리적인 고문이 아니라 감방 벽에 부착된 TV를 통해 쏟아지는 영상 메시지였다. 24시간 계속되는 정부 정책의 올바름에 대한 선전과 규칙을 받아들이면 제공될 '정상적인' 시민의 삶으로의 복귀 약속은 수감된 사람의 심리에 분명히 영향을 미쳤다. 어떤 메시지를 장시간 반복해서 들으면 인간은 자기도 모르는 사이에 그 메시지를 조금씩 수용하게 된다. 기본적으로 세뇌는 반복해서 계속 들려주는 방식으로 이루어진다. 거짓말이라도 무한정 반복해서 들으면 진짜로 그런 거 아닐까? 하고 생각할 수밖에 없는 게 인간의 심리이기 때문이다. 물론 그 과정에는 상당한 시간이 소요된다. 그리고 소수지만 상당히 긴 시간 그 작업을 진행해도 자신의 기존 생각을 버리지 않는 이들도 존재한다. 유혁은 자신이 그런 소수에 속한다고 믿었다. 그러나 그런 그도 이런 두려움은 느꼈다. 굴복하지 않는 한 이런 부드러운 고문은 영원히 지속되는 거 아닐까? 50일, 100일, 300일, 500일, 1,000일 그리고 1000일 이후에도 한없이 계속 말이다. 그런 상태로 살아 있는 것은 살아 있어도 살아 있는 게 아니었다. 그것은 끝없는 고통 속에서 소멸하지 못하는 것에 가까웠다. 자신 앞에 그런 미래가 기다리고 있을지도 모른다고 느끼는 것은 괴로운 일이었다. 그는 그런 괴로움을 기꺼이 감당할 생각이었지만 그런 생각에도 불구하고 괴로움 자체는 조금도 줄어들지 않았다.

그는 저들이 대체 왜 순응하지 않는 자의 물리적인 제거 대신 이토록 시간과 비용이 많이 드는 고문을 택했는지 이해할 수 없었다. 그러나 거기에는 분명 목적이 있을 것이다. 그가 다 이해할 수 없는 목적이.

대략 3일에 한 번 정도 그는 감방에서 끌려 나와 심문자 앞에 섰다. 심문자는 매번 바뀌었고 때로는 고압적으로, 때로는 부드럽게 그에게 말했다. 내용은 맨 처음 그를 불렀던 놈이 했던 것과 대동소이했다. 복종의 증표로 밀고를 하면 이곳에 갇혀 있는 시간이 줄어들 거라는 것, 그게 전부였다. 빠르게 그의 입을 열고 싶었다면 전기고문 같은 방법을 얼마든지 사용할 수 있었을 텐데도 그들은 기껏해야 소리를 지르는 선에서 끝냈다. 그리고 다시 감방으로 돌아가면, 정부는 당신을 위해 최선을 다하고 있으며 규칙을 준수하는 시민에게는 자유로운 삶이 보장될 거라는 선전 영상들이 끝없이 계속되었다. 그 지긋지긋한 소리로부터 자유로울 수 있는 시간은 잠이 드는 순간부터 다시 눈을 뜰 때까지 대여섯 시간이 전부였다. 아니, 엄밀히 말하자면 잠이든 순간에도 그것으로부터 자유롭지 못했다. 음량만 낮아졌을 뿐 끊이지 않고 계속되는 그 목소리는 잠을 뚫고 들어와 꿈속에서도 그를 괴롭혔기 때문이다. 그렇게 대략 3주쯤 지나자 그는 정말 미쳐버릴 것 같았다. 두통과 어지럼증, 만성적 피로감이 찾아왔고 운동부족 때문인지 소화불량도 계속 되었다. 앞으로 과연 이렇게 20일, 30일을 버틸 수 있을지 의문이었다. 그리고 그럴 수 있다 해도 그렇게 해서 달라지는 게 대체 뭐란 말인가? 생각할수록 절망스러웠다. 이럴 바에는 차라리 빨리 끝내 주는 게 더 나을 거라는 생각까지 들었다.

그렇게 고통 속에 잠 못 들고 있던 어느 저녁, 낮은 소리로 계속되던 선전이 갑자기 멈추더니 감방 안 스피커를 통해 모차르트의 〈클라리넷 협주곡〉이 흘러나왔다. 2악장 아다지오. 그는 잠시 이게 꿈인가 하고 생각했다. 그러나 꿈이 아니었다. 느리고 감미로운 클라리넷 선율은 그와 어울리지 않는 지옥 같은 감방 안에서도, 아니 지옥 같은 감방 안이었기에 비할 바 없이 아름답게 느껴졌다. 그는 눈을 감은 채 그것을 들었다. 갑자기 선율이 끊어지고 선전 방송이 다시 시작될지도 모른다는 생각에 온전히 집중할 수는 없었지만, 그럼에도 그는 이전 어느 때 그 음악을 들었던 것보다도 훨씬 더 깊게 그것을 느꼈다. 그가 알기론 모차르트는 그 곡을 작곡한 후 두 달쯤 뒤에 숨을 거뒀다. 어쩌면 작곡을 하는 중에 자신의 죽음을 예감했는지도 모를 일이다. 부드럽지만 어딘지 슬픈 클라리넷 선율은 소멸을 향해 가는 모든 존재에 대한 위로처럼 느껴졌다. 소멸과 함께 있을 영원한 안식, 그것을 미리 들려주는 것 같았다.

음악이 끝나자 정적이 이어졌다. 수용소에 잡혀 들어온 이래로 어떤 형태로든 그 순간의 정적 같은 고요를 마주한 적은 없었다. 그는 몸을 일으켜 어두운 감방 벽을 바라보았다. 달라진 것은 아무것도 없었지만 조용함은 모든 것에 새로운 인상을 부여했다. 불현듯 그는 자신이 무엇을 해야 하는지를 깨달았다. 어떤 음식물도 입에 넣지 않는 것, 그것이 그가 할 일이었다. 복종하지 않는 한 그곳에서 벗어날 수 없다면 복종하지 않은 채로 그곳을 벗어날 수 있는 유일한 방법을 택하는 것이다. 어둠과 고요 속에서 그만의 클라리넷 선율은 계속되었다. 그는 그 선율에서 해답을 찾은 것에 기뻤다.

# 29

"일어나! 가야 할 데가 있다."

교도관의 목소리에 유혁은 잠에서 깨어났다. 음식을 입에 대지 않은 지 일주일이 넘어가면서 그는 거의 종일 누워 있기만 했다.

"조심해서 일으켜 세워."

교도관은 하급자로 보이는 젊은 교도관에게 그렇게 지시한 후 못마땅한 얼굴로 유혁을 바라보았다. 젊은 교도관은 한 손으로는 유혁의 목을, 다른 손으로는 어깨를 감싸더니 그를 가볍게 앉아 일으켰다.

"혼자 걸을 수 있을까요?"

"우리가 양옆에서 부축하면 걸을 수 있을 거야."

그러나 유혁은 걷기는커녕 혼자서 서지도 못했다.

"아무래도 안 되겠군. 휠체어를 가져와야겠어."

잠시 후 젊은 교도관이 휠체어를 가져왔다. 그들은 유혁을 들어 올려 휠체어에 앉힌 후 어딘가로 데려갔다. 그곳은 교도소 꼭대기 층의 넓고 하얀 방이었는데 안쪽에는 70대 후반쯤으로 보이는 노인이 소파에 앉아 그를 기다리고 있었다. 노인은 마른 체형에 머리는 절반 넘게 벗어져 있었다. 교도관들은 휠체어를 밀어 노인 바로 앞까지 갔다. 노인은 말없이 자신 앞에 끌려온 유혁을 바라보더니 천천히 입을 열었다.

"반갑네. 여기까지 오느라 고생이 많았어."

유혁은 아무런 대답도 하지 않았다.

"꼭 한 번 만나보고 싶었네."

교도관들이 밖으로 나가며 조용히 문을 닫는 소리가 들렸다. 이제 넓은 방 안에는 유혁과 노인 두 사람뿐이었다.

"우리가 자네 같은 이들을 두고 뭐라고 하는지 아는가?" 노인은 부드러운 어조로 말했다. "고집스러운 바보라고 부른다네. 꼭 경멸적인 의미로만 그렇게 부르는 건 아니네. 고집이 있다는 건 자기 생각이 있다는 거니까."

잠시 침묵이 이어졌다. 노인의 주름 가득한 눈은 집요하게 유혁을 향해 있었다.

"나는 자네와 얘기를 나누고 싶어서 이 자리에 왔네. 자네의 얘기를 듣고 싶어서 말이네. 하지만 억지로 자네의 입을 열게 할 생각은 없네. 아무 말도 하고 싶지 않다면, 자네에게는 그럴 수 있는 권리가 있으니까."

유혁은 말을 하는 노인의 입술을 바라보았다. 노인의 입술은 아주 얇았는데, 그래서 어딘지 비열해 보이기도 했고 피곤해 보이기도 했다.

"자네는 우리가 추진하고 있는 일에 대해 불만이 많을 테지? 충분히 이해할 수 있네. 그럴 수 있지. 그러나 자네는 그 일이 추진되어야만 하는 이유를 알지 못하네. 모든 오해는 무지에서 비롯되는 법이지."

유혁은 노인의 눈을 바라보았다. 노인의 작은 눈은 유혁의 시선을 느낀 듯 날카롭게 반짝였다.

"이 세계는 관리되어야 하네. 그 점에 대해서는 자네도 동의하지? 그렇다면 누군가는 관리자의 역할을 맡아야 하는데 누가 그걸 맞겠나? 그럴 수 있는 힘과 지혜를 갖춘 이들이겠지. 사람들에게 부과되는 여러 가지 의무들은 그들을 괴롭히기 위해서가 아니라 그들과 그들 자손의 지속과 행복을 위해서 설정된 것이네. 그렇게 느끼지 못할 수도 있겠지만 그것은 사실일세."

노인은 희미하게 웃었다. 유혁은 무슨 말인가를 하고 싶었지만 곧 하려고 했던 말을 잊어버렸다. 170시간 넘게 음식물을 먹지 않아서인지 그의 생각은 자꾸 끊어졌고 자주 소실되었다.

"우리는 세계의 재정, 자원, 생산, 소비, 오염, 과잉인구를 관리해야만 하는 책무를 지고 있네. 우리가 그 책무를 소홀히 하면 이 세계는 지금처럼 유지되지 못하고 붕괴할 걸세. 극심한 환경오염과 인구 증가, 기후 위기 같은 것들로 말일세. 우리는 인류의 미래를 위해 고뇌하고 있네. 거대한 대중과 그 안의 개개인을 이끈다는 것은 하나의 예술이지." 그렇게 말하는 노인의 얼굴에 자부심 비슷한 무엇이 스쳐갔다. "우리는 인류에게 필요한 모든 것을 공급하면서 환경을 보존하고, 자원의 고갈을 막고, 적정한 수준에서 인류와 지구가 균형을 이루도록 관리하고 있네. 우리가 하고 있는 일의 무게를 상상할 수 있겠나? 절대로 모를 거야. 그것은 실로 막중한 무게로 우리를 짓누르고 있네."

노인은 진지한 얼굴로 계속해서 말했다.

"우리는 모든 것을 지배하고 있네. 은행만이 아니라 모든 것을. 정부도, 언론도, 지구상의 거의 모든 일과 자네의 은행 계좌에 있는 돈도 지배하고 있지. 자네는 이 사실을 바꿀 수 없네. 사람들이란, 대체로 다른 사람이 믿는 것을 믿지. 그렇지 않으면 미디어, 즉 우리가 던져 주는 메시지대로 이끌림을 받을 뿐이네. 자네처럼 세상 사람들의 생각과 반대되는 일을 하면, 좋은 대우를 받지 못하게 되지. 꼭 지금의 자네처럼 말일세."

노인은 잠시 말을 멈추고 유혁을 뚫어지게 응시했다.

"거대한 권력과 부를 손에 넣으면, 많은 것을 지배할 수 있네. 그러나 지배를 유지하는 데는 엄청난 책임이 뒤따르지. 환경오염, 분쟁, 착취, 인구과잉 등 끝도 없이 계속되는 해결하기 어려운 문제들에 대해 다양한 결정을 내려야 하네. 우리는 단일한 세계정부를 통해 많은 것이 지구 규모로 통제되는 것을 목표로 하고 있네. 그 수단에는 평등을 위한 물질적 평준화와 세계 인구의 격감이 반드시 필요하네. 우리는 50년, 100년 앞을 내다보는 계획을 세우고 있네. 중요한 것은 우려하는 일이 장래에 일어나지 않도록 하는 것이지. 이 계획 속에서 우리는 토지나 자원의 수탈이나 계속 증가하는 공해 문제를 감시할 필요가 있으며 장래에 커다란 문제가 되지 않도록 과잉 소비, 과잉 번식을 멈추도록 컨트롤해야만 하네. 이런 일들이 필요하다는 것에는 자네도 동의할 거라 믿네."

노인은 유혁의 동의를 구하듯 말을 멈추고 잠시 기다렸다. 그러나 유혁이 아무런 대꾸도 하지 않자 다시 독백을 이어갔다.

"만약 자네도 권력과 부를 갖게 된다면 그것들을 버리거나 나누기는 매우 어렵다는 것을 깨닫게 될 거네. 자네는 이해하지 못하겠지만 우리가 짊어지고 있는 짐의 무게는 엄청나네. 세상을 통치하는 우리는 세계와 인류 모두를 위해 실로 열심히 일하고 있네. 잠도, 식사 시간마저도 줄여가면서 말일세."

유혁은 속으로 생각했다. 저 늙은이는 대체 왜 나에게 저런 말을 하는 걸까? 마치 자신이 한 일을 알아 달라고 자랑하는 것 같지 않은가.

"세계의 공업생산은 큰 폭으로 확장되어 규제가 필요한 상황이 되었네. 자네에게 묻겠네. 대체 이러한 계획이나 규제를 우리 아니라면 누가 할 수 있단 말인가?"

노인은 이번에도 대답을 기다리듯 5초가량 말없이 유혁을 바라보았다. 그러나 유혁이 아무런 대답도 하지 않자 다시 말하기 시작했다.

"아무런 조치 없이 이런 상황이 계속된다면 머지않아 모든 자원은 고갈될 것이네. 따라서 반드시 그 전에 세계를 컨트롤하지 않으면 안 되네. 그런 다음 거기에 있는 것을 우리가 선택한 사람들에게 가장 적절한 방식으로 나눠 줘야 하네. 권력은 바로 그 때문에 존재하는 것일세."

그 순간 유혁이 입을 열어 말했다. 그 목소리는 유혁 자신도 놀랄 만큼 건조하고 푸석푸석한, 무덤에서 올라오는 소리 같았다.

"당신들에게는 그럴 권리가 없습니다."

노인은 갑작스러운 유혁의 말에, 무덤에서 올라오는 것 같은 그 마찰음에 살짝 놀란 듯 몸을 움찔하더니 곧 자세를 바로잡으며 말했다.

"우리에게는 그럴 권리가 있네. 이것은 수 세기를 걸쳐 진행돼 온 계획이며 이제 완성을 눈앞에 두고 있네." 노인은 조금 전 움츠러든 모습을 보인 것을 만회하려는 듯 한껏

오만한 표정으로 말했다. "유사 이래로 모든 것은 언제나 평등하지 않았네. 인간도 마찬가지지. 지배하고 통치할 수 있는 역량을 지닌 소수와 그렇지 못한 다수, 그게 인간 사회가 구성되는 방식이네. 자연 그 자체가 사고의 능력과 지능의 불평등을 만들어 내고 그에 따라 각 자리에 위치할 인간들이 결정되지. 우리가 지금 우리의 일을 하고 있는 것은 그것이 우리의 운명이기 때문일세. 거기에는 재론의 여지가 없네."

"그것은 당신들이 지금까지 해왔던 일을 정당화하기 위한 자기변명일 뿐입니다." 유혁은 자신의 입에서 나오는 목소리를 낯설게 느끼며 말했다. "당신들이 다른 사람들보다 확고하게 뛰어난 점이 있다면 그것은 당신들이 가장 악할 수 있다는 것, 가장 거짓될 수 있다는 것, 가장 잔인할 수 있다는 것일 겁니다."

그 말에 노인은 엷게 미소 지었다. 그 미소는 유혁의 말에 동의한다는 제스처로 보일 만한 것이었다.

"자네 말처럼 어떤 면에서 우리는 잔인해야 했고 거짓을 펼쳐 보여야 했네. 그것은 불가피한 일이었지. 왜? 그것이 자연의 법칙이기 때문일세. 우리가 그 법칙에 따르지 않았다면 인류는 결코 지금과 같은 진보에 이르지 못했을 걸세. 잔인함과 거짓은 반드시 필요한 것이네. 이 땅은 천상의 양떼들이 자유롭게 풀을 뜯는 낙원이 아니기 때문일세. 자네가 말하는 악은 곧 선이네. 거짓은 곧 진실이고."

유혁은 잠시 말없이 그를 바라보았다. 그러다 다시 그 죽음과 뒤엉킨 것 같은 푸석푸석한 목소리로 말했다.

"나는 그렇게 말하는 당신을 경멸합니다."

노인은 얼굴을 찌푸리며 말했다.

"말조심하는 게 좋을 거야. 무사히 여기서 나가고 싶다면."

유혁은 노인을 노려보았다. 그러나 노려보기만 했을 뿐 다른 말은 하지 않았다.

"자네는 분명히 우리의 수준에 도달하지 못했네." 한동안 이어지던 침묵을 깨며 노인이 말했다. "자네의 용기와 노력에 대해서는 높이 평가하지만, 그것은 사람들에게 어떤 변화도 가져다주지 못할 걸세. 자네는 시대에 뒤처진 채 고립되어 있을 뿐이네."

노인의 얼굴이 조금 부드러워졌다

"논리와 사실은 지배당하고 있네. 자네가 아무리 발버둥

쳐봤자 사태는 무엇 하나 달라지지 않네." 노인은 가벼운 기침을 내뱉은 후 계속해서 말했다. "지난 세기를 지배한 것은 사실도 아니고 이성도 아니었네. 심리학의 이용이야말로 20세기를 배후에서 움직인 원동력이었지. 확실히 자네는 똑똑하고 용기 있는 사람이네. 그러나 자네는 이 세상에서 현실적인 힘을 가질 수 없네. 진실을 밝혀냄으로써 사람들에게 영향을 미칠 수 있다고 생각하나? 사람들이 진실 때문에 행동을 바꿀 거라고 생각하나?"

노인은 낮게 소리 내어 웃었다. 그것은 분명 비웃음이었다.

"사람들은 우리 앞에 무릎을 꿇었네. 자유, 개인의 존엄, 소유권과 사유재산 같은 개념들을 들먹였던 자들도 우리가 일으킨 압도적인 경제위기 앞에선 침묵했지. 그들도 다른 모두와 마찬가지로 추상적인 관념보다는 우리가 지급할 돈, 자신의 생명을 유지해줄 물질을 훨씬 더 중요시했기 때문이네. 이것이 인간이네. 바로 이것이 인간이란 말일세. 자네는 인간을 어떤 존재라고 생각하는가? 진실과 정의, 자유를 위해서 기꺼이 자기 목숨을 내놓는 존재라고 생각하는가? 그렇게 생각했다면 자네는 심리학의 대가인 우리에게 더 많은 것을 배워야 할 걸세."

유혁은 노인의 말을 더는 듣고 싶지 않았다. 가능하다면 노인의 목을 잡아 비틀어서라도 그렇게 하고 싶었다.

"우리는 인간들을 잘 돌보아 줄 것이네. 인간들은 우리의 돌봄 속에서 지구 환경에 위협이 되지 않을 만큼 적절한 숫자로 유지되며 서로 평등하게 살아가게 될 걸세. 그들에게 가장 적합한 방식으로 말일세."

노인이 거기까지 말한 순간 유혁이 휠체어에서 일어났다. 어디서 그런 힘이 솟아난 건지는 그도 알 수 없었다. 그는 노인에게로 다가갔다. 노인은 놀란 얼굴로 일어나 뒷걸음질 쳤다. 그러나 유혁은 있는 힘을 다해 팔을 내밀어 노인의 멱살을 잡았다. 노인은 비명을 지르며 두 손으로 유혁을 떠밀었다. 그러나 유혁은 계속 노인을 붙들고 늘어졌다. 곧 문이 열리더니 교도관들이 뛰어 들어왔다.

"뭐 하는 짓이야! 그만두지 못해!"

교도관들은 유혁을 노인에게서 뜯어냈다. 버둥거리는 와중에 벗겨진 노인의 안경은 누군가의 발에 짓밟혀 깨져 있었다. 노인은 몇 번이나 캑캑대더니 교도관들을 향해 소리쳤다.

"당장 저 미친놈을 끌고 나가!"

유혁은 끌려 나가며 노인 앞에서 어쩔 줄 몰라 하며 연신 몸을 조아리는 교도관들과 검은 양복을 입은 남자들을 바라보았다.

# 30

참으로 이상한 일이었다. 유혁이 노인을 공격한 후 병원으로 이송된 것은 말이다. 그곳에서 그는 치료를 받았다. 간호사들은 아주 친절했고 제공된 음식의 질도 좋았다. 유혁은 그곳에서 다시 먹기 시작했다. 그가 단식을 멈춘 것은 아마도 자신을 둘러싼 환경의 변화 때문이었을 것이다. 그곳은 마치 신종 조류 독감과는 무관한 곳인 것처럼 의사도 간호사도 마스크를 착용하지 않았다. 그는 작은 창문이 달린 1인실에서 지냈는데 병실의 시설은 아주 좋았다. 그는 왜 자신에게 그런 일이 일어난 것인지 이해할 수 없었다. 그에 대한 다양한 가설을 세워 보았지만 어느 것도 만족스럽지 않았다. 결국 그가 내린 결론은 이랬다. 알 수 없지만

나에게 그런 대접을 해 주어야만 할 이유가 생겼으며, 그 이유는 시간이 지나면 드러나게 될 것이다.

그는 아직 젊었고 호텔 같은 요양시설에서 일주일을 지내자 빠르게 건강이 회복되었다. 누가 봐도 그는 더 이상 그곳에 머물 이유가 없었다. 그래서 그는 의사에게 그곳에서 나가고 싶다고 말했다. 그러자 그를 담당한 의사는 퇴원 결정은 자신이 할 것이며 머지않은 시일 내에 퇴원이 이루어지게 될 거라고 했다. 그는 병원비에 대해서도 물었는데 의사는 그 부분은 걱정할 필요가 없다고 했다. 치료비는 전액 국비로 지원될 거라고 했다.

"치료비가 전액 국비로 지원된다고요? 무슨 이유로 그렇게 지원되는 거죠?"

의사는 그가 입원한 병동의 모든 환자는 의료비가 지원된다고 했다. 그 이유는 자신도 모른다고 했다.

"선생님도 이유를 모른다고요? 대체 여기는 어떤 곳이죠? 아무리 생각해도 일반 병원과는 다른 곳 같은데, 저는 이곳을 뭐라고 불러야 하죠?"

의사는 그에 대한 대답은 내일 오후에 그를 찾아올 사람이 해 줄 거라고 했다.

"내일 오후에 저를 찾아올 사람이요?"

"그렇습니다." 의사는 벽에 걸린 시계를 힐끗 보더니 시간이 없다는 듯 "그분이 모든 것을 다 설명해 주실 겁니다." 하고 말하곤 병실을 떠났다.

혼자가 된 그는 곰곰이 생각해 보았다. 내일 오후에 찾아온다는 사람은 지난번 그 노인일까? 그가 자신을 공격한 나를 이 특급 호텔 같은 병원에 넣어 준 건가? 대체 무슨 이유로? 건강을 회복한 다음 다시 그 끔찍한 곳으로 돌려보내 괴롭히기 위해서? 하지만 굳이 그렇게 할 이유가 뭐란 말인가? 고통을 주고 싶다면 그곳이 아니라 어디서든 얼마든 줄 수 있는 힘을 그는 갖고 있지 않은가.

창밖으론 파란 하늘이 눈부시게 빛나고 있었다. 병원 옆으로는 커다란 호수가 있었고 주변은 온통 숲이었다. 도심 아닌 자연 속에 이런 병원이 들어서 있다는 것 자체가 아주 이상했다. 이곳은 아마도 특권층을 위한 시설이거나 아니면 체제에 저항하는 자들에게 죽음 직전 약간의 희망을 불어넣어 주는 장소일지도 모른다는 생각이 들었다. 어느 쪽이든 상관없었다. 다만 자신이 어떤 이유로 이곳에 보내진 건지 그것을 알고 싶을 뿐이었다.

그날 밤 그는 언젠가 꾸었던 꿈과 비슷한 꿈을 꾸었다. 그는 지금 있는 곳과 거의 유사한 어느 병원에 입원해 있었고 하얀 가운을 입은 의사와 젊은 간호사들에게 둘러싸여 있었다. 의사는 간호사에게 무언가를 지시했고 밖으로 나간 간호사는 잠시 후 주사기를 손에 들고 나타났다. 그는 직감적으로 그것이 인체에 주입되면 유전자에 변형을 일으키는 물질이라는 것을 느끼고 도망쳤다. 의사와 간호사들은 그런 그를 뒤쫓았는데 그는 놀랍게도 그들을 따돌리는 데 성공했다. 그가 그들로부터 달아나 도착한 곳은 한적한 시골 같은 곳이었는데 그는 거기서 아주 이상한 광경을 목격했다. 그것은 동네 주민들이 모여 모닥불을 피워 놓고 이상한 종교의식 같은 것을 행하는 장면이었다. 의식을 주도하는 집행자는 한 손에는 칼을, 다른 손에는 제물로 보이는 무언가를 들고 있었다. 그는 그들에게로 가까이 가는 것은 위험한 일이라는 걸 알면서도 천천히 그들 곁으로 다가갔다. 의식에 참여한 백여 명쯤 되어 보이는 사람들은 다가서는 그에게 신경 쓰지 않고 의식에만 집중했다. 그는 사람들 사이를 지나 제단 같은 곳 앞에 서서 의식을 진행 중인 검은 옷을 입은 남자가 있는 데까지 갔다. 남자는 염소 머리를 연상시키는 뿔이 달린 기괴한 모자 같은 걸 머리에 뒤집어쓰고 있었는데 정확히 알아들을 수 없는 이상한 소리를 중얼거리며 칼을 치켜든 채 제단 위에 올려놓은 제물을 바라보고 있었다. 그것은 소름 끼치는 광경이었다. 그는 빨리 거기서 달아나야 한다고 느꼈다. 그러나 이상하게도 그럴 수 없었다. 두려웠지만 그럼에도 무슨 일이 벌어질지 보고 싶었다. 단순히 보고 싶은 정도가 아니라 반드시 보아야만 한다고 느꼈다. 그것은 참으로 이상한 일이었다. 그는 자신을 위험에 빠뜨리면서까지 벌어질 일을 보려 했다. 그의 안에 있는 어떤 불가항력적인 의지가 그것을 가능케 했을 것이다. 그는 남자의 바로 앞까지 나아갔다. 남자는 그가 다가서는 것을 눈치채지 못한 듯 계속 의식을 진행했다. 그는 이제 남자가 중얼거리는 소리를 들을 수 있었다. 그것은 그가 한 번도 들어본 적 없는 언어였다. 무슨 주문 같기도 했다. 그는 제단 위에 올려놓은 제물을 보았다. 제물은 남자 아기였다. 아직 돌도 지나지 않은 것 같은 아기. 아기는 벌거벗겨진 채 제단 위에 누워 있었다. 염소 머리를 뒤집어쓴 남자는 칼을 들고 아기 위에서 음산하게 들리는 주문을 계속 내뱉었다. 이제 잠시 후면 그 칼로 아기의 가슴을 가를 것이 분명했다. 그는 그 전에 행동을 취해야 한다고 느꼈다. 그래서 남자에게 달려들어 옆구리를 발로 걷어찼다. 그런데 다음 순간 아주 이상한 일이 일어났다. 남자와 제단과 아기는 온데간데없고 그가 병원 침대 같은 것 위에 묶인 채 누워 있었던 것이다. 왜 갑자기 그렇게 된 것인지는 모르겠지만 어쨌든 그는 옴짝달싹할 수 없는 상태로 묶여 있었고 하얀 가운을 입은 남자들이 그의 곁에 둘러서 있었다. 그중 하나 안경을 쓴 사십 대 초반쯤 되어 보이는 남자가 손에 주사기를 들고 그에게로 다가왔다. 그는 온 힘을 다해 발버둥 쳤지만 소용없었다. 곧 남자가 그의 팔에 주사를 꽂았다. 끔찍스러운 물질이 혈관을 타고 그의 몸속으로 퍼져 나갔다. 그는 고함을 지르며 몸부림쳤다. 그러다 잠에서 깼다. 잠에서 깬 후 처음 든 생각은 모든 게 꿈이었다는 것에 대한 다행스러움이었다. 그는 천천히 몸을 일으켜 앉았다. 동트기 직전의 어스름이 주위를 감싸고 있었다. 그는 자신이 꾸었던 꿈에 대해 생각해 보았다. 언젠가 그 꿈과 상당히 비슷한 꿈을 꾸었던 것도 떠올랐다.

'전에 꾸었던 꿈에선 주사기를 피하는데 성공했지만 이번 꿈에선 그렇지 못했다. 이것은 무언가를 암시하는

걸까?'

그런 생각을 얼마쯤 이어가다 그는 문득 더 이상 조금 전 꾸었던 꿈의 세부사항이 기억나지 않는다는 것을 깨달았다. 단편적인 이미지 몇 개 빼고는, 꿈은 거의 증발해 버렸다. 그렇게 된 것이 다행이라는 생각도 들었다. 오후에 찾아올 사람이 있다고 했던 것 같은데 좋은 컨디션으로 그 사람과 만날 수 있도록 잠을 더 자야 할 것 같았다.

그는 다시 누웠다. 그리고 잠이 찾아오기를 기다렸다. 그러나 한 번 끊어진 잠은 좀처럼 다시 찾아오지 않았다.

# 31

병실로 들어온 남자를 본 유혁은 깜짝 놀랄 수밖에 없었다. 의사가 데려온 사람은 이상원이었기 때문이다. 의사는 짧게 어제 얘기했던 방문하기로 한 분이라며 이상원을 소개했다. 그리고 이상원과의 면담 후 바로 퇴원 여부가 결정될 거라는 말을 덧붙이고는 나갔다.

"오래간만이네요."

이상원은 특유의 가는 목소리와 비웃는 듯한 얼굴로 그렇게 말하며 의자를 끌어다 유혁의 침대 옆에 놓고 앉았다.

"이런 곳에서 저를 만나게 되어 조금 놀라셨을 거라고 생각합니다."

유혁은 5초쯤 말없이 그를 바라보았다. 그런 다음 천천히 입을 열어 말했다.

"어떻게 된 겁니까?"

이상원은 빙긋 웃더니 말했다.

"모르시겠지만 유혁 씨가 특별 격리 캠프에서 이곳으로 이송될 수 있었던 것은 제가 적극적으로 노력했기 때문입니다."

그렇게 말한 후 이상원은 창밖을 바라보았다.

"경치가 아주 좋군요. 이곳에서의 시간은 마음에 드셨습니까?"

유혁은 이상원을 뚫어질 듯 바라보며 말했다.

"당신은 누구입니까?"

이상원은 고개를 돌려 유혁을 바라보더니 말했다.

"제가 누구인지는 중요하지 않습니다. 중요한 건 유혁 씨의 남은 인생이 어떻게 전개될 것인가, 이겠죠. 우리는 몇 가지 테스트를 진행 중입니다. 거기서 얻어 낸 결론은 많은 이들의 삶에 적지 않은 영향을 끼치게 될 겁니다. 유혁 씨는 우리에게 아주 흥미로운 케이스 중 하나입니다. 그래서 저는 유혁 씨의 삶이 계속 관찰될 필요가 있다고 주장했습니다. 그것이 유혁 씨가 상당히 심각한 잘못을 저지르고도 이곳에서 그런대로 괜찮은 대우를 받으며 지낼 수 있었던 이유입니다. 우리는 MK-울트라* 방식을 사용할 수도 있었습니다. 그러나 제가 반대했지요. 제가 그런 결정을 한 데에는 사적인 감정도 조금 작용했다고 할 수 있을 겁니다. 저는 그 시간이 꽤 즐거웠거든요. 우리가 화상으로 만나 얘기를 나눈 시간 말입니다. 가끔 누군가 또 그런 모임을 개설해 주었으면 하는 마음이 들 정도입니다. 유혁 씨가 개설했던 모임만큼 즐겁게 진행되기는 쉽지 않겠지만 말입니다."

유혁은 이상원을 노려보며 말했다.

"당신은 정보기관에 소속된 사람입니까? 그래서 오래전부터 나를 몰래 감시해 왔던 겁니까?"

이상원은 가볍게 얼굴을 찌푸리더니 곧 다시 비웃는 듯한 표정으로 돌아와 말했다.

* MK-울트라 프로젝트Project MK-ULTRA는 미국 중앙정보국(CIA)이 민간인을 대상으로 비밀리에 수행한 불법 인간실험이다. 실험에는 마약, 전기충격, 최면, 성폭행, 언어폭력을 포함한 여러 방식의 고문이 사용되었고, 그런 고문을 통해 인간을 세뇌하고 조종하는 방법을 발견하는 게 목적이었다. 1975년 처음 세상에 알려져 조사가 시작되었으나 이미 많은 자료의 파기 명령이 내려져 은닉된 상태였고, 이에 1977년 정보 자유법(Freedom of Information Act)에 따라 2만 건의 관련 자료가 공개되고 청문회가 실시되었다. 1995년 대통령 빌 클린턴이 1950년대 미국 행정부를 대신해 피해자에게 공식 사과했다.

“그런 것은 중요치 않다고 말하지 않았습니까. 제가 누구이든, 무슨 일을 하든 그것이 유혁 씨의 남은 인생과 무슨 상관입니까? 중요한 건 유혁 씨의 남은 인생이 어떻게 진행될 것인가 입니다. 그렇지 않습니까?”

“마치 당신에게 제 남은 인생이 어떻게 진행될지 결정할 권한이라도 있는 것처럼 얘기하시는군요.”

이상원은 가볍게 웃더니 말했다.

“그렇게 들렸나요? 생각해 보니 그렇게 들렸을 수도 있겠네요. 근데 정말로 저에게 그런 권한이 있다면 어떻게 하시겠습니까?”

유혁은 아무런 대답도 하지 않았다.

“저는 유혁 씨에게 제안을 하나 하려고 합니다. 일자리에 관한 제안을요. 제가 속해 있는 기관의 연구 관련 일자리를 하나 제안하고 싶습니다. 그 자리는 유혁 씨의 경험이 자산으로 기능할 수 있는 자리입니다. 제 제안을 받아들이시면 일반 사람들과는 다른 조건에서 남은 인생을 살아갈 수 있게 될 겁니다. 지금 우리 둘 다 마스크를 쓰지 않은 채 자유롭게 대화를 주고받는 것처럼 말입니다.”

“그러니까 당신들과 한배를 타자, 이 말이군요.”

“제가 아무한테나 이런 제안을 한다고 생각하시진 않을 거라고 믿습니다. 저는 꽤 진지하게 유혁 씨에게 특별한 기회를 드리고 있는 겁니다.”

이상원은 잠시 말을 멈추고 다시 창밖을 바라보았다. 바깥은 어제와 마찬가지로 눈부시게 파란 하늘이 빛나고 있었다. 그는 시선을 그대로 창밖에 고정한 채 말했다.

“인생이란 그렇게 길지 않습니다. 유혁 씨도 이제 삼십 대 후반을 향해 가고 있지 않습니까. 우리나라 남성의 평균수명이 81세라지만 건강하게, 활동적으로 생활할 수 있는 시간은 그보다 훨씬 짧습니다. 그런 측면에서 봤을 때 유혁 씨도 진짜 인생의 절반 정도는 사셨다고 해야겠지요. 남은 생이 편안하고 만족스러운 것이 되도록 하는 데 제 제안이 작은 도움이 될 수도 있을 거라고 생각합니다. 진지하게 말입니다.”

유혁은 생각했다. 제안을 거부한다면 다시 그 감옥에 처넣겠지? 그것은 생각만 해도 끔찍한 일이었다. 그러나 그 끔찍함을 피하기 위해 저들 밑에서 부역한다는 것은 있을 수 없는 일이었다. 그럴 바에는 차라리 다시 단식을 이어가다 죽는 게 더 나았다.

'그렇지만 그 지옥 같은 감방으로 당장 다시 끌려가게 된다면 정말이지 미쳐 버릴지도 모른다.'

그것을 피하기 위해 작은 타협을 하고 싶다는 욕구는 분명히 그의 안에 존재했다. 그것을 피할 수 있는 잠깐의 타협이 그렇게 나쁜 걸까? 1년만, 아니 단 몇 개월만 이상원이 말한 곳에서 일하다 나오면 되지 않을까? 다시 그 끔찍한 곳으로 끌려가지 않기 위해서 몇 개월만 영혼을 파는 것은 충분히 이해될 수 있는 일 아닐까?

그러나 다음 순간 그는 잠깐이지만 그런 생각을 한 자신에게 분노를 느꼈다. 그는 천한 욕구가 자신을 휘두르기 전에 거부의 뜻을 입 밖으로 뱉어 냄으로써 상황을 완전히 확정 짓기로 했다.

"저는 제안하신 그런 일을 할 생각이 없습니다."

"너무 성급한 결정 아닐까요? 조금 더 생각할 시간을 드리도록 하겠습니다."

"아닙니다. 다시 한번 말하지만 저는 제안하신 일을 하지 않을 겁니다."

그러자 이상원은 빙긋 웃더니 말했다.

"아마도 그렇게 대답하시리라 생각했습니다."

그는 5초쯤 말없이 유혁을 바라보았다. 조소하는 것 같으면서도 동정하는 듯한 눈빛으로.

"아쉽군요. 우리가 같이 일하게 되면 꽤나 재미있었을 텐데 말입니다. 그러나 거절하시겠다면 어쩔 수 없죠."

유혁은 자신을 기다리고 있을 끔찍한 시간을 생각해 보았다. 감금과 밤낮 없이 계속되는 세뇌 영상, 간헐적으로 이어지는 회유와 협박…. 거기로 돌아가면 아마 한 달 안에 다시 단식을 시작하게 되겠지? 배고픔의 고통, 육체에서 생명이 조금씩 빠져나가는 것 같은 그 고통을 떠올리자 그는 말을 바꿔 이상원의 제안을 수락하고 싶어졌다.

"유혁 씨는 내일 아침 퇴원해 목동의 원룸으로 돌아가시게 될 겁니다. 제가 그렇게 조치해 놓도록 하겠습니다."

예상치 못했던 말이었다.

"정말입니까?"

"네."

어떻게 나오는지 떠보려는 건가? 그러나 곧 어쩌면 진짜로 풀어 주려는 건지도 모른다는 생각이 들었다.

"왜 그냥 보내 주는 거죠?"

그러자 이상원은 비웃는 듯한 표정으로 말했다.

"왜 그냥 보내 주는 거냐고요? 이유를 몰라서 물어보시는 겁니까? 그렇진 않겠죠? 유혁 씨의 남은 인생은 우리의 눈 아래서 진행될 겁니다. 온라인상의 행적과 오프라인상의 활동 모두 말입니다. 그러니까 그냥 보내 주는 건 아니죠."

유혁은 아무런 말도 하지 않았다. 비록 바깥에서의 삶이 창살 없는 감옥처럼 감시 속에 진행된다 할지라도 지옥 같은 수용소로 돌아가는 것보단 나았다. 그 사실만으로도 감사했다. 그 순간에는 정말로 그 사실만으로도 감사했다.

"지난 한 달간 있었던 일에 대해선 누구에게도 얘기하면 안 되는 거 아시죠? 이를 어길 시에는 다시 특별 격리 캠프에 수감되게 될 것이고, 그때는 저도 도와드릴 수 없을 겁니다."

그렇게 말하며 이상원은 자리에서 일어났다.

"유혁 씨의 남은 인생은, 좋든 싫든 우리의 통제하에 진행되게 될 겁니다. 유혁 씨의 인생뿐만 아니라 존재하는 모든 인간의 삶도 우리의 통제하에 진행되게 될 것이고. 거기에 적응하든 아니면 거부하든 그것은 개인의 선택입니다. 단 적응하기를 거부하면 그는 인간다운 삶을 박탈당하게 될 것입니다. 물론 적응하기를 선택한다고 해서 인간적인 삶을 보장받는 것도 아니지만 말입니다."

이상원은 벽에 걸려 있는 시계를 보더니 "시간이 많이 됐군."하고 말했다.

"저는 이만 가 보겠습니다. 몸조리 잘하십시오."

이상원이 가고 나자 병실은 다시 조용해졌다. 유혁은 창가로 가 창밖을 바라보며 생각했다.

'그곳으로 다시 보내지 않는다니 다행이다. 정말 다행이야. 근데 말은 저렇게 해 놓고 그곳으로 보낼 수도 있다. 충분히 그럴 수도 있다. 내 손으로 직접 현관문을 열고 한 달 넘게 비어 있었을 집에 들어가기 전까지는 안심할 수 없다. 아니, 놈의 말대로라면 집에 들어가서도 안심할 수 없겠지. 하지만 그것은 감방 안에서 24시간 감시당하고 고문당하는 것에 비하면 아무 것도 아니다. 정말로 아무 것도 아니야. 그런데 놈은 대체 어떤 위치에 있기에 나를 풀어주도록 조치하겠다고 말하는 걸까? 정보기관의 요원? 아마도 그럴 것이다. 나와 같이 일할 수 있기를 기대했는데 그렇게 되지 못해서 아쉽다고 말했으니까. 하지만 정보기관의 요원이라 해도 너무 큰 힘을 갖고 있는 거 아닐까? 내가 공격한 노인은 저들 중에서도 상층부에 속한 사람이 분명하다. 그런 그를 공격한 나를 빼내어 치료해 주고 석방까지 시켜 줄 수 있다는 건 엄청난 힘을 가지지 않고서는 불가능한 일이다. 대체 놈의 정체는 뭘까?'

아무리 생각해도 알 수 없었다. 정말이지 세상은 알 수 없는 곳이란 생각이 들었다. 그리고 이상원이 반복해서 말했던 것처럼, 유혁 자신의 '남은 인생'은 이상원으로 대표되는 힘에 의해 감시되고 통제될 거란 생각도 들었다. 생각이 거기까지 이르자 풀려난다 해도 사실은 더 큰 감옥 안으로 들어가는 것일 뿐이란 생각이 들었다.

"그래도 그게 낫다. 일단은 말이다."

그는 마치 자신이 그 말을 들을 필요가 있다는 듯 소리내 그렇게 중얼거렸다.

# 32

유혁을 태운 창문 없는 앰뷸런스는 한동안 막힘없이 달렸다. 차량 통행이 거의 없는 시골길을 달리는 게 분명했다. 그러다 어느 순간부터 속도가 느려지는가 싶더니 가다 서다를 반복했다. 신호등이 있는 도심에 진입한 것 같았다. 그렇게 두 시간쯤 달렸을까 - 물론 정확한 시간은 알 수 없었다 - 갑자기 차가 멈춰 서더니 문이 열렸다. 그를 태우고 온 병원 직원은 내리라고 말하며 그에게 마스크를 건넸다. 차에서 내리자 익숙한 풍경이 눈앞에 펼쳐져 있었다. 그곳은 그가 종종 찾았던 집 근처 공원이었다. 그는 다시 그곳으로 돌아왔다는 사실에 감격했다. 3개월 남짓 살았던 동네의 모습이 그렇게 감격스럽게 느껴진 데는 그가 마지막까지도 또 다른 끔찍한 장소로 끌려가는 상황이 발생할 가능성을 계속 염두에 두고 있었기 때문일 것이다. 그러나 그는 결국 집으로 돌아온 것이다! 그는 익숙하고 그리웠던 그곳이 그대로 존재한다는 사실에, 그리고 자신이 다시 그곳으로 돌아왔다는 사실에 감격했다.

앰뷸런스는 그를 내려놓은 후 곧바로 사라졌다. 그는 건네받은 마스크를 착용한 후 천천히 걸음을 옮겨 원룸으로 향했다. 세상은 그가 사라졌던 한 달 동안 조금도 변하지 않은 것 같았다. 그는 그 사실에 기묘한 안도감을 느꼈다.

문을 열고 집 안으로 들어서자 긴 시간 환기를 시키지 않은 실내에서 나기 마련인 탁한 공기가 그를 맞이했다. 신발장 바로 옆에는 검은 쇼핑백이 놓여 있었는데 안에 뭐가 있나 확인해 보니 그가 체포되었을 때 빼앗겼던 휴대폰과 지갑, 신분증이 들어 있었다. 그는 신발을 벗고 안으로 들어가 창문부터 열었다. 바닥에 먼지가 쌓여 있어서 몇 걸음 걷지 않았는데도 양말이 더러워졌다. 청소부터 해야 할 것 같았다.

청소를 마치고 한 시간 넘게 창문을 열어 놓았더니 실내의 공기 상태는 많이 좋아졌다. 그는 청소하는 동안 충전했던 휴대폰을 켜 그동안 도착한 메시지들을 확인했다. 읽지 않은 카카오톡 메시지가 999개 넘게 쌓여 있었다. 그는 가장 먼저 주은이 보낸 메시지부터 확인했다. 메시지는 그가 체포됐던 날부터 2주 전에 보낸 마지막 것까지 수십 개에 달했다. 처음에는 대체 어디 있는 거야? 왜 연락이 안 돼? 무슨 일 있어? 같은 내용이 이어지다 마지막에 가서는 확인도 안 하는 카톡을 바보처럼 계속 보내고 있어, 나 너무 힘들어, 우리 다시 볼 수 있는 거지? 제발 돌아와 주기를 기도해 같은 문장들로 끝났다. 그것을 읽으며 그는 그녀가 자신을 얼마나 사랑하고 있는지 느낄 수 있었다. 그동안 그녀는 얼마나 답답하고 불안했을까.

그는 바로 그녀에게 전화를 걸었다. 그러나 그녀는 전화를 받지 않았다. 그는 현관문을 열고 밖으로 나가 그녀의 집 초인종을 눌렀다. 아무런 반응도 없었다. 다시 집으로 돌아온 그는 휴대폰을 집어 들어 그녀에게 메시지를 보냈다.

<나 집이야. 그동안 연락 못해서 미안해. 카톡 확인하는 대로 전화 줘.>

다른 사람들로부터 온 메시지도 확인했는데 그중에는 송재욱으로부터 온 것도 있었다. 송재욱은 잘 지내고 있느냐고 물은 후 언제 한번 다시 만나서 이야기를 나누었으면 좋겠다고 했다. 그는 송재욱에게도 메시지를 보내 연락을 늦게 해 미안하다고, 다음 달 중 괜찮은 날로 해서 보자고 했다. 다른 지인들에게서 온 연락에 대해서도 답 메시지를 보낸 후 노트북을 열어 스쿠브 채널에 들어가 보니 그동안 읽지 못한 수많은 댓글이 쌓여 있었다. 3주 넘게 영상을 올리지 않으시는데 무슨 일 있으신지요? 같은 글부터 혹시 죽은 거 아냐? 같은 무례한 글까지 댓글은 길게 이어졌다. 장기간 영상을 올리지 않아서인지 구독자도 300명 넘게 줄어 있었다. 블로그에도 들어가 보았는데 스쿠브 채널에 달린 댓글과 비슷한, 그의 안부를 걱정하는 글들이 남겨져 있었다. 그는 블로그와 스쿠브의 댓글들에 자신은 잘 지내고 있으며 조만간 영상으로 찾아뵙겠다는 답글을 달았다.

그런 일들을 마치고 냉장고 안에 넣어둔 음식들은 괜찮은지 살펴보고 있는데 휴대폰이 울렸다. 주은의 전화인가 서둘러 확인해 보니 031로 시작되는 처음 보는 번호였다. 그는 그 전화를 받지 않았다. 전화벨은 20초쯤 울리다 끊어졌다. 낯선 번호의 전화는 그에게 여러 가지 생각을 불러 일으켰다.

'놈들은 아마도 내 휴대폰에 악성 코드를 깔아 놓았을 거다. 그래서 조금 전 내가 보낸 카톡 메시지를 다 들여다 보았을 것이다. 스쿠브나 블로그에 올린 글들도 마찬가지일 테고. 당장 가까운 대리점에 가서 휴대폰 기기를 바꿔야겠다.'

그런데 다음 순간 휴대폰만 문제가 아니라는 걸 깨달았다.

'분명 집안에 카메라를 설치해 놓았을 것이다. 이상원은 나의 온라인 활동뿐 아니라 오프라인 활동도 모두 감시할 거라고 했으니까. 그렇다면 집안에서 얘기하는 것은 모두 도청된다고 봐야 한다. 이사를 가지 않는 한 유리로 된 투명한 어항 속에서 사는 것과 다를 바가 없는 것이다.'

자신이 놓인 현실이 빠져나갈 구멍 없는 덫처럼 느껴졌다. 공원의 풍경을 보았을 때 느꼈던 감격은 온데간데없이 사라지고 말이다.

그는 주은과 만나면 자신에게 일어났던 일들에 대해 어떻게 얘기해야 할지 생각했다. 일단 도청을 피할 수 있도록 밖에서 얘기를 나눠야 할 것 같았다. 공원이나 안양천 산책로 같은 데서.

'그런데 그녀에게 무슨 얘기를 해야 할까? 모든 것을 사실대로 말해야 할까? 그러면 그녀는 공포에 빠지게 될 것이다. 모든 것을 알게 됨으로써 그녀의 삶은 만성적인 불안과 두려움에 잠식되게 될 것이다. 과연 그것이 그녀를 위해 좋은 일일까? 차라리 진실을 모르는 게 더 낫지 않을까? 하지만 그러면 나는 그녀에게 뭐라고 말해야 하는가? 지난 한 달 동안 어디서 무엇을 하다 왔다고 해야 하는가?'

그럴듯한 거짓말도 떠오르지 않았고 거짓말로 둘러대도 그녀는 금방 알아챌 것 같았다.

'아주 그럴싸한 거짓말로 그녀를 속이는 데 성공했다 치더라도, 그래서 그녀가 불안 없이 살게 된다 하더라도 그것과는 별개로 이 사회는 점점 더 소수를 제외한 모든 구성원의 삶을 통제하고 억압하는 방향으로 나아갈 것이다. 그렇게 나날이 어두워지는 사회에서 소소한 개인적 즐거움이나 추구하며 진실을 외면하는 게 과연 나와 그녀에게 남아 있는 유일한 선택지일까? 다른 방법이나 다른 길은 없을까? 진실을 외면하지 않으면서도 공포에 짓눌리지 않고 신

이 인간에게 준 자유를 누릴 수 있는 방법은 없는 걸까?'

언젠가 그녀와 다녀왔던 강화도의 시골 풍경이 떠올랐다. 물론 그것은 절대로 완벽한 대안은 아니었다. 그것은 대안이라기보다는 도피이자 은둔이었다. 지금 여기보다 그리 많이 안전한 것도 아닌 은둔. 하지만 그의 머릿속에 떠오른 최선은 그것이었다. 그는 그 정도가 최선이라는 사실에 절망을 느꼈다.

그런데 다음 순간 갑자기 자신이 감금되어 있었던 한 달 동안 세상에서 무슨 일이 일어났는지를 알아야 할 필요가 있다는 생각이 들었다. 지난 한 달간 있었던 일을 살펴보면 그녀를 만났을 때 어떤 식으로 얘기해야 할지도 감이 잡힐 것 같았다. 그는 노트북을 열어 뉴스를 살펴보았다. 인플레이션과 심화되는 경제위기, 계속되고 있는 팬데믹 상황, 좌우로 나뉘어 끊임없이 싸우는 정치권, 미국의 몰락 후 다극화된 세계에서 멈추지 않고 발생하는 국지적인 충돌들…. 모든 상황이 한 달 전보다 악화됐으면 악화됐지 나아진 것 같지는 않았다. 그렇게 30분쯤 주류 미디어와 대안 언론에 올라온 뉴스들을 살펴보고 있는데 휴대폰이 울렸다. 주은이었다.

"여보세요."

"유혁 오빠? 진짜 오빠 맞아?"

"어, 나야."

"지금 어디야? 집이야? 그동안 어떻게 지낸 거야? 괜찮은 거야?"

그는 집이라고 대답했다. 그리고 자신은 건강하며 그동안 있었던 일을 전화로 말하기는 어려울 것 같다고 했다.

"나 조금 있으면 퇴근할 건데, 바로 갈게. 만나서 얘기해."

그는 잠시 고민했다. 집이 아니라 밖에서 만나는 게 더 나을 것 같았기 때문이다. 그러나 그는 결국 그렇게 말하지 않았다. 밖에서 만나려면 휴대폰을 들고 나가야 하는데, 휴대폰에 도청할 수 있는 프로그램을 깔아 놓았을 거란 생각이 들었기 때문이다. (그는 휴대폰의 전원을 꺼도 도청은 계속 이루어질 거라고 생각했다) 그냥 집으로 온 그녀에게 밖에서 걸으며 얘기하자고 말하고 휴대폰은 집에 둔 채 나가는 게 나을 것 같았다.

통화를 마친 후 그는 그녀에게 어떻게 말해야 할지 생각했다.

'가장 좋은 방법은 일어났던 일을 사실대로 말하는 것이다. 하지만 그러면 그녀는 벗어날 수 없는 불안과 두려움에 사로잡히게 될 것이다. 나는 그녀가 그렇게 되기를 원하지 않는다. 그렇다면 거짓말을 하는 수밖에 없는데 대체 뭐라고 거짓말을 한단 말인가?'

그는 자신이 거짓으로 그럴싸한 이야기를 꾸며내는 데 재주가 있는 사람이라고는 생각하지 않았다. 그러니까 어설픈 거짓말을 쏟아 내 봤자 그녀를 속일 수 없을 거라고 느꼈다. 그렇다면 대체 어떻게 해야 하지? 알 수 없었다.

결국 그는 어떻게 할지는 그녀를 만나서 결정하기로 했다. 그렇게 결정을 미루고 나자 가벼운 졸음이 밀려왔다. 이런저런 생각 때문에 어제저녁 제대로 잠을 자지 못한 게 원인이었으리라. 그는 앉은 상태로 꾸벅꾸벅 졸았다. 그렇게 얼마나 시간을 흘려 보냈을까, 현관 벨 소리가 들려왔다. 그녀였다. 그는 일어나 현관으로 가 문을 열었다.

그녀는 조금 야윈 얼굴이었다. 그는 "그동안 잘 지냈어?" 하고 물었다. 그녀는 "잘 지냈냐고? 잘 지냈을 거 같아?"하고 말하며 손바닥으로 그의 가슴을 쳤다.

"대체 어떻게 된 거야? 어디에 있었던 거야?"

그녀의 목소리에 울음기가 묻어 있었다.

"미안해…." 그는 그 말밖에 할 수 없었다. "정말 미안해."

"미안하다면 다야? 내가 얼마나 걱정했는지 알아?"

그는 말없이 그녀를 껴안았다. 그리고 그녀의 귓가에 대고 다시 한번 미안하다고 말했다. 그녀는 그의 품에서 흐느꼈다. 그렇게 둘은 한동안 말없이 서로를 끌어안고 있었다.

"다시 돌아왔으니까 괜찮아. 다시 돌아왔으니까."

그렇게 말하며 그녀는 손으로 눈가를 훔쳤다. 그는 그런 그녀에게 미안함과 고마움을 느꼈다.

그는 잠시 고민했다. 그녀에게 나가서 얘기하자고 해야 할지, 아니면 그냥 그곳에서 안전한 거짓말을 늘어놓아야 할지를 놓고 말이다.

"우리 밖에서 좀 걸으면서 얘기할까?"

그가 그 말을 내뱉은 것은 고민을 끝내기 위해서였다.

"밖에서? 왜? 여기서 얘기하면 안 돼?"

그는 그녀의 귀에 대고 속삭였다.

"이유는 나가서 얘기해 줄게."

그녀는 잠시 그의 눈을 바라보더니 알겠다고 했다. 그는 그녀의 핸드백을 집안에 들여놓고 현관문을 열었다. 엘리베이터 앞에 다다르자 그녀가 작은 목소리로 말했다.

"무슨 일 있는 거 맞지? 그렇지?"

그는 나가서, 밖에 나가서 얘기하겠다고 했다.

곧 엘리베이터가 도착했다. 그들은 엘리베이터를 타고 1층으로 내려가 건물 밖으로 나갔다.

"하루 종일 서서 일하느라 다리 아플 텐데 밖에서 얘기하자고 해서 미안해. 안양천 산책로 걸으면서 얘기하고 싶은데 괜찮아?"

그녀는 괜찮다고 했다. 그들은 걸음을 옮겨 안양천으로 향했다. 그는 그녀의 손을 잡고 걸었다. 그녀의 손은 작고 따뜻했다. 그녀는 그에게 무슨 일이 있었는지 말하라고 재촉하지 않았다. 어쩌면 그녀도 이미 여자의 직감으로 그에게 일어난 일을 짐작하고 있을지도 모른다는 생각이 들었다.

해는 서서히 기울고 있었고 어디선가 사이렌 소리가 들려왔다. 부드러운 바람이 그녀의 머리카락을 가볍게 매만졌다.

그는 그녀에게 선택권을 주기로 했다. 어느 순간 그것이 최선이라고 느꼈기 때문이다.

"지난 한 달간 있었던 일을 얘기하기 전에 먼저 하나 묻고 싶어."

그는 가벼운 한숨을 내쉰 후 말했다.

"차라리 모르는 게 마음 편한 일이 있다면, 그래도 그 일에 대해서 알기를 원해?"

그녀는 말없이 걷기만 했다. 그는 대답을 기다리며 그녀의 손을 꼭 쥔 채 계속 걸었다.

"알게 되면 그것이 앞으로 행복한 삶을 사는 데 방해 거리로 작용할 수도 있어. 알지 않기로 결정하면 알았을 때 찾아오게 될 불안으로부터 자유로울 수 있고. 어느 쪽을 원해?"

그녀는 여전히 말이 없었다. 그들은 어느새 안양천 산책로로 접어들었다.

"오래간만에 이 길을 걸으니까 좋네."

그는 혼잣말처럼 그렇게 중얼거렸다.

"사실대로 말해줘."

그녀는 그를 바라보지 않고 말했다. 그는 잠시 생각한 후 그녀를 바라보며 말했다.

"그렇게 말할 줄 알았어."

그는 천천히 걸음을 내디디며 지난 한 달간 있었던 일에 대해 얘기했다. 그녀가 충격받을 만한 얘기는 최소화했고 노인과 이상원에 대한 얘기는 하지 않았다.

그녀는 그가 예상했던 것만큼 놀라지 않았다. 그가 얘기한 것 같은 일이 일어났을 거라고 짐작했다고 했다. 그리고 무사히 돌아왔으니 다행이라고 했다.

"이제 우리는 어떻게 해야 할까?"

그는 나직한 숨을 내쉬며 그렇게 중얼거렸다. 그녀는 지나간 일은 다 잊고 앞만 보며 살자고 했다. 앞만 보며? 앞에는 파국으로 이어지는 낭떠러지밖에 없다면?

그러나 그는 그런 말은 하지 않았다. 대신 걸음을 멈추고 그녀를 꼭 안아주었다. 그녀는 그의 품에 안긴 채 말했다.

"우린 잘할 수 있을 거야. 잘할 수 있을 거야."

그는 아무 말도 하지 않고 그녀의 체온과 그녀의 존재를 느끼며 그냥 계속 그렇게 그녀를 안고 있었다.

# 2029

**발행일** 2024년 3월 21일 초판1쇄
**인쇄일** 2024년 3월 21일 초판1쇄
**지은이** 류광호
**편집자** 이우
**북디자인** 이우

**발행인** 이동현
**발행처** 몽상가들
**주소** 서울시 마포구 와우산로29나길 20 2층
**E-mail** publisher@mongsangcorp.com

ISBN 979-11-91168-11-2 (03810)